Livros da autora publicados pela Galera Record:

Série Segredos da minha vida em Hollywood
Segredos da minha vida em Hollywood
Na locação
Negócios de família
Princesa Paparazzi

Caindo na real

Jen Calonita

Caindo na Real

Tradução de
Mariana Kohnert

1ª edição

— Galera —
RIO DE JANEIRO
2016

CIP-BRASIL. CATALOGAÇÃO NA PUBLICAÇÃO
SINDICATO NACIONAL DOS EDITORES DE LIVROS, RJ

C164c
Calonita, Jen
Caindo na real / Jen Calonita; tradução Mariana Kohnert. – 1. ed. – Rio de Janeiro: Galera Record, 2016.

Tradução de: Reality check
ISBN 978-85-01-09279-3

1. Ficção juvenil americana. I. Kohnert, Mariana. II. Título.

16-33559

CDD: 028.5
CDU: 087.5

Título original:
Reality Check

Copyright © 2010 by Jen Calonita

Texto revisado segundo o novo Acordo Ortográfico da Língua Portuguesa.

Todos os direitos reservados. Proibida a reprodução, no todo ou em parte, através de quaisquer meios. Os direitos morais do autor foram assegurados.

Editoração eletrônica: Abreu's System

Direitos exclusivos de publicação em língua portuguesa
somente para o Brasil adquiridos pela
EDITORA RECORD LTDA.
Rua Argentina, 171 – Rio de Janeiro, RJ – 20921-380 – Tel.: (21) 2585-2000,
que se reserva a propriedade literária desta tradução.

Impresso no Brasil

ISBN: 978-85-01-09279-3

Seja um leitor preferencial Record.
Cadastre-se e receba informações sobre nossos lançamentos e nossas promoções.

Atendimento e venda direta ao leitor:
mdireto@record.com.br ou (21) 2585-2002.

Para minhas amigas, que fazem a vida ainda mais doce:
AnnMarie, Christi, Diana, Elena, Elpida, Erin, Jess, Joanie,
Joyce, Lisa, Mara e Miana. Nenhuma de nós
duraria uma semana em um reality show!

um

Um encontro com o destino

São apenas 15h47. Como pode? Parece que estou aqui há *horas*, não apenas 47 minutos. Se estou no trabalho há apenas 47 minutos, isso significa que ainda faltam duas horas e 13 minutos de agonia até o fim do meu turno.

Olho para a janela embaçada do Milk and Sugar, o café/lanchonete pitoresco onde trabalho como garçonete durante todo o ano escolar, e silenciosamente rezo para que a Mãe Natureza dê um tempo. Mas nada acontece. Pingos de chuva ainda cobrem os vidros e o vento chacoalha as molduras das janelas, lembrando-me de como este lugar é arejado. Fecho meu suéter de tricô sobre o avental creme.

— Duvido que alguém venha esta tarde — diz Ryan, arqueando levemente as sobrancelhas. Sua testa também se enruga, o que fica muito engraçado por causa da cabeça raspada.

Ryan é meu chefe de 40 e poucos anos e o dono do Milk and Sugar. Além de nós dois e Grady, o sarado ajudante de cozinha, de uns 20 anos, há apenas mais uma pessoa aqui:

uma cliente chamada Susan, que veio diversas vezes esta semana. Ela me contou que está de férias, o que faz sentido, pois nunca a vi antes, e em nossa cidade todo mundo se conhece. Por que escolheu a comunidade praiana de Cliffside para relaxar durante a baixa temporada está além da minha compreensão.

— Hoje o tempo deve ficar exatamente como ontem: chuva forte durante toda a tarde e à noite — digo a Ryan enquanto limpo o balcão distraidamente. Olho-o de soslaio, esperançosa. Talvez ele feche cedo!

Não é que eu não goste de trabalhar aqui. Eu adoro, quando temos clientes. Detesto ficar em pé sem fazer nada. O tédio é um dos meus maiores medos e, normalmente, nunca me sinto assim no trabalho. O Milk and Sugar é a versão de Cliffside do Starbucks (a cidade protestou para que nunca abrissem um aqui) e costuma ficar lotado. Nosso ambiente tem muito a ver com isso. Em vez de balcões bregas de fórmica e xícaras de café de cinco dólares, temos sofás listrados em azul e vinho, poltronas reclináveis de couro gasto e mesinhas de madeira branca envelhecida. Lâmpadas pendentes do teto dão uma iluminação suave a cada mesa e também às paredes repletas de fotos do oceano tiradas por artistas locais. A única coisa que temos em comum com o Starbucks é uma tranquila trilha sonora de blues, que abafa o ruído da máquina de espresso (nossos lattes custam apenas 2,50 dólares). Temos um cardápio completo de café e pães do tipo bagel, paninis, omeletes e saladas. O lugar é tão legal que mesmo nos dias de folga eu fico aqui com meus amigos.

— Talvez a previsão do tempo esteja errada — responde Ryan, e meu sorriso se esvai. — Não seria a primeira vez. —

Ele olha ao redor. — Enquanto isso, por que não faz aquilo que faz melhor? — Ele solta um risinho.

— Sério? — digo animada.

Ryan assente.

— Contanto que prometa ir dançando até as fotos. Elas precisam de uma espanada. — Ele pega meu braço antes que eu consiga sair. — Mas, Charlie, veja se antes nossa nova cliente precisa de um refil. — Ele acena na direção de Susan, que está sentada nos fundos enviando mensagens pelo celular em vez de ler o último título do Clube do Livro da Oprah, que está sobre a mesa. — Por conta da casa.

Conforme vou até a mesa, Susan levanta a cabeça e sorri. Ela tem vestido variações da mesma combinação a semana toda. Hoje é um suéter marrom que parece caxemira, uma calça jeans linda e o celular agarrado às unhas curtas e pintadas.

— Oi, Susan. Como está o livro? — pergunto ao começar a limpar a mesa.

Susan ri.

— Estou tirando uma folguinha — diz, mostrando o celular. — Mas esta deve ser uma das melhores indicações da Oprah até agora. — Susan dá um tapinha na capa do livro que está sobre a mesa. — Faltam apenas quarenta páginas. Posso te dar quando terminar, se quiser.

Como choveu praticamente a semana toda e Susan esteve aqui todas as tardes, tivemos muito tempo para conversar. Contei a ela todos os meus dramas do colégio, os quais ela absorveu como um biscoito mergulhado em café. E se queixou comigo por estar solteira — parece que renunciou aos homens por alguns meses depois de um término horrível com o último namorado. Ela é uma viciada em trabalho assumida, mas ainda não me contou o que faz. Toda vez que levanto a questão, ela muda de assunto.

— Como foi o teste de inglês? — pergunta Susan. Conversar com ela me dá saudades da minha irmã, Isabella, que está na faculdade. Susan pode ser mais velha, acho que tem uns 30 e poucos, mas é ótima, por dentro e por fora. É supermagrinha e tem as mechas louras mais incríveis que já vi em uma morena. Com os olhos azuis, realçados pela maquiagem perfeita, ela me encara.

— Acho que arrasei no teste — respondo com orgulho.

— E como a Brooke foi? — pergunta ela com um sorriso tímido.

Brooke é uma das minhas melhores amigas e contei a Susan tudo sobre ela também. Brooke e eu nos torturamos com nossas anotações a semana toda, interrogando uma à outra sobre *O clube da felicidade e da sorte* e *As bruxas de Salem*. Ela é a colega de estudo ideal. Juro que tem memória fotográfica.

— Ela acha que tirou 10. Eu ficaria feliz apenas com um 8. — Recolho o prato de Susan, coberto com migalhas de muffin de amora, e olho para sua xícara de café vazia. — Pronta para um refil?

Susan pega a bolsa Hermès, a qual tenho certeza de que é legítima, mas levanto a mão e a interrompo.

— Esse é por conta da casa. É o mínimo que podemos fazer depois de torturarmos você com minha cantoria e meu falatório sobre o cara de quem gosto a semana toda.

Susan sorri.

— Gosto de ouvir sua novela. E quanto à cantoria, a imitação de Britney foi perfeita.

— Obrigada. — Fico vermelha. — Não costumo fazer aquilo na frente dos clientes.

— Exceto por mim, venho tanto aqui que já me camuflo entre as paredes — brinca Susan. — Você realmente me divertiu esta semana, Charlie. A imitação da Gwen Stefani na segunda-feira foi impecável. E o esquete do *Saturday Night Live* que fez com Ryan foi hilário. Você tem talento.

— Só está dizendo isso porque te dou biscoitos a mais todo dia. Mesmo assim, obrigada, eu geralmente não canto no trabalho, mas ajuda a passar o tempo.

Venho dançando e cantando pelo Milk and Sugar a semana toda porque o movimento anda fraco. A primavera está chegando a Cliffside, mas ainda temos dias frios, úmidos e chuvosos. Até o início da próxima estação, nossa cidade praiana e preguiçosa permanecerá uma cidade-fantasma. Enquanto isso, finjo que estou fazendo um teste para Simon, Ellen, Randy e Kara, apesar de não me ver como cantora no futuro. Apenas gosto de imitações.

Pego a xícara de Susan, volto para o balcão e preparo mais um latte de leite de soja sem gordura com uma dose extra de espresso para ela. Coloco dois biscoitinhos no pires e levo até a mesa. Ela vê os biscoitos e resmunga:

— Vou precisar de uma dieta depois dessas férias — reclama, mas em seguida dá uma mordida em um dos biscoitos. — Me conte, quando vou conhecer essas amigas de quem você tanto fala?

Olho para o relógio.

— Está chovendo tanto que é capaz de elas não aparecerem. — Não consigo deixar de sorrir. — Mas Brooke está doida para usar as galochas novas dela, então é possível que arraste todo mundo para cá.

— Espero que sim — diz Susan, e em seguida assopra o latte. — Se ela for como você, acho que vou gostar dela.

Ryan acha estranho o interesse de Susan pelo meu mundo escolar, mas imagino que ela esteja apenas entediada e arrependida de ter vindo para Cliffside. De qualquer forma, vai embora amanhã.

— Eu te mantenho informada — digo. — Agora, com licença, tenho um encontro imperdível com Beyoncé.

— Claro. — Ela pisca um dos olhos. — Divas não gostam de esperar.

Eu vou até o iPod de Ryan que está no suporte, pego um espanador e começo a limpar seguindo o ritmo. Alguns segundos se passam antes que eu comece a cantar e dançar. Aos berros, canto "Single Ladies (Put a Ring on It)", usando o espanador como microfone. Estou tão dentro da personagem Sasha Fierce que mal ouço o sininho da porta da frente.

Três garotas entram esbaforidas, fugindo da chuva, os casacos sobre as cabeças. Nenhuma tem um guarda-chuva e suas roupas estão encharcadas. Mas não me importo que estejam molhadas. Corro até elas e as abraço mesmo assim. É isso que se faz quando melhores amigas aparecem no momento certo.

— Estou quase no refrão, querem fazer backing vocal?

— Não faço backing vocal — diz Brooke Eastman, parecendo uma deusa grega com seus cabelos vermelhos longos e rebeldes e uma expressão mal-humorada que logo se transforma em sorriso.

Como pensei, está usando as galochas da Burberry. Gotas pingam de sua blusa preta favorita, uma BCBG comprada no Tanger Outlet Mall, em liquidação, algo que ninguém além de nós três deve saber.

— Mas eu *tomo* chocolate quente. Quero que me faça um grande, agora — diz ela.

Brooke é a mais, digamos, direta em nosso grupo. Diz o que pensa, doa a quem doer. É assim desde que começou a almoçar com Hallie, Keiran e eu no primeiro ano, quando se mudou de Chicago para cá. Seus pais queriam realizar o sonho de ter uma fazenda, algo que Brooke detesta e finge não ser verdade. Contanto que você não mencione esterco de vaca, ela é divertidíssima. E sempre protege as amigas. No ano passado, quando Tom Stamos se recusou a ir comigo ao baile, Brooke detonou o armário dele com papel higiênico molhado.

— Pode preparar um para mim também? — pergunta Hallie Stevens enquanto sacode os cabelos castanhos longos e cacheados.

Ela pega um espelho e checa o visual com uma expressão de reprovação. Acho graça, porque Hallie jamais poderia parecer feia, mesmo ensopada dos pés à cabeça. Com cabelos maravilhosos, pele bronzeada e um sorriso que faz os garotos da cidade e os turistas derreterem, é a fantasia de todo menino de Cliffside — não que ela tenha reparado ("você está exagerando!", sempre diz quando um cara tropeça e cai ao virar o pescoço para vê-la passar). Hallie retoca o gloss nos lábios antes de se jogar no sofá. Percebo Ryan observando. O sofá vai ficar encharcado.

— Três, por favor — diz a terceira garota, mais tímida que as outras.

Keiran Harper é minha amiga mais antiga. Mora no fim da minha rua desde que tínhamos 3 anos, e todos na escola acham que ela é inacreditavelmente tímida. Mas não é. Se Keiran parece muito quieta, é apenas porque usa a escola para conseguir alguns momentos de paz. Quando não está lá, é babá de seus três irmãos mais novos ou dos filhos dos vizinhos, para juntar dinheiro para a faculdade. Keiran pega alguns guardanapos e seca os cabelos louros na altura dos ombros antes de se sentar perto das outras. Mesmo que Hallie seja aquela em quem os garotos reparam e Brooke seja aquela mais admirada e temida, sempre achei Keiran a mais bonita de todas nós. É a única que nunca usa maquiagem. Seu rosto sardento e olhos verdes são todo o realce de que precisa, e o corpo mignon fica bem com qualquer roupa, mesmo coberta de cuspe de bebê e giz de cera. Já eu sou outra história. Rezo para ser uma flor tardia. Meus cabelos castanho-escuros, quase negros, de comprimento médio, não são feios, e gosto de meus olhos grandes, mas meu nariz alongado me enlouquece. Brooke diz que me faz parecer imponente. Eu acho que é só um modo educado de dizer que preciso de uma plástica.

Minha mãe brinca que nós quatro poderíamos ser uma nova versão de *As panteras*. Fazemos o mesmo tipo. Somos todas magrinhas o suficiente para usar modelos tankini, o que me surpreende, considerando a quantidade de bagels que como no Milk and Sugar, e ficamos tão bronzeadas no verão que nossa cor não some até novembro. Formamos um ótimo grupo, mas é aí que as semelhanças acabam. Keiran é a loura tímida, Brooke é a ruiva nervosinha, Hallie, a linda e misteriosa morena, e eu sou a "líder conspiradora", como Hallie gosta de brincar, de cabelos negros. Não posso fazer nada se gosto de bolar atividades para nos ocuparmos nos fins de semana. Tenho uma personalidade agitada, como minha mãe gosta de dizer.

— Você vai cantar "If I Were a Boy" hoje? — pergunta Hallie. — Gosto quando fica sentimental.

— Muito deprimente para hoje — respondo. — Estou pensando em mudar para Amy ou uma Britney vintage e cantar "I'm a Slave 4U". — Finjo usar o espanador como se fizesse uma *pole dance*. Ei, a Miley Cyrus fez isso. — Te interessa?

— Yay! Vai lá — diz Brooke, rindo.

Olho para Ryan.

— Só mais duas músicas. — Ele suspira.

Ryan está tentando parecer irritado com minhas imitações na presença de clientes, mas minhas amigas não são exatamente clientes. Ele segue para a cozinha balançando a cabeça e não consigo evitar um risinho abafado. Meu chefe é meio mosca-morta, por isso fui contratada. Ele nunca contrata os jovens de Cliffside para trabalhar, e eu tenho apenas 16 anos. Ele me achou muito nova, mas não aceitei não como resposta. Venci pelo cansaço depois que me ofereci para servir mesas durante uma semana de graça.

— Por que não serve às meninas uma bebida por conta da casa? — acrescenta Ryan.

— Obrigada, Ryan. — Corro para trás do extenso balcão para preparar quatro chocolates quentes.

— Não faria mal oferecer também um bagel — grita Brooke, sua voz normalmente alta fica ainda mais no salão vazio.

— Ei! — Keiran lhe dá um tapinha, rindo.

— Não finja que não quer um também — observa Brooke. — Eu mal consegui engolir uma mordida da almôndega-surpresa de quarta-feira.

— Acho que foi o pior prato do dia que o refeitório do colégio já serviu — diz Hallie, gemendo. — Soube que Sylvie Morton vomitou no banheiro e Karla Platt estava passando na hora e também vomitou quando viu.

— Eca! — gritam as outras.

15

Jogo o leite semidesnatado fervendo em quatro canecas de cerâmica e adiciono chocolate e chantilly. Então distribuo as canecas em uma bandeja redonda e as levo até as meninas, com cuidado para não deixar o chocolate derramar pelas bordas.

— Não tropece de novo — provoca Hallie, quando quase perco o equilíbrio. Sou garçonete há quase um ano. Não disse que era boa nisso.

— Gostaria de ver Charlie cantar, dançar e servir mesas ao mesmo tempo — diz Keiran.

— Acho que Charlie precisa fazer uma matéria sobre o refeitório — declara Brooke enquanto eu coloco a bandeja sobre a mesa devagar. As meninas pegam as canecas e Brooke olha para mim. — Acabaram os bagels?

Deveria saber que ela estava falando sério. Corro até o balcão, pego quatro bagels e levo-os até o sofá.

— Obrigada — diz Brooke. — Tem cream cheese? — Reviro os olhos e corro até a geladeira.

— Brooke está certa, Charlie. Você deveria escrever um artigo sobre a comida ruim do refeitório — afirma Hallie. — É uma epidemia. Vocês se lembram do bolo de chocolate *verde* da semana passada?

— Ou o pânico do frango rosa no mês passado? — lembra Keiran.

— Algo assim poderia finalmente dar a matéria de capa que você merece — insiste Brooke. — Consigo até visualizar: "Assassinos do refeitório, por Charlotte 'Charlie' Reed: O risco que a salada Caesar representa para sua vida." — Hallie ri.

— Tenho uma ideia melhor — sugere Keiran. — Esqueça a comida e faça uma matéria sobre os jovens ricos de escolas particulares que moram em Cliffside e fingem que o resto de nós, caipiras, não existe. Vi Marleyna Garrison outro dia no Associated e ela fingiu estar tão interessada em escolher uvas que nem podia me olhar. E essa menina foi minha melhor amiga na pré-escola.

— Vai ver ela não te viu. — Brooke dá de ombros.

Keiran a encara.

— Ela *viu*. Tenho certeza.

— Ela disse *oi* para mim há algumas semanas — diz Brooke casualmente, sem tirar os olhos da caneca. — Eu disse *oi* primeiro, mas ainda assim.

— Brooke! Você precisa parar de puxar o saco dessas pessoas — esbraveja Hallie.

Brooke finge inocência. Todas sabemos que ela é obcecada por Marleyna Garrison e pela vida dos ricos e famosos de nosso bairro, mas ela não admite.

— Eu não puxo — rebate Brooke.

— Eles não aprovarão nenhuma das matérias. — Mudo de assunto antes que a discussão esquente. — Estou fadada a cobrir artes e entretenimento, o que basicamente significa nada, até o fim da minha carreira na escola.

— Você nunca será a próxima Diane Sawyer enquanto deixar aqueles imbecis do jornal dizerem o que você deve escrever — diz Brooke. — O que aconteceu com a liberdade de expressão? Você é melhor escritora do que metade das pessoas que trabalham lá. Já vi seus trabalhos de inglês, sei do que estou falando.

— Charlie precisa de algo emocionante sobre o que escrever — concorda Keiran.

— Ah! Vamos inventar alguma coisa — sugere Brooke, me fazendo rir. — Podemos dizer que encontramos um bebê alienígena perto da Sound. Ou começar um boato de que Brangelina e as crianças vão alugar uma casa aqui no verão!

— Quem vai acreditar que Brangelina viria para cá? — pergunta Hallie.

Brooke dá mais uma mordida em seu bagel e lança um sorriso maldoso para nós.

— Deixa comigo, querida. Se eu disser, as pessoas acreditarão. Está tudo nos detalhes.

— É uma ideia legal, Brooke, mas acho que minha carreira como escritora acabaria antes de começar se as pessoas descobrissem que estou inventando minhas notícias.

— O *Enquirer* faz isso o tempo todo — diz Brooke, inocente.

Balanço a cabeça.

— Tudo bem, então a falta de novidades é um obstáculo para Charlie conseguir a primeira página. — Keiran nos leva de volta ao problema e lambuza seu bagel com requeijão. — O que vamos fazer quanto a isso? Além do jantar de queijos e vinhos em março naquela vinícola nova e o fato de que os cinemas de Cliffside finalmente terem assentos legais, não há muitas novidades na cidade.

— Isso é verdade — resmunga Brooke. Seu humor está piorando. Ela assopra o chocolate quente, jogando chantilly para fora das bordas da caneca. — Cliffside deveria ser varrida do mapa.

Nós odiamos quando Brooke fala assim. Não é que eu queira ficar em Cliffside para sempre, também quero sair da cidade para fazer faculdade. Mas ao menos gosto daqui de verdade, mesmo que todas as lojas fechem às 19h. Com certeza me vejo passando os verões aqui com meus pestinhas.

— Nunca ouvi você reclamar de Cliffside durante a alta temporada — diz Hallie, magoada.

— É porque pelo menos na alta temporada temos a praia para nos manter ocupadas e o píer de seus pais para nos divertir — responde Brooke.

Os pais de Hallie têm um restaurante em um píer de Greenport, em North Fork (ou NOF, como às vezes é chamado. Brooke diz que significa Nenhuma Objeção a Fugir deste lado da ilha). Para frequentar os restaurantes cinco estrelas de verdade e ver celebridades é preciso ir até South Fork ou para os Hamptons. The Crab Shack é o nome do restaurante dos pais da Hallie, que está sempre lotado de turistas e habitantes endinheirados de Cliffside que passam por ali de barco. Os pais de Hallie ganham tanto com o estacionamento dos barcos na marina e os pratos de verão de frutos do mar frescos e saladas que podem ficar fechados o inverno inteiro (exceto pelo estacionamento, que funciona também no outono e na primavera). Eles vão reabrir na semana que vem.

— Você vai sentir falta deste lugar algum dia, Brooke — diz Keiran, baixinho. — Vai sentir nossa falta.

— Vocês virão comigo — insiste Brooke. — Principalmente você, Kiki. Você precisa fugir daquelas crianças escandalosas.

— Não é tão ruim — diz Keiran, pouco convencida.

— E como é — declara Hallie. — Quando liguei para sua casa ontem à noite, Joseph atendeu e começou a tagarelar, então largou o telefone no chão e tive que ouvir Stevie gritar e pedir leite, e Hannah implorar a você para colocar no desenho animado. Então Joseph voltou e tagarelou um pouco mais até desligar na minha cara!

— Bem que pensei ter ouvido o telefone tocar — diz Keiran, envergonhada.

— Você poderia fazer o favor de deixar o celular ligado? — implora Brooke.

Keiran dá uma mordida em seu bagel.

— Sempre esqueço. Meus pais voltaram tarde do jantar ontem à noite e eu estava tentando dar um banho nas crianças. Nem todas podemos ter empregos divertidos como o seu, Hallie.

— Meu emprego não é tão legal assim — diz Hallie, sem um pingo de ironia. Todas suspiramos.

— Você trabalha no restaurante do píer em que todos os caras gatos estão, inclusive os que frequentam a Escola Ross, você recebe para se bronzear e ainda tem metade do ano de folga, porque o lugar fecha para o inverno! — Brooke soa indignada.

— Não é culpa minha se os caras gatos estão lá. — Hallie sorri.

— E todos querem sair com você — lembro.

— Não que você repare, até começarem a te mandar flores. — Keiran ri.

— Tá, tudo bem, meu emprego é legal — admite Hallie. — Mas ao menos eu trabalho. — Hallie lança um olhar para Brooke, que retribui. As duas fazem essa dança o tempo todo.

— Eu jamais trabalharia *você-sabe-onde* — responde Brooke rapidamente, como se a expressão estivesse pegando fogo.

— Toda vez que Brooke fala assim, parece que está falando de Voldemort ou de algo muito ruim — digo, brincando, e Keiran e Hallie mal seguram uma gargalhada —, quando na verdade ela está apenas falando da...

— Não diga. — Brooke levanta as mãos desajeitadamente, tentando cobrir minha boca.

— Você é tão sensível. — Rio quando ela começa a fazer cócegas em mim. — O que há de tão errado em ter uma...

— Não! — implora Brooke, e vejo que agora ela está ficando chateada. — Apenas cante. Você prometeu que ia imitar a Britney. Se vou ficar ensopada em minhas maravilhosas galochas novas, é melhor cumprir a promessa.

— Tudo bem — respondo.

As outras aplaudem e eu me levanto e recupero o espanador/microfone. Grady e Ryan, ouvindo o alvoroço, aparecem na porta da cozinha e assobiam. A camisa de estimação de Grady do All American Rejects está coberta de chocolate, já que ele acabou de fazer mais uma fornada de seus biscoitos caseiros Trovão tropical (Grady é viciado em filmes e adora batizar todas as criações em homenagem a seus filmes favoritos). Corro para trás do balcão e aumento o volume.

— Não posso rejeitar meu público. — E então troco para o modo Britney total, lembrando-me de alguns dos passos de dança que fizemos no show de talentos há alguns anos e cantando ao espanador com toda minha voz. Quando termino, sou ovacionada. Faço uma saudação.

— Ryan, quando vai deixá-la se apresentar assim de verdade alguma noite? — pergunta Brooke. — Charlie lotaria a casa.

— Não mesmo — digo, gargalhando. — Só faço isso quando não tem ninguém aqui ou só para vocês. Você sabe que tenho uma voz horrível. Não conseguiria fazer isso, tipo, de verdade.

— Acho que você deveria fazer um teste para a peça da escola — sugere Hallie. — Você sabe atuar.

Antes que consiga dizer a Hallie o quanto ela é louca, ouço mais palmas e me viro. Susan está aplaudindo. Devo ter esquecido que estava ali.

— Acho que foi sua melhor apresentação até agora — diz ela, se aproximando com a caneca gigante do Milk and Sugar nas mãos. Noto que está usando saltos muito altos. Susan caminha graciosamente até a mesa, muito diferente de como eu andaria naqueles sapatos.

— Susan, quero apresentá-la a minhas melhores amigas: Keiran, Brooke e Hallie. — As meninas apertam a mão dela e me olham curiosas. — Susan foi minha cliente número um a semana toda. Ou deveria dizer minha *única* cliente. Ela está aqui de férias.

Brooke engasga.

— Sinto muito. Foi a Priceline.com que fez isso com você? Ouvi dizer que escolhem os lugares mais toscos às vezes, o que explicaria como acabou aqui.

Susan ri.

— Charlie disse que você era engraçada, Brooke.

As meninas olham para mim de novo.

— Tagarelei sobre vocês a semana toda — explico. — Contei a Susan todo o histórico da minha existência em Cliffside.

— E você ainda não deixou a cidade? — pergunta Brooke, estarrecida. Passo meu pano de limpeza nela. — Eca! Pare com isso, Charlie!

— Você quer se sentar? — pergunta Keiran a Susan educadamente.

— Adoraria — responde ela, antes que eu consiga protestar. Tenho certeza de que Susan quer terminar de ler seu livro, mas não quer ser mal-educada. — Estava ansiosa para conhecer vocês três a semana toda.

— Você realmente está entediada — diz Hallie. Eu arregalo os olhos para ela. — Só estou dizendo.

— Está escrevendo um livro sobre garotas de cidadezinhas? — pergunta Keiran, séria. Hallie ri tão alto que quase cospe sua bebida.

— A quem você está chamando de garota de cidadezinha? — protesta Brooke.

Susan ergue as mãos em sinal de paz e em seguida pressiona o estômago, rindo.

— Vocês quatro *são* engraçadas juntas. — Ela nos estuda cautelosamente. — E uma é mais bonita que a outra. É incrível. — Susan nos encara, sem dizer nada, e percebo que fico desconfortável. — E esta cidade — ela olha pela janela e ao redor do salão — é a coisa mais fofa que já vi.

— Está morta — declara Brooke —, caso não tenha notado.

— O que ela quer dizer é: "volte no verão" — interrompe Hallie. — As vinícolas são ótimas, e as antiguidades, imbatíveis.

— Desde quando você compra antiguidades? — pergunta Brooke.

Hallie fica vermelha.

— Não compro, mas *ouvi dizer* que são boas.

— Vocês todas moram aqui há muito tempo? — Susan quer saber.

— Sim — responde Keiran, e me surpreendo em ouvi-la falar com uma estranha. — Meu pai é pescador, os pais de

Hallie têm um restaurante em um píer, o pai de Charlie é piloto de barca e o de Brooke é...

— Um nativo também — completa Brooke com um sorriso radiante. Não consegue tirar os olhos dos sapatos de Susan. Seriam Gucci?

Susan sorri.

— Bem, acho que esta cidade é tudo menos morta e, acreditem em mim, já vi muitas cidades e muitas garotas. Ainda mais ultimamente. — Ela franze a testa. — Acho que Cliffside é pitoresca e totalmente charmosa, assim como vocês quatro. Não que isso me surpreenda, Charlie fala muito bem de vocês e eu já a adoro.

Brooke me dá uma cotovelada.

— Ahn, obrigada.

— Queria falar algo com vocês, agora que estão as quatro juntas — acrescenta Susan enquanto tira algo do bolso. É um cartão de visita.

Ela entrega um para cada uma de nós e eu leio devagar. SUSAN STROM, EMISSORA FIRE AND ICE. DIRETORA EXECUTIVA DE CRIAÇÃO E PROGRAMAÇÃO.

Então é isso que Susan faz? Por que não me contou? O trabalho dela deve ser muito mais que irado. A Fire and Ice é, tipo, a nova MTV. A emissora acabou de chegar à TV a cabo daqui. Eles passam mais videoclipes que a MTV e têm uma programação no horário nobre que alterna reality shows e game shows.

— Você trabalha para a Fire and Ice? Isso é tão legal — diz Hallie, maravilhada.

— Amo Peggy Pierce — dispara Brooke. Peggy é a apresentadora dos videoclipes favoritos do público e Brooke quer muito ser ela. — Ela é tipo meu ídolo.

— Posso apresentá-las — diz Susan. — Ela estará em uma festa que daremos no fim de semana que vem nos Hamptons. No próximo sábado à noite. Vocês gostariam de ir? Contanto que seus pais aprovem, claro. Eles podem ir também. Adoraria conhecê-los.

Conhecer nossos pais? Ir a uma megafesta? Achei que Susan tinha acabado de dizer que não conhecia os arredores. Se isso é verdade, por que estaria dando uma festa por aqui? Acho que será na outra Fork, mas mesmo assim. Minha mente de jornalista amadora está a mil.

— Nós? — pergunta Brooke, com um gritinho estridente. — Uma festa da Fire and Ice? Estamos lá.

— Não posso — diz Keiran, desanimada. — Tenho que cuidar das crianças.

— Kiki, cancela! — implora Hallie. — Com que frequência você tem a oportunidade de ir a uma festa com a Peggy Pierce?

— Ela está certa, Keiran — diz Susan. — Você não vai querer perder essa. Se me derem seus telefones, posso ligar para seus pais.

— Hm, nossa, você é legal. — Hallie olha para Susan desconfiada. — Quer nos dar uma carona até lá também?

Susan sorri.

— Admito que tenho segundas intenções. Posso contar um segredo para vocês?

— Sim — diz Brooke, respondendo rápido e sem fôlego.

— Meio que menti antes — admite Susan, olhando para mim. — Principalmente para Charlie. Eu conheço esta região. Já passei as férias aqui e estou na cidade em busca de um novo programa de TV. Estive pelo país inteiro fazendo isso e me decepcionei em todos os lugares. — Ela me encara. — Exceto aqui.

— Que tipo de programa? — pergunto.

— Um reality show sobre adolescentes normais. Nada glamoroso ou exagerado, apenas tão real quanto possível — explica Susan. — Estou procurando minhas próximas estrelas, e tem sido difícil.

— Meu deus! — diz Brooke, e Keiran a cutuca. — Conta mais.

— Fica melhor — acrescenta Susan, tirando o guarda-chuva da bolsa. Reparo que é da Louis Vuitton. Ela puxa uma nota de vinte dólares da carteira e me dá como gorjeta. Tento protestar, mas ela acena para que fique quieta. — Acho que encontrei minha estrela.

— Quem é? — Hallie quer saber.

— Você tem que contar pra gente — diz Brooke, inclinando-se sobre a mesa ansiosa.

— É Marleyna Garrison? — resmunga Hallie. — Conhecemos todos os adolescentes da cidade e podemos te adiantar se você fez uma escolha terrível.

Susan olha para mim.

— É Charlie.

Engasgo audivelmente. Hallie dá um gritinho. Keiran apenas parece estarrecida.

— Charlie vai ganhar um programa de TV? — gagueja Brooke, olhando para mim, chocada. — Isso é... Quero dizer, uau, Charlie! Que legal!

— Eu? — Estou tonta. — Você está brincando, certo?

Susan sacode a cabeça e sorri.

— Você é exatamente o que tenho procurado, Charlie. É enérgica, autêntica, meiga e tem ótimas amigas. — Ela olha para as meninas. — Com elas a seu lado, acho que poderia ter um ótimo programa e seria um sucesso entre nossos telespectadores.

Brooke quase chora.

— Você quer que a gente apareça também? — diz ela, o rosto vermelho de animação. — Você quer todas nós?

Susan assente.

— *As panteras de Charlie.*

— É como a mãe de Charlie nos chama — declara Keiran, impressionada.

— Sempre achei que deveria ser *As panteras de Brooke*, mas o chefe delas se chamava Charlie, então não faria sentido — diz Brooke sorrindo.

Susan ri.

— Quero todas vocês. Com certeza temos muito para discutir juntas e com seus pais. Então, se a proposta interessar a vocês, podemos nos encontrar antes da festa para conversar. Almoço por minha conta? — Estamos todas ainda em choque para responder. — De qualquer forma, falarei com você, Charlie. Me liga amanhã, vou mandar entregar os convites. — Susan olha para mim. Brooke me cutuca e finalmente consigo assentir. — Sei que é muito para digerir — continua ela —, darei a vocês um tempo para pensar. Espero mesmo que possamos fazer isso funcionar. É uma oportunidade que não quero oferecer a mais ninguém.

Susan se levanta e pega o casaco, a bolsa Hermès e o guarda-chuva. Nós quatro mal conseguimos nos mexer, nem mesmo esboçar um "tchau". Essa mulher está falando sério? Ela realmente quer que eu seja a protagonista de um programa da Fire and Ice?

O sininho da porta soa e me tira do transe. Levanto a cabeça e Susan já se foi, deixando nós quatro boquiabertas.

dois

Confie naquelas que te conhecem melhor

Três minutos depois do sinal, já ocupamos a solitária mesa de piquenique no jardim mantido pelos alunos, do lado de fora do refeitório. Brooke, Keiran e eu tiramos nossos almoços da bolsa enquanto Hallie enfrenta a fila do refeitório para experimentar o sanduíche de carne e queijo à Filadélfia de hoje. O ar está fresco e fecho os botões do meu sobretudo antes de me sentar.

Ainda faz frio na primeira semana de abril — quase 15 graus —, mas como não queríamos que ninguém soubesse da oferta do programa de TV antes de decidirmos aceitá-la, precisávamos de um lugar reservado para nos reunir. Acho que o jardim é provavelmente o lugar certo. Somos as únicas pessoas nele. Tenho certeza de que todos dentro do refeitório pensam que somos estranhas.

Se minhas amigas soubessem o que estou pensando agora, com certeza achariam que eu *sou* estranha. Faz cinco dias desde que Susan jogou aquela bomba em nós e as meninas estão 95 por cento dentro. Eu sou a única indecisa. O sol subitamente espia por entre as nuvens, como se estivesse ali para ouvir minha decisão.

Queria ter uma decisão. Não consigo dormir. Mal consigo comer. Não sei o que fazer! Puxo um caderninho da minha bolsa estilo carteiro e o coloco em cima da mesa, abrindo-o na página certa. Diz: REALITY SHOW — PRÓS E CONTRAS. Os prós são obviamente o dinheiro (dã), a chance de impressionar as universidades (quantos candidatos podem dizer que já estrelaram o próprio reality show?) e — tenho vergonha de admitir — sei que estamos todas pensando na fama. Minha coluna de contras lista: invasão de privacidade, falta de tempo para estudar e como o programa poderia afetar nossa amizade. Sem mencionar minha futura carreira no jornalismo — como poderei ser a próxima Diane Sawyer depois de ter feito um reality show? Rabisquei várias anotações nas colunas de prós e contras e escrevi perguntas para fazer às meninas. Passei a noite de ontem fazendo minha lista em vez de assistir a *90210*.

Sei qual será a reação de Brooke aos meus contras. Ninguém em sã consciência jogaria fora a chance de ter o próprio programa de TV. E ela está certa. Eu sei que está certa. Mas ainda não consigo dizer "sim". Tenho muitas perguntas.

Um programa de TV sobre mim? EU? Sobre Brooke, até visualizo. Ou Hallie. Mas sobre *mim*? Em que Susan estava pensando?

Brooke tira um bloquinho roxo e purpurinado de dentro de bolsa da Burberry (uma compra da estação passada com desconto de 80 por cento. Shh!) e o coloca sobre a mesa. Ela olha para mim.

— O quê?

— Nada — digo, encarando-a. — Você também fez anotações?

Brooke revira os olhos.

— Char, você não é a única que pode fazer uma lista de prós e contras, sabe?

— Eu sei — respondo, indignada. Deveria dizer que sou a única que toma a iniciativa de fazer uma quando estamos *todas* indecisas, mas não digo. Também gostaria de lembrar a Brooke de quando a mãe de Hallie decidiu sair com todas nós no aniversário de 16 anos da filha e tivemos que pensar em um lugar para ir. Ou quando estávamos cogitando ser monitoras durante o verão em um acampamento chamado Whispering Pines (o que foi vetado, pois ficaríamos muito longe da praia). Mas não quero provocá-la. — Não achei que você tivesse uma lista de contras.

— Eu tenho contras — insiste Brooke, e em seguida ri. — OK, não são realmente contras, mas...

— Deixe-me adivinhar — digo enquanto desembrulho meu sanduíche de manteiga de amendoim e geleia. — "Contra: é o emprego de Peggy Pierce que quero e a vaga já está ocupada."

Brooke ri.

— Exatamente! — Ela rouba meu sanduíche, forçando-me a olhar para ela. — Char, me diga a verdade: você quer fazer isso? Sei que se estressa fácil, e a última coisa que quero é que isso leve você ao limite. Se quiser desistir, é só dizer.

Perco a voz durante um segundo. Sei que Brooke quer isso mais que qualquer uma de nós, e ouvi-la falar assim mostra que ela ainda coloca nossa amizade em primeiro lugar. Brooke pode ser difícil algumas vezes, mas também é incrivelmente atenciosa. Às vezes, quando Keiran está há seis horas cuidando de crianças, ela vai encontrá-la e leva comida. E quando estou passando por algum estresse com um menino, Brooke é a primeira a me oferecer um trato no visual ou um casaco de seu guarda-roupa para me animar.

— Nem consigo explicar o quanto significa ouvir você dizendo isso, mas eu quero de verdade — digo a Brooke.

— E sei o quanto você quer também. Eu *quero* dizer "sim".

— Hesito. — Acho. — Brooke suspira.

Hallie se aproxima carregando uma bandeja com Vitamin Water, batata Lays, o sanduíche à Filadélfia e pudim, tudo empilhado.

— Eca, Hallie, pudim e queijo? — Keiran faz uma careta.

— Os dois estavam com uma cara boa e não consegui me decidir. — Hallie dá de ombros. — Além disso, Bobby comprou a batata para mim e Joe insistiu em pagar pelo pudim, então não custou nada a mais.

— Preciso ficar ao seu lado na fila do almoço cochichando o que quero — digo a ela.

— Gente, este é um almoço sério. — Brooke finge ser severa. — Temos uma decisão importante a tomar e muito pouco tempo para isso.

— Vinte e cinco minutos, para ser precisa — calcula Keiran.

— Brooke está certa — concordo, e sinto meu estômago fazer piruetas. — Vamos ao que interessa.

Todas pegam suas anotações. Pensei que seria só eu, como de costume, mas acho que essa é uma grande decisão e não sou exatamente a única preocupada.

A mesa fica em silêncio, exceto por Hallie mastigando as batatas e o som de um cortador de grama a distância.

— Acho que todas podemos riscar "preocupações dos pais" da lista, certo? — pergunta Keiran, segurando a caneta.

— Os meus querem adotar Susan — conta Hallie. — Ela tem sido tão atenciosa. Minha mãe já ligou duas vezes e ela atendeu nas duas.

— A minha também! — diz Keiran. — Meus pais estão ansiosos para se encontrar com ela no fim da semana. *Se* aceitarmos. — Ela olha para mim. Susan sugeriu que todas nos encontremos na sexta-feira para jantar e conversar sobre nossas dúvidas.

— Nenhum problema com os meus também — diz Brooke. — Eles sabem o quanto quero isso.

Assinto. Meus pais também parecem estar dentro. Têm preocupações, óbvio, e sei que estarão observando tudo que o programa fizer conosco, mas acho que estão de acordo com a ideia de a filha virar hollywoodiana.

— Fiquei surpresa por meus pais não terem muito o que dizer, mas acho que é porque não assistem a Fire and Ice — digo.

— Osh meush nem sabem qui é Fir and Ice! — diz Brooke, alegre e de boca cheia. — Acho que por isso disseram sim.

Olho para meu caderno para evitar ver o sanduíche de peru se revirando dentro da boca dela.

— Certo. Então, prós e contras... — continuo.

— Char, já sabemos quais são. — Brooke engole o resto do sanduíche e olha para as outras. — Essa reunião, na verdade, é para você. É você quem Susan quer. Nós queremos fazer o programa. Só queremos saber se *você* quer.

Sem graça, mudo de posição em meu assento. Minha bunda está gelada neste banco de metal.

— Eu quero, mas tem uns contras em que vocês provavelmente não pensaram. — Olho para meu caderno de novo. — Tipo...

— Eu sei que você vai dizer escola, mas se não filmarmos na escola, então não será um problema, certo? — interrompe Brooke.

— Susan contou para minha mãe que só vamos filmar alguns dias da semana, então, alguns dias serão atarefados, mas os outros serão dias normais e podemos estudar mais — sugere Hallie.

— Verdade. — Risco "escola" da lista. Riscar um contra me deixa animada. E mais nervosa. Isso pode realmente acontecer. Não sei se grito ou vomito.

— Além disso, quanto tempo as gravações podem levar? — pergunta Keiran. — Três meses? Só vão gravar uns 12 episódios, não?

— Sim, mas cada episódio leva mais de um dia para filmar — explico, como se realmente soubesse (não sei).

Brooke se inclina e rabisca minha lista com uma canetinha preta.

— EI!

— Charlie, isso é loucura! — diz Brooke. — Podemos confirmar estes detalhes *depois* que aceitarmos. A questão é: o que vai fazer você dizer sim?

Olho para seus rostos esperançosos e suspiro.

— Sou a única com medo de perdermos *umas às outras* nessa?

— O que quer dizer com isso? — pergunta Hallie, desenhando flores na própria lista.

— A gente vê isso na *US Weekly* o tempo todo — explico. — As pessoas brigam quando estão nesses programas de TV.

Vejam Heidi e Lauren, do *The Hills*! E Lauren e Audrina! E o elenco de *Survivor*! Não quero que sejamos como eles.

— Não seremos — afirma Brooke. — É disso que tem tanto medo, Charlie? Não vai acontecer com a gente! Não deixarei! — Ela parece tão determinada que meio que acredito. — Pare de pensar nas coisas ruins que não acontecerão. Pense nas coisas boas. Todos os lugares legais aos quais poderemos ir, as roupas, as celebridades que conheceremos. Vamos estar namorando os Jonas Brothers num piscar de olhos.

— Então você já superou o Justin Timberlake? — pergunta Keiran.

Brooke sorri sem graça.

— Gosto de estar aberta a novas opções. Marleyna Garrison vai morrer de inveja.

— Ela de novo? — resmunga Hallie.

— O quê? — pergunta Brooke, inocente. — Se ela por acaso descobrir que estou rica e namorando um dos Jonas... não digo que isso me chatearia.

— Foco, galera! Não temos muito tempo. — Keiran está mais concentrada do que jamais vi. — Você realmente acha que esse programa poderia nos separar? — pergunta ela, nervosa. — Nem tinha pensado nisso.

— Todas nós brigamos às vezes e, se nos pegarem dizendo algo e isso for ao ar, poderíamos acabar com raiva umas das outras — digo, preocupada. — Não quero que nossa amizade seja destruída por um programa de TV. Vocês significam mais para mim do que o Justin Timberlake.

— Não deixaremos o programa nos separar — insiste Brooke. — Faremos um pacto para nos lembrar de que o que uma de nós disser em frente às câmeras pode estar descontextualizado. Não somos o tipo de garota que deixa a fama subir à cabeça. Ainda seremos as mesmas.

Hallie e eu nos encaramos e ela levanta a sobrancelha direita. Quero acreditar em Brooke, mas de alguma forma acho que ela será a primeira a aparecer na capa da *People*.

— Nos conhecemos melhor do que um programa de TV pode nos retratar — concorda Keiran. — Não vamos perder a linha umas com as outras.

— Você acha? — pergunto. Já vi Brooke com raiva de uma de nós e ser sutil não é um de seus pontos fortes. Tenho certeza de que também não sou tão boa assim em uma briga. Não calo a boca até dizer tudo o que quero dizer. Sou a Juíza Judy, aquela do programa de tribunal, do nosso grupo.

— Charlie, acho que vamos ficar bem — insiste Brooke. — Como poderíamos nos irritar umas com as outras ganhando tanto dinheiro?

Susan não disse quanto receberíamos exatamente, mas, quando minha mãe ligou para ela ontem à noite, deu a entender que seria algo em torno de dez mil por episódio. É mais do que eu ganharia no Milk and Sugar em três anos, e o programa paga por cada semana ou duas de trabalho!

— Ainda estou tão chocada e tudo está acontecendo tão rápido — admito. — Nenhuma de vocês acha que isso está acontecendo rápido demais?

Keiran solta uma bufada.

— Você pensa demais.

— Não penso, não! — protesto.

— Pensa, sim — concorda Brooke, e dá uma mordida em sua alface. Não é almoço na escola se Brooke não estiver com algum ingrediente de salada. — Você vai se afogar em prós e contras até não conseguir sequer tomar uma decisão.

Em um minuto você está cantando com seu espanador e fazendo piadas, no outro você é a Sra. Seriedade. E aí, o que vai ser? Temos que ligar para Susan e dizer se vamos jantar com ela na sexta-feira. Ela é importante demais para ficar esperando. Qual é a sua resposta? O tempo está passando e tenho uma longa caminhada até a aula de Educação Física.

O sino toca antes que eu responda. Todas resmungam.

— Charlie, depois da escola você tem que ter uma resposta final — exige Brooke. — Você sabe que quer fazer isso. Apenas relaxe e diga sim! Pense no quanto vamos nos divertir. — Ela passa um dos braços pela minha cintura. — Juntas, nós quatro somos invencíveis. Não vamos nos separar, prometo. E não se esqueça da melhor parte de tudo isso.

Olhamos para Brooke ansiosas.

— Vamos ser pagas para andar juntas.

Todas rimos. As meninas começam a pegar suas bolsas e jogar fora os restos do almoço, mas eu ando mais devagar. Tenho um tempo livre e ninguém vai ligar se eu chegar cinco minutos atrasada no jornal. Preciso de ar e sol para tomar essa decisão. Se pudesse ir à praia seria ótimo, mas só tenho o jardim morto da escola. Acho que também não é o melhor lugar para decidir.

— Nos encontramos em frente ao meu armário às 15 horas — grita Hallie, enquanto volta para dentro do prédio.

Sigo para dentro e ajusto a bolsa carteiro mais acima no ombro. Viro em um dos longos e escuros corredores. Não há janelas, o que é meio deprimente, e todos os corredores são pintados do mesmo tom de bege entediante (assim como as paredes de tijolos e os armários). As únicas coisas que iluminam a paisagem são folhetos fluorescentes presos às paredes para lembrar os alunos dos testes para a peça da primavera, da festa pré-jogo na sexta-feira e do comitê do baile. Os corredores da Escola Cliffside estão lotados — bem, se você considera como lotação uns cem alunos por ano do Ensino Médio. Temos três minutos para chegar à aula entre os sinais e às vezes você pode ser derrubado por um novato no meio de sua corrida maluca de Educação Física, em uma ponta da escola, até a sala de Inglês, na ponta oposta. Deslizo para a direita para evitar um desses casos quando vejo uma garota com a testa suada, mordendo o lábio e acelerando.

Viro a esquina do corredor e entro no enorme almoxarifado que costumava abrigar os mantimentos de cozinha e agora foi transformado na sede do jornal da escola. Há uma longa fileira de computadores, uma mesa grande e um sofá deprimente no fundo. Zac Harris está esperando. Paro subitamente. Essa é a melhor parte do meu dia.

— Está três minutos atrasada. Vou ter que contar para a Srta. Neiman. — Zac está sentado em uma das cadeiras reclináveis e mastiga um lápis enquanto me encara. Isso é o que temos feito há meses: nos encaramos e lançamos comentários levemente provocantes.

— Como você sabe que eu não estava em missão oficial para o *Cliffside Heights*? — pergunto a Zac enquanto jogo a bolsa no chão e ligo o iMac ao lado dele. A tela ilumina a sala. O escritório não tem janelas, mas conseguimos pendurar dois pôsteres que se parecem com janelas para animar o lugar. Um é uma imagem do Caribe, o outro tem um quintal enorme com um balanço. A sala bege também tem vários quadros brancos com os prazos das futuras matérias anotados, um quadro grande de cortiça com a política do jornal e fotos bobas da equipe, além de um pôster de *Trans-*

formers: A vingança dos derrotados que ganhamos quando fizemos uma crítica do filme e demos nota 9. Foi a primeira vez que um estúdio atendeu a um de nossos pedidos, mas também é possível que tenham mandado pôsteres para todas as escolas e faculdades do país. O filme arrecadou, tipo, um zilhão de dólares.

— Que tipo de missão especial? — pergunta Zac. — Porque se é oficial, como editor eu deveria ser oficialmente informado. Sou totalmente a favor de oficializar as coisas. Deveria anotar que você está oficialmente atrasada?

Ele está sorrindo para mim e tento não cair na gargalhada. Zac me faz rir. Muito. O que é bom, porque quebra um pouco a tensão que sinto ao trabalhar tão perto dele. Tive uma quedinha por Zac o ano todo, mas a coisa piorou em dezembro, quando ele saiu da turma de Cálculo Avançado para a de Matemática Regular, ficando livre no horário do sexto tempo, o mesmo tempo livre na minha grade horária. Agora, em vez de vê-lo uma vez por semana e dar um sorrisinho tímido quando estamos em reuniões, nos vemos todos os dias. Normalmente estamos sozinhos. A Srta. Neiman deveria estar no jornal, mas ela usa essa extensão do almoço para corrigir trabalhos. O resto da equipe só aparece por uns cinco minutos e depois vai embora.

Todo esse tempo sozinha com Zac só intensificou minha queda por ele. Principalmente porque Hallie acha que ele também gosta de mim. Não posso dizer que ela está totalmente errada. Tem essa coisa do flerte e de nos encararmos, e o fato de que nenhum de nós passa o sexto tempo em outro lugar que não o jornal, ainda que pudéssemos estar na quadra de Educação Física ou na biblioteca estudando. Prefiro tirar 6 em Estudos Sociais do que perder um dia com Zac.

Hoje ele está especialmente bonito. OK, acho que ele está bonito todos os dias, mas hoje está usando uma camiseta que adoro. É azul-marinho e diz "Jesus odeia os Yankees". Zac é um grande fã dos Mets e, se você é fã dos Mets, tem a obrigação de odiar os Yankees, o que Zac faz. (Não que os Yankees se importem com o que os fãs dos Mets pensam, mas ainda assim.) Ele está usando sua camiseta sobre uma camisa de manga comprida com jeans azul-escuros. Mas não é só a combinação da roupa que me deixa com a boca seca. Estou desesperada para passar os dedos por seus cabelos ondulados castanho-escuros e encarar bem fundo seus olhos azuis.

— Terra para Charlie. Responda, Charlie. — Ouço Zac dizer.

— Desculpa. — Rezo para não estar corando. — Estou um pouco aérea hoje.

— Tem sorte de não estarmos próximos dos prazos de entrega — diz Zac, começando um sermão —, ou teria que usar as sobras de minha salada de macarrão para trazer você de volta.

— Eu não gostaria disso. — Dou uma risada. — Parece nojenta.

Cético, Zac espia o pote meio vazio.

— Não está *tão* ruim assim — diz ele, fingindo estar magoado. — Mesmo que seja da Zorn's.

Emito um som de nojo. Zac trabalha na Zorn's depois do colégio e ele mesmo admite que é a pior delicatessen do mundo. É difícil ter uma delicatessen ruim quando se vive em Nova York, lar dos bagels frescos, dos frios de verdade e de pizzas decentes, mas de alguma forma a Zorn's consegue destruir todo prato que faz, inclusive o queijo quente (quem destrói um queijo quente?). Olho para a tela do computador de Zac e vejo uma logomarca da Universidade Duke me encarando de volta.

— Hmm, isso também não parece uma missão oficial do jornal — digo.

— Me pegou — responde Zac. — Estou lendo o formulário de admissão de novo.

— Embora não tenhamos de preencher um desses até o próximo outono — lembro-o.

— Se é que vou preencher um — diz Zac baixinho.

— Do que está falando? — pergunto. Estudar na Duke é um dos assuntos preferidos de Zac. Seu pai estudou lá, seu irmão também e Zac está praticamente com as malas prontas para ir.

— Eles aumentaram a anuidade de novo — explica. — Está em quase 49 mil por ano. Por ano! Mesmo que consiga uma bolsa parcial, como vou fazer isso? — Ele sorri malicioso. — Acha que a Zorn's me daria um adiantamento do salário?

— Não acho que a loja inteira valha tudo isso — brinco. Mas Zac parece arrasado. — Você vai pensar em um jeito.

Ele dá de ombros.

— Não custava nem perto disso quando meu irmão se formou há algum tempo e devia ser uns dois mil por ano quando meu pai estudou lá. — Ele passa os dedos pelos os cabelos. — Não sei como essas faculdades esperam que paguemos. A não ser que meu pai vire um neurocirurgião no próximo ano, acho que vou ter que riscar Duke do topo da minha lista.

Claro que isso me faz pensar no programa. Ainda não escolhi, mas gosto da Universidade de Boston e ela custa praticamente a mesma coisa. Meus pais com certeza não têm tudo isso guardado, mas nunca me incentivaram a considerar as faculdades estaduais mais baratas. Talvez estejam em negação tanto quanto eu.

Quarenta e nove mil dólares por ano mais inflação. Mais de duzentos mil pelos quatro anos. DUZENTOS MIL. Como você deixa passar a oportunidade de ganhar tudo isso e mais um pouco? Seria uma idiota se não aceitasse fazer o programa. Zac faria o mesmo se tivesse a chance. Qualquer um em Cliffside faria! Brooke está certa. As meninas e eu somos amigas há séculos. Não deveria pensar que um programa de TV pode nos separar. E, se essa é minha única grande preocupação, tenho que superá-la imediatamente.

— Acho que alguém batizou o seu suco no almoço — diz Zac. — Você está em qualquer lugar menos aqui hoje.

— Desculpa. Minha cabeça está prestes a explodir agora mesmo. Tenho que tomar uma decisão importante até às 15h.

— Quer compartilhar? — pergunta Zac, recostando-se em sua cadeira giratória.

— É tão complicado — resmungo, olhando para o relógio. Não tem como explicar tudo em vinte minutos. — Com certeza contarei os detalhes quando puder, mas a versão resumida é que tenho a chance de fazer algo grande, que me pagaria muito dinheiro e às minhas amigas também, mas não tenho certeza se quero fazer isso.

Zac me encara desconfiado.

— Você entrou para a máfia?

— Não! — Dou um tapa nele.

— Está vendendo mercadoria roubada? — A boca de Zac começa a se contrair.

— Não é nada disso. — Rio. — Mas é um pouco surreal. E, se quero evitar pagar empréstimos estudantis até os 60 anos, seria inteligente considerar a oferta.

— Então o que está te impedindo? — pergunta Zac.

— Estou com um pouco de medo — admito. — É ENORME. Tão enorme que você não faz ideia. Arrebatador demais para eu compreender totalmente.

— Estou tão curioso — diz ele, sorrindo. — Não quis puxar você para este redemoinho das anuidades de faculdade comigo. Deixa eu tentar te salvar. O que vai fazer na sexta-feira que vem, à noite? Podemos nos encontrar e falar sobre essa enorme decisão que terá tomado até lá. Perguntaria se não quer fazer algo neste fim de semana, mas meus pais vão me arrastar para o batizado do filho da minha prima na Filadélfia.

Zac realmente acabou de me perguntar o que vou fazer em uma sexta-feira à noite? Ele me chamou... para sair?

— Na outra sexta provavelmente escreverei a crítica de algum péssimo filme independente pelo qual a Srta. Neiman está obcecada no momento e que ninguém irá assistir, para a edição da semana seguinte — digo, nervosa, e balanço minha cadeira giratória para me acalmar.

— E se eu topar passar por essa tortura com você e nós sairmos para jantar antes ou depois? — pergunta Zac.

Ele *está* me chamando para sair! Me jogo tão para trás na cadeira que quase dou uma cambalhota. Zac segura o braço da cadeira e me equilibra. Tento fingir que nada aconteceu.

— Isso seria... — Irado? Maravilhoso? Tudo pelo que tenho esperado o ano todo? — Legal — digo, calma.

— Legal — repete Zac, com um sorriso. — Vamos esperar para ver qual será seu trabalho terrível e então planejamos. *E* celebramos o seu "sim" para a *enorme* decisão que precisa tomar.

— Você nem sabe o que preciso decidir — ressalto. — Como sabe que direi sim?

Zac sorri.

— Porque conheço você. Não estaria tão obcecada com isso se não quisesse ir em frente. É como quando a Srta. Neiman pediu que você cobrisse o show Zootopia do Z100. Você pirou porque ia entrevistar a Taylor Swift, mas criou coragem e foi mesmo assim.

— Fiz três perguntas a ela antes de entrar no palco — lembro.

— Mas você foi, não foi? — diz Zac. — Às vezes você precisa acreditar mais, Charlie. Pense bem: você ficaria mais feliz em dizer "sim" mesmo com medo ou mais chateada se dissesse "não" e ficasse sempre se perguntando "e se"?

Tiro o celular da bolsa e olho a minha foto com Taylor que uso como papel de parede. Cobrir o show valeu a pena. Olho para Zac.

— Acho que você acaba de tomar a decisão por mim.

Dois tempos depois, estou quase flutuando pelos corredores. Zac me chamou para sair! Claro, estou nervosa quanto ao que vai acontecer, mas não quero perder algo que pode ser maravilhoso. O mesmo vale para o programa. Tenho que tentar.

Quando vejo as meninas de pé ansiosas perto do armário de Hallie, mal consigo falar de tão animada.

— Zac te chamou para sair — diz Hallie assim que me vê. Paro subitamente.

— Como você sabe?

— Ele chamou? — pergunta em um gritinho, agitando as outras também. — Estava chutando! Não sabia de verdade.

— Acho que você pode fazer carreira como adivinha, Hallie — diz Brooke, maravilhada. — Não que eu não tenha pensado que isso aconteceria alguma hora.

Hallie acena para que ela fique quieta.

— Conte todos os detalhes. Como aconteceu? O que ele disse? Aonde vão? O que ele estava vestindo quando fez o convite?

Levanto as mãos em protesto.

— Contarei tudo, mas não aqui. — Olho ao redor, para o corredor lotado. O problema com escolas pequenas é que qualquer notícia, boa ou ruim, viaja na velocidade da luz. — Além do mais, não é só por isso que estou animada — disparo, e Brooke instintivamente leva a mão ao peito. — Estou dentro. Quero fazer o programa.

As meninas se jogam em mim.

— Você não vai se arrepender. — Brooke me abraça forte. — Esse programa vai mudar as nossas vidas.

Espremo-a de volta.

— Eu sei.

três

A grama do vizinho é mais macia

Brooke grita tão alto que poderia quebrar os vidros do carro.

— Vocês acreditam nisso? Estamos a menos de 15 minutos de uma festa com celebridades! Alguém me belisca.

— Não vejo você tão feliz desde que Marc Zeaman terminou com Sara Meyer no segundo ano para te levar à feira da primavera — diz Hallie, sarcástica.

Dou uma gargalhada. Se existe alguém pronto para as câmeras, é Brooke. Seu cabelo é a tríade do descolado: macio, brilhante e cacheado nas pontas, depois de horas enrolado em bobs durante a tarde. Brooke disse que tínhamos de ir estilo Blake Lively, então vestiu um tomara que caia curtinho preto e branco que conseguiu no outlet da Quinta Avenida-Off. É exatamente como o que vimos em *Gossip Girl* há algumas semanas.

Brooke insistiu que nos encontrássemos para os preparativos na casa dela três horas antes de sairmos. Fizemos a maquiagem e o cabelo umas das outras e basicamente descarregamos a ansiedade — estávamos tão aflitas e apavoradas que não conseguimos parar de falar desta noite. Brooke até mesmo pediu para sua mãe ligar para a mãe de Keiran, convencendo-a a liberar a filha dos deveres de babá para que pudesse se embelezar com a gente. Brooke costuma ser boa em convencer os pais.

Ontem essa tarefa recaiu sobre nossa nova chefe, Susan. Assim que dissemos que aceitávamos fazer o programa, ela ligou para nossos pais para agradecê-los por dizerem sim e para convidá-los para jantar com ela e alguns executivos em Greenport, na sexta à noite. Eles aceitaram e, claro, tinham um monte de perguntas. Que tipo de programa vai ser? Como nós filmaremos um episódio? Isso vai interromper nossos estudos? Como a emissora nos impediria de virar jovens mimadas de reality shows (sim, eles estão pensando em você, Paris Hilton)? E como os planos de Susan têm a mim como peça central — algo que ainda parece surreal e desconcertante —, meus pais estavam particularmente preocupados com meus horários e como eu conciliaria o emprego no Milk and Sugar, o trabalho como colunista de entretenimento no jornal do colégio, os estudos para as provas *e* o programa de TV ao mesmo tempo.

Susan conquistou todos eles, inclusive os pais de Hallie, que estavam mais do que desconfiados de a filha passar tanto tempo filmando sem a presença deles. Susan explicou em detalhes minuciosos como serão nossos horários de filmagem, que tipo de compromissos assumiremos, como funcionará o esquema de pagamentos, mesmo tendo que repetir tudo isso para cada uma de nós em particular depois — faça a pergunta e Susan tem a resposta. Nossos pais estavam tão calmos depois da sobremesa que até concordaram em nos deixar ir para a festa da Fire and Ice sem eles (o que é ótimo, pois quem quer conhecer os Jonas Brothers com a mãe?). Susan prometeu ficar de olho em nós e se reunir com todo mundo de novo na quarta-feira para esclarecer novas preocupações que possam surgir. Ela acredita que assinaremos os contratos no fim da semana que vem.

Tudo está acontecendo tão rápido que parece que caí em um dos filmes de princesas da Disney e encontrei o meu final feliz para sempre em 24 horas! Nem acredito que faz só uma semana desde que Susan largou a bomba em mim e agora estamos todas na Cherokee caindo aos pedaços do irmão de Brooke a caminho de um restaurante chique nos Hamptons para a *soirée* da Fire and Ice. (Susan ofereceu um carro para nos buscar, mas, como Todd estava indo para a mesma direção, recusamos. Minha mãe disse que não seria certo nos aproveitarmos da generosidade de Susan enquanto não fôssemos oficialmente funcionárias. Concordo, mas seria legal chegar em uma limusine Hummer.)

— Estaremos em casa à meia-noite, certo? — Keiran parece nervosa ao mastigar uma mecha de cabelo. Brooke insistiu em dar um trato completo no visual de Keiran para a festa. Ela está com uma sombra cobre esfumada e os cabelos lisinhos de chapinha. Brooke também fez Keiran vestir uma de suas combinações. Ela sempre nos deixa "comprar" em seu guarda-roupa. No momento, Kiki está usando uma blusa preta fofa de frente única e saltos com brilho que combinam muito bem com suas calças skinny. — Se eu chegar em casa *dois* minutos depois da meia-noite ficarei um mês de castigo.

— Você quer parar de se preocupar? — Hallie se inclina e a abraça, raspando os brincos prateados em sua bochecha. O cabelo de Hallie está preso esta noite e mechas finas caem em seu pescoço. Ela preferiu usar o vestido supercurto e colorido que Brooke vestiu no casamento do primo no mês passado. O vestido mal cabe em Hallie, que tem mais curvas que qualquer uma de nós, mas o look cai bem. — Não vamos deixar você perder a hora, OK? Todd vai nos buscar às 23h15.

Todd resmunga concordando. Diferente da irmã, ele é tudo, menos um fashionista. Todd passa o tempo todo mexendo em carros no celeiro da família, então está sempre coberto de graxa dos pés à cabeça. Debaixo de toda essa sujeira, ele é bonitinho de um jeito meio bad-boy assustador, com cabelos curtos castanho-escuros, grandes olhos castanhos e um guarda-roupa motoqueiro-chique. Todd largou a faculdade e trabalha em uma oficina mecânica local. Só mais uma coisa da qual Brooke não gosta de falar.

— Kiki, você não pode ficar um mês de castigo — grita Brooke do assento do carona, onde acaba de aumentar o volume do rádio até o modo festa. — Estaremos filmando nessa época.

— Podemos estar filmando em um mês! — repito maravilhada. Aperto ansiosamente a barra do meu vestido tomara que caia azulão. Meus cabelos estão soltos e cacheados, instruções de Brooke, e estou usando mais maquiagem que os habituais gloss e lápis de olho, então minha pele branca está coçando por baixo de toda essa base. — Vocês acham que vai mesmo acontecer? — divago em voz alta. — Vai ver estão falando com várias outras garotas sobre esse programa.

— Eles nunca convenceriam nossos pais daquela forma e pagariam um jantar caro se não nos quisessem — insiste Brooke. — Estamos dentro! — Os olhos dela praticamente dançam sob as luzes da rua.

— Você acha mesmo? — pergunto. — Esse tipo de coisa nunca acontece comigo. Ou com a gente. Como nos tornamos as garotas ideais para um reality show da Fire and Ice?

— Nascemos para brilhar — diz Brooke, em tom de piada. — Sempre digo que somos boas demais para esta cidadezinha brega! Seremos famosas e teremos muitas coisas de graça.

— Imagine se começarem a escrever sobre nós na *US Weekly*? — grita Hallie. — Vou morrer.

— Isso seria ótimo — concorda Brooke. — Contanto que não viremos os famosos da seção "fora de moda". Quer dizer, *eu* não virarei, mas vocês sabem...

— Isso tudo é ótimo, eu sei, mas é um pouco assustador pensar que gravarão cada segundo de nossas vidas — lembra Keiran, sombria. — Acho que não quero espantar um cinegrafista do meu banheiro para poder tomar banho. — Ela faz uma careta.

Balanço a cabeça.

— Susan disse que teremos horários. Teremos dias de folga e as câmeras não estarão sempre gravando, mesmo se estivermos trabalhando. Vai ficar tudo bem. Eles não têm dinheiro o suficiente para pagar alguém para ser filmado 24 horas todos os dias da semana.

— Não acredito que vamos ser pagas para fazer o que fazemos normalmente — diz Brooke, extasiada. — Ficar juntas, comprar e conversar. Seremos pagas para conversar!

Continuo repassando o que Susan disse no jantar: "Não será só diversão. Isso dará muito trabalho. Vocês assumirão um compromisso irrevogável com a emissora para filmar uma temporada inteira, com a opção de o programa continuar. Mas, com esse compromisso, vêm muitas vantagens.

Como mencionei, o pagamento será melhor do que qualquer dinheiro que você ganhe no Milk and Sugar. Estou falando de dinheiro o suficiente ao final da temporada para pagar a faculdade e sobrar. Um carro, talvez mais. Além disso, ajudaremos com roupas para eventos e divulgações, haverá participações na TV, eventos de tapete vermelho. Vocês estarão dentro do mundo de Hollywood. Portas que nunca imaginariam se abrirão."

Minha mente ainda não consegue processar tudo o que Susan prometeu e, toda vez que tento, ela dá mais algumas voltas. Faculdade paga? Conexões com a realeza de Hollywood? Parece incrível demais para ser verdade.

— Acho que vou vomitar — diz Hallie, rouca. — Nossas vidas inteiras vão mudar para melhor se isso realmente acontecer.

Então nos entreolhamos e começamos a rir. Gargalhadas nervosas. Estamos assim há dias, uma onda constante de açúcar. A possibilidade de se tornar famosa pode fazer isso com você.

— Gente! Estou tentando dirigir aqui — murmura Todd. Ele freia bruscamente sob um sinal vermelho e o motor reclama alto. — Cadê o convite da festa? Deve ser no próximo quarteirão.

— Você pode nos deixar aqui — diz Brooke rapidamente. Sei o que está pensando. Não quer ser vista nesse carro.

— Não. — Todd arranca mais rápido do que Brooke consegue tirar o cinto. — Estamos quase lá.

Sinto meu estômago dar voltas. Não acredito no quanto estou nervosa. Estou prestes a ir a uma festa sobre a qual costumo ler na revista *People*. O carro desacelera, e meu pulso dispara.

— Todo mundo respirando fundo — diz Brooke, para acalmar tanto a si mesma quanto a nós. — Queremos parecer jovens inteligentes, sofisticadas e seguras.

— Principalmente você, Charlie — completa Hallie.

— Por que eu?

— Porque você vai ser a estrela dessa grande produção, se ela acontecer — lembra Hallie. — E porque você costuma ficar muito nervosa em situações estressantes e, bem, tropeçar ou derramar algo em si mesma.

Brooke resmunga.

— Por favor, não derrube nada na roupa, Char! Só usei esse vestido uma vez.

— Gente, quanto a essa coisa toda de estrela... — digo, desconfortável. É a primeira vez que falo disso, mas é a verdade. Me sinto estranha em ser destacada do resto delas, como se de alguma forma eu fosse melhor, o que não sou. — Vocês sabem que não me importo com isso, certo? Não quero ser tratada diferente de nenhuma de vocês. Não sirvo para ser estrela.

— Estamos bem ao seu lado — fala Brooke, e aperta meu ombro. — Não que eu jamais tenha gostado de ser plano de fundo, mas acho que posso tentar.

— Isso está sendo uma tortura para ela, você sabe — diz Hallie para mim. — Brooke preferiria estar fazendo *O programa da Brooke.* — Todas rimos.

— Admito. — Brooke dá de ombros, os cabelos ruivos esvoaçantes com o vento que entra pelas janelas abertas. — Queria ser a protagonista, mas mesmo assim estou feliz por estar aqui. Sem Charlie não teríamos essa oportunidade de sair de Dodge. Obrigada, Char. — Ela sorri agradecida conforme eu fico vermelha. Sei que foi difícil para Brooke dizer isso.

O carro para e olho para fora da janela. Estamos em frente a um restaurante chamado Nick and Toni's. Uma placa na frente diz FECHADO PARA FESTA PARTICULAR. O nome parece familiar, mas não sei por quê. Não passo muito tempo deste lado da cidade. A costa norte, onde moramos, tem mais fazendas, vinícolas e cidadezinhas, enquanto a costa sul se tornou uma miniatura de Hollywood. No verão, as celebridades vão em bandos para Amagansett, Sag Harbor e para os Hamptons como se estivessem distribuindo plásticas faciais de graça por lá. O couvert artístico para entrar em boates é alto, sapatos Jimmy Choo são figurino obrigatório e é mais difícil conseguir um convite para uma festa do que uma entrada para um show do Justin Timberlake.

— Ai, meu Deus, conheço este lugar! — diz Hallie, animada ao observar melhor o restaurante. — É um restaurante de celebridades muito famoso. Aparece toda hora na *Star*. É praticamente impossível conseguir entrar. Não acredito que fecharam para uma festa.

Brooke pratica sua respiração de ioga.

— Todo mundo agindo como as estrelas que sabemos que somos — instrui. — E Kiki, pare de mastigar o cabelo! É nojento. — Keiran deixa a mecha loura cair de sua boca e fica levemente corada de vergonha. Satisfeita, Brooke fecha os olhos castanhos, respira fundo mais uma vez, abre a porta do carro e desce. O restante de nós a segue como gado.

— Divirtam-se, meninas — diz Todd, piscando um olho. — Estarei de volta às 23h15. Quer dizer, se lembrar de olhar para o relógio.

Brooke se aproxima de um jovem vestindo um terno impecável e fones sem fio com uma prancheta nas mãos.

— Brooke Eastman — diz ela, confiante.

O homem olha para a lista, checa a primeira página passando o dedão pelos nomes, depois a segunda página.

— Desculpe, senhorita. Seu nome não está na lista. — Na mesma hora, ele deixa duas pessoas entrarem com apenas um aceno de cabeça.

Brooke balança o convite na frente dele.

— Cheque de novo. Tenho um convite. Susan Strom o entregou para mim pessoalmente, que dizer, para nós, pessoalmente.

Ele não parece se importar com quem deu o convite a Brooke. E dá um sorrisinho. Acho.

— Se não está na lista, não está na lista.

— É impossível — diz Brooke, surtando.

— Calma — sussurro, tirando-a do caminho. Dou um enorme sorriso para o homem. — Oi. Você pode verificar de novo? Tenho certeza de que ela está aí. — Ele balança a cabeça. — E quanto a Keiran Weber? — Não. — Hallie Stevens? — Nada. — Charlotte Reed? — tento.

Depois de verificar a página dois, ele olha para mim e tira a corda do caminho.

— Charlotte Reed mais três. Está tudo certo.

— Já imaginava — diz Brooke, e Hallie lhe dá um cutucão. — O quê? Estou só dizendo que não é de surpreender que o nome de Charlie seja o único aí.

— Ela deve ter nos colocado quando só sabia o meu nome — digo a Brooke conforme abro a porta. — Ela me conhece do trabalho, lembram?

É a última coisa que consigo dizer sem esganiçar a voz. Ao entrarmos no restaurante, nós quatro paramos e olhamos em volta. Qualquer que seja a decoração normal do Nick and Toni's, tenho certeza de que não é assim. Dá para perceber que o restaurante está mais acostumado a encontros reservados. As paredes são muito brancas, cobertas com arte folk e infantil e um monte de janelas está sem cortinas. No centro do salão de jantar principal está um enorme fogão a lenha coberto com um mosaico de azulejos. Um dos salões da área de jantar foi esvaziado para dar lugar ao DJ e, pelas janelas, dá para ver um pátio externo cujo dossel está decorado com pisca-piscas. Em vez de pessoas comendo silenciosamente em suas mesas, o lugar está lotado. Diversas TVs enormes exibem videoclipes e programas da Fire and Ice, como *Firing Up!*, o programa de Peggy Pierce que Brooke ama, e *Surf's Up*, um reality novo sobre surfe radical protagonizado por uns caras lindos, e um deles, tenho certeza, acaba de passar por mim.

Brooke me segura.

— Isso parece tão certo, não parece? Como se pertencêssemos a esse lugar? — diz ela.

Não sei, mas com certeza é divertido estar no meio de tudo aquilo. Sinto que deveria estar registrando essa festa para o jornal do colégio.

— Deveríamos procurar por Susan? — pergunto.

Todas concordam e formamos um trenzinho, como sempre fazemos em um lugar cheio. De mãos dadas, passamos pela multidão de um salão para outro procurando por uma morena atraente de uns 30 anos com ótimo gosto para roupas. Infelizmente, muitas pessoas se encaixam na descrição. Todo mundo está tão bem-vestido, com cabelos e unhas impecáveis, que quase me sinto deslocada nesse vestido de outlet, mesmo que seja bonito. De repente, Hallie para, fazendo todas se baterem.

— Ai meu Deus, ai meu Deus, acho que aquele é Connor Evans! — cochicha Hallie em meu ouvido, pois ele está logo atrás de mim. — Seria muito brega se eu pedisse para tirar uma foto com ele?

— Hallie, viu quem é aquele? — Ouço Keiran em um gritinho abafado algumas cabeças atrás.

— Connor? — chama Brooke em voz alta.

O cara se volta da conversa com um homem mais velho e abre o sorriso que o tornou conhecido em todos os lares. Sim, é ele mesmo. Connor tem uns 20 e poucos anos, cabelos castanhos, barba curtinha e um corpo de dar inveja aos caras do *Surf's Up*. Seu físico é resultado de exercícios duas vezes ao dia (de acordo com o TMZ.com) para o seriado da Fire and Ice, *Cool as Ice*.

— Olá, meninas — diz ele de modo suave, e se aproxima de Hallie. — Estão se divertindo?

— Agora estamos — diz Hallie, olhando de volta para Connor. Os dois se encaram, o que você acharia estranho, mas considerando a aparência de Hallie, não é. Esse tipo de coisa acontece com ela o tempo todo. Brooke chama de Triângulo de Hallie, como em Triângulo das Bermudas. Os homens ficam presos em seus olhos castanho-esverdeados e nunca mais são os mesmos.

— Podemos tirar uma foto? — pergunto.

— Quem vai tirar a foto? — Keiran pensa em voz alta.

— Eu tiro — ofereço. Connor é bonitinho, mas prefiro o estilo Robert Pattinson.

— Você também precisa aparecer — insiste Connor, cutucando o ombro de um garçom. — Você se importaria? — pergunta, tirando a câmera das minhas mãos trêmulas e passando-a ao garçom, que tira três fotos antes que eu consiga piscar.

— Vejo que vocês estão se entendendo bem. — Susan Strom aparece do nada vestindo um tomara que caia preto justo e saltos enormes. Seus cabelos estão lisos e brilhantes. Ela se inclina para dar um beijinho em Connor. — Connor, querido, que bom ver você.

— Você está ótima, Susan, como sempre — diz ele com um enorme sorriso. Não sei como ele consegue sorrir e falar ao mesmo tempo sem parecer idiota, mas de alguma forma sempre faz isso na TV. — Se vocês me dão licença, meninas, tem um bolinho de siri me chamando — acrescenta e, depois de piscar um olho, sai.

— Estou tão feliz por vocês estarem aqui — diz Susan, distribuindo beijos e abraços entre nós. — Tem um monte de gente louca para conhecer vocês. Estão no pátio de trás se refrescando. Isto aqui está um forno. Disseram que o ar-condicionado está ligado, mas com tantos corpos parece mais uma sauna. Vamos? — pergunta Susan. Não parece que temos escolha.

Ela nos leva até o lado de fora. Sigo-a de perto, minha mão segurando a de Hallie com força, e espero que o trenzinho esteja atrás. Tenho medo que esteja frio, por ser início de abril, mas há várias lâmpadas que emitem calor, mantendo a área quente e aconchegante. Um grupo de homens e mulheres bem-vestidos está sentado ao redor de uma mesa, alguns fumando, outros rindo, mas o barulho cessa quando nos veem, e tenho a estranha impressão de que sabem exatamente quem somos.

— Pessoal, quero que conheçam Charlie, Hallie, Brooke e Keiran.

As pessoas imediatamente se levantam para apertar nossas mãos e se apresentar. Já conhecemos Jarred, um executivo que participou da conversa de Susan com nossos pais. Os outros nomes disparam e ouço Chloe, Jesse e acho que Sebastian. Não que eu vá me lembrar quem é quem. É meu único defeito jornalístico. Bons repórteres lembram-se de cada detalhe que lhes é lançado, mas sou ruim com nomes. Zac costuma brincar que eu não me lembraria do meu se estivesse sob pressão.

— Uau, já temos um fã-clube — digo, consciente de que todos estão encarando.

— Por favor, sentem-se — diz um dos executivos ao puxar cadeiras para nós. — Vocês querem algo para beber? Já comeram? Eles fazem o melhor nhoque de ricota caseiro. Não está sendo servido hoje, mas podemos pedir para prepararem para vocês.

— Uuuh, parece delicioso! Quero um — diz Hallie.

Não faço ideia de como ela veste tamanho 38. A garota come o suficiente para alimentar todas nós. Brooke está sentada entre Hallie e eu. Sinto sua perna se mover e depois um estampido. Acho que acaba de pisar no pé de Hallie.

— Deixa pra lá — diz Hallie, deprimida, e lança um olhar de ódio para Brooke.

— Pedirei um para todas vocês — diz ele com um sorriso no canto da boca e, em seguida, olha para Susan.

— Seria ótimo, obrigada — digo, antes que alguém proteste. — A verdade é que estou com fome. — Agora Brooke bate em mim. — Bem, estou! Tenho certeza de que as pessoas nos Hamptons comem assim como a gente, Brooke.

Susan ri.

— Não falei que ela era engraçada? — diz para o grupo.

Não estou tentando ser engraçada. Meu estômago está roncando. Brooke estava tão ocupada com a arrumação coletiva para a festa que não jantamos. Quando Hallie quis pedir pizza, Brooke proibiu, com medo que a gordura estragasse nossas roupas. Ou, deveria dizer, as roupas dela que pegamos emprestadas.

Susan abre um sorriso, revelando o que tenho certeza serem dentes clareados com laser.

— Então, estão animadas com o programa? Depois de assinarem as linhas pontilhadas, devemos começar as filmagens nas próximas semanas.

Nós quatro nos entreolhamos e tentamos não sorrir como o gato de Cheshire.

— Quer dizer que com certeza nos quer? — pergunto hesitante.

Susan e os outros caem na gargalhada.

— Sim, Charlie, realmente queremos vocês. Não estaríamos fazendo tudo isso se não quiséssemos. Vocês são exatamente o que estávamos procurando.

Meu coração parece que vai saltar para fora do peito. *Nós* somos exatamente o que a Fire and Ice estava procurando? Quatro garotas de Cliffside, Long Island?

Isso. É. Tão. Maneiro.

Brooke dá um gritinho e começa a me sacudir com violência.

— Eu te disse! Não posso acreditar. Isso realmente vai acontecer.

Susan toma um gole de vinho tinto.

— É uma oferta real, se a quiserem.

— Lógico — interrompe Brooke, mudando o tom agudo para algo que soa ultraprofissional, como sempre faz quando está comprando em uma loja cara e quer saber se tem algo em promoção. — Como dissemos no jantar de ontem, estamos totalmente dentro.

— Acho que temos mais algumas perguntas, se não se importam — interrompe Keiran, olhando diretamente para Susan para evitar o olhar perfurante de Brooke. — Uma coisa que realmente não falaram foi o conceito do programa. — Tento não rir. Tenho orgulho de Kiki por dizer o que vem à mente, mesmo quando Brooke não quer que ela diga.

— Pergunta inteligente — diz um dos executivos, o que acho que se chama Sebastian.

— Quero que sintam que esse programa é de vocês — diz Susan, e se inclina para a frente. — E garanto que haverá tempo para responder qualquer outra pergunta que tenham antes de assinarmos os contratos. — Ela sorri. — Mas esta noite é para comemorar! Queríamos convidá-las para que conhecessem a família Fire and Ice e sentirem como seria fazer parte de nossa emissora. Acho que vocês vão gostar mesmo daqui. A emissora gosta de dizer que tenho um instinto certeiro — continua ela. — Quando vi vocês quatro, sabia que tinha encontrado minhas estrelas. Espionei Charlie a semana inteira, enquanto fingia ler o último livro indicado pela Oprah — diz ela para a mesa, e algumas pessoas riem. Minha boca se abre em surpresa. Pensei que Susan estivesse realmente lendo! — E, quando Charlie me falou de vocês três, e eu finalmente vi a interação entre todas, fiquei impressionada com a maturidade das quatro, com a proximidade de vocês e como conseguem terminar as frases umas das outras.

— Ela se apaixonou, pura e simplesmente — diz uma mulher de cabelos pretos com fios grisalhos que parece mais velha que os demais. — Susan nos ligou imediatamente e disse que havia encontrado as estrelas para o *The Cliffs*.

— *The Cliffs?* — repete Hallie.

— É como quero chamar o programa — explica Susan. — Ótima sacada, não?

— Mas nossa cidade se chama Cliffside — diz Keiran, devagar.

— Na televisão chamamos isso de licença poética — diz Sebastian com uma gargalhada. — *The Cliffs* soa muito mais legal do que *Cliffside*.

— Pensamos em *Gatinhas da praia*, mas soou muito *Playboy* — diz outra pessoa, e todos riem.

— *The Cliffs* está bom para mim — digo rápido. Não quero ser uma gatinha da praia.

— Queremos uma perspectiva da vida na cidade de vocês — acrescenta Susan. — Algo real, para variar. O que vocês fazem para se divertir, com quem andam, quais são os seus sonhos, como é a amizade de vocês. Tudo.

— Temos bastante material para isso — dispara Brooke.

— Estamos muito felizes em fazer exatamente isso — acrescento, cautelosa. — E estou contente por sermos tão intrigantes. Com certeza não quero fazê-la mudar de ideia, mas... — Hesito quando Brooke me cutuca.

Susan me olha com curiosidade, o que me deixa nervosa.

— Tudo bem, Charlie, continue.

— De todos os lugares para começar um novo programa, por que escolheram Cliffside? — pergunto. — Não parece grande o suficiente para a Fire and Ice. Nossa população é de menos de cinco mil pessoas. Metade das estradas na cidade nem tem postes de luz. Todas as lojas da rua principal fecham às 18 horas. E o acontecimento mais emocionante desta primavera é o festival do morango. — Gesticulo para os salões internos. — Acho que encontrariam muito mais material por aqui.

— Adoro como ela é direta — sussurra alguém.

Olho para Brooke de relance. Sua expressão é rígida. Sei o que está pensando: outro Momento Charlie. Um Momento Charlie é quando saio do banco de trás e assumo a direção — detesto quando as coisas não seguem o plano, por isso sou nossa organizadora, mas Brooke é nossa estrela. Ela gosta de brilhar, mas aqui estou eu tomando a dianteira.

— Mas é exatamente isso, Charlie — diz Susan, apoiando os cotovelos bronzeados na mesa e se inclinando para perto de mim. — Sabemos como são os Hamptons. Na verdade, sabemos até demais. Este lugar se tornou quase uma caricatura de si mesmo. E a Costa Leste, com *Laguna Beach*, *The Hills*, até mesmo *The OC*, está muito batida. Queremos a vida na costa em uma cidade oceânica, mas queremos a vida de verdade, não a realidade de celebridades.

— Mesmo que essa vida real seja chata algumas vezes? — pergunto.

— A vida de vocês não é chata — insiste Susan. — Vocês vão à escola, algumas têm empregos, têm vidas amorosas, brigas, amizades, famílias. Como isso poderia ser chato?

— Todo mundo tem isso — ressalta Hallie.

Susan e Sebastian (ou seria Steve? Acho que tinha um Steve também) se entreolham.

— Tenho um palpite de que vocês são aquilo que eu estava procurando — diz Susan, simplesmente. — São todas lindas e a cidade de vocês é de tirar o fôlego.

— É? — pergunto, incrédula.

— O cais, a praia, as fachadas pitorescas das lojas, o Milk and Sugar — enumera Susan. — Adoramos! E os espectadores vão gostar também.

— Nunca pensei em nossa cidade dessa forma — diz Keiran, animada.

— Nem eu — admito, e adoro o lugar onde moro. Seria legal ver Cliffside surgir no mapa.

— Estamos procurando por uma versão real de, digamos, *One Tree Hill* ou *A vida secreta de uma adolescente americana*, mas sem a gravidez. Esperamos — explica Sebastian. — É isso que achamos que encontramos dentro desse conceito e com vocês quatro.

— Além disso, temos a mais sensacional das equipes de cenografia — acrescenta alguém. — Vocês já viram *Surf's Up*? Aquela praia em que os garotos estão era praticamente pedra até chegarmos e limparmos tudo. Agora filmamos os melhores ângulos possíveis. Parece uma pintura. Dá vontade de ir passar as férias lá amanhã.

— Então vocês vão refazer a praia? — pergunta Hallie, confusa.

— Não, não, queremos dizer apenas que estamos aqui para pegar o que vocês têm e melhorar — tenta explicar Susan, mas não tenho certeza de aonde quer chegar. Nem me importo. Querem que sejamos a versão deles de *A vida secreta*! Onde assino, já!

— Sei que meus pais ainda estão preocupados com a carga de trabalho — menciona Keiran. — Vocês filmariam na escola também? Esquecemos de perguntar ontem.

— Kiki — diz Brooke com os dentes cerrados —, Susan disse que veríamos isso tudo em nossa reunião. Não estamos aqui esta noite para fazer negócios. — Keiran fica vermelha de vergonha.

Susan balança a cabeça.

— Não tem problema, Brooke. Eu ia falar tudo isso para vocês quando nos encontrássemos de novo na próxima semana. Acabamos de saber da cidade que não temos permissão para filmar dentro da escola. Todas as filmagens serão fora do campus.

Acho que seria um pouco desconcertante filmar o Sr. Donald durante a aula de química.

— Vamos filmá-las pela cidade, no trabalho, nas casas de cada uma — diz a mulher mais velha de novo. — Vamos verificar os horários com vocês constantemente e então escolheremos onde filmar. Não filmarão todos os dias ou o dia todo. Queremos que ainda tenham uma vida.

Parece justo.

Então, a porta do pátio de trás se abre, alterando o nível de barulho instantaneamente. Vejo uma menina alta, magra, em saltos altos. Está usando um vestido maravilhoso de frente única dourado e seus cabelos castanho-escuros, na altura do pescoço, estão esvoaçantes.

— Susan, vou encerrar a noite e ir até Saracen, em Wainscott, ver alguns amigos, então queria me despedir — diz a garota em uma voz grave, e percebo imediatamente que é...

— Peggy Pierce! — Brooke se exalta.

— Em carne e osso — responde a garota, sorrindo.

— Pegs, você tem um segundo para conhecer as meninas? — pergunta Susan. — Estão prestes a assinar contrato para fazer nosso mais novo reality show, *The Cliffs*. Algum conselho?

O rosto de Peggy se ilumina.

— Essa foi a melhor experiência da minha vida. — Ela cutuca Brooke. — E o dinheiro e a fama são incríveis. — Brooke parece a ponto de desmaiar.

— Como vocês devem saber, também descobri a Peggy na rua — acrescenta Susan.

— Na Baskin-Robbins, certo? — pergunto. Susan assente. Lembro de ter lido esse conto de fadas. Peggy estava tomando um sorvete de chocolate com nozes quando alguém (aparentemente Susan) se aproximou e perguntou se já havia pensado em ser apresentadora de TV. Peggy estava no ar em um mês e logo substituiu a apresentadora original do *Firing Up!*, Lauren Zeale. Agora está até negociando papéis em filmes. Será que esse programa poderia fazer o mesmo por nós? Fazer de Brooke uma atriz? Conseguir para mim um trabalho como escritora? Bem, Lauren Conrad conseguiu aquele estágio de moda na *Teen Vogue*. Qual seria o problema se eu conseguisse um estágio na *Glamour*? Essa oportunidade poderia abrir muitas portas.

— Você poderia tirar uma foto com as meninas antes de ir? — pergunta Sebastian.

Brooke se levanta antes mesmo que ela responda. Keiran corre para o outro lado de Peggy e Hallie se debruça sobre Keiran. Junto-me a elas e alguém tira algumas fotos com a câmera de Brooke.

— Obrigada, Pegs — diz Susan. — Te vejo amanhã no almoço?

— Claro — responde Peggy. Ela pega meu braço. — Espero ver vocês em breve também. Vocês têm de se juntar à família só pela festa de fim de ano. A bolsa de brindes é incrível. — Ela manda um beijo no ar e segue de volta pela porta do pátio.

Susan sorri.

— Charlie, você parece estarrecida.

— Não é isso — digo. — Não consigo deixar de pensar em como ela é bonita pessoalmente. Achei que ninguém fosse tão bonito pessoalmente quanto na TV.

Sebastian gargalha.

— Isso geralmente é verdade.

— Então, meninas, o que acham de Peggy, da emissora, de suas novas vidas? — pergunta Susan com um largo sorriso.

Sou a primeira a responder:

— Acho que nunca vi nada mais emocionante em toda a minha vida.

quatro

Assinado, selado, entregue, somos suas

E por falar em supervelocidade. Na sexta-feira seguinte, nós quatro e nossas famílias estamos em Nova York para assinar a linha pontilhada no escritório da Fire and Ice. Somos um grupo tão grande que ocupamos toda a recepção. A mulher que opera os telefones mal consegue se espremer entre nós para ir da mesa até a impressora. Ela não parece muito feliz com isso.

— Charlie — sussurra minha mãe. Ela está sentada ao meu lado usando suas calças pretas favoritas e uma blusa vermelha, e fez escova nos cabelos castanho-claros para a ocasião. — Olhe aquelas paredes. É um autógrafo da Gwen Stefani?

Tento olhar discretamente. Sim, é Gwen Stefani. Tento assentir. Com discrição.

— Olhe a outra parede — sussurra meu pai. — Susan tem autógrafos do Chris Rock, do George Clooney e do Jay-Z! Dá pra imaginar? Ela me disse no outro dia que pode me conseguir um do Harrison Ford. Acha que somos mesmo parecidos.

Minha mãe e eu trocamos olhares rápidos. Meu pai sempre se achou parecido com o Indiana Jones. Não vemos a semelhança, mas não queremos acabar com o entusiasmo dele.

— Logo vocês estarão nessa parede, ao lado daquela animadinha, a Selena Gomez — diz a mãe de Hallie, orgulhosa. Ela abraça a filha com força, e Hallie se esquiva.

Os pais podem causar tanta vergonha.

Passamos a manhã inteira no escritório. Primeiro marcaram uma reunião com o departamento de programação e relações públicas. (Imagino que parte da reunião foi uma entrevista informal para se certificarem de que somos tão normais quanto Susan disse que somos.) Depois de um almoço rápido — por conta da casa, no refeitório maneiríssimo da Fire and Ice —, era hora de passar para os negócios sérios: assinar os contratos e fazer uma entrevista para o programa e nossa futura equipe.

— Charlotte Reed? — pergunta a recepcionista enquanto elegantemente coloca duas chamadas em espera e atende a uma terceira com os fones sem fio.

Levanto-me, quase batendo nas cabeças de minha mãe e da mãe de Hallie, que ainda cochicham sobre a parede da fama de Susan.

— Sim? — falo em um tom agudo.

— Susan receberá você e seus pais agora.

— As outras também devem ir? — pergunta a mãe de Keiran. — As meninas estão no programa juntas. Ainda não acreditamos que estarão na TV! Sempre soube que eram estrelas, mas...

— Susan quer ver a protagonista primeiro — interrompe a recepcionista, e começo a corar. — Depois verá as demais. — Ela se vira de volta para o telefone, que não para de tocar, e o atende.

— O que mais as meninas farão hoje? — pergunta a mãe de Brooke.

— Susan explicará — diz a recepcionista rapidamente, cobrindo o microfone sem fio com uma das mãos, mas esse fora não vai funcionar com o nosso grupo. Os pais cercam a mesa dela em segundos. Keiran, Hallie e Brooke estão mortas de vergonha. Olho para elas como que pedindo desculpas enquanto corro pela porta aberta de Susan, para longe do estouro paterno.

— Charlie! Sr. e Sra. Reed! Estou tão feliz que tenham conseguido vir hoje. — Susan está sentada atrás de uma mesa grande de mogno, mas, assim que me vê, se levanta e estende o braço bronzeado e definido. Uma pulseira fina toda de diamantes balança em seu punho delicado. Os cabelos estão soltos novamente hoje, alisados com chapinha, e ela está usando um macacão preto justo. — Desculpem-me por não ter descido para vê-los hoje. As coisas estão caóticas por aqui. Está tudo bem, espero?

— Claro. Estamos nos divertindo muito — diz minha mãe, como se tivéssemos aparecido para tomar uma xícara de chá. Ela observa a sala high-tech, brilhante, mas fria, ao redor. — E, por favor, me chame de Katherine.

A sala de Susan é enorme. Um dos lados é totalmente coberto de janelões do chão ao teto com vista para a Times Square. Nas outras três paredes estão pendurados prêmios e fotografias de Susan com mais celebridades. Há um enorme pôster emoldurado do Baile de Caridade da Fire and Ice do ano passado, autografado pelas celebridades que compareceram. A mesa de Susan é de metal, e as cadeiras são de plástico laranja moldado. Parecem baratas, mas dá para saber que não são. Fora isso, a sala é bem vazia, como se estivesse de mudança. Não há papéis em sua mesa, apenas um iMac de última geração, um organizador de mesa e um relógio pequeno.

— Sentem-se. — Susan aponta para as cadeiras em frente à sua mesa. Há duas, mas alguém trouxe algumas cadeiras dobráveis e meu pai se senta desajeitadamente em uma delas. Ele é bem alto e seus joelhos esbarram na mesa de Susan ao se sentar.

— Queria me encontrar com cada uma de vocês uma última vez — diz Susan calmamente, e em seguida se senta apoiando os cotovelos na mesa. — Queria me certificar de que não tinham mais perguntas antes de encaminhá-las para assinatura dos contratos com seu advogado e os nossos. Depois, queríamos que filmassem uma entrevista em que reuniremos mais informações para o programa. E então podem ir jantar — diz ela com um sorriso simples. — Fizemos reservas para todos no Gagliano's, um restaurante italiano ótimo, e é por nossa conta.

— Por mim, tudo bem — diz meu pai rindo alto, o que me faz encolher.

— Que tipo de entrevista as meninas têm que fazer hoje? — pergunta minha mãe.

— Apenas perguntas de rotina — explica Susan, olhando diretamente para cada um de nós. — Precisamos conhecer melhor as meninas antes de começarmos, para que nossos produtores possam moldar o programa e sentir melhor os assuntos com que lidarão.

— Moldar? — pergunta minha mãe, confusa.

— Sim, bem, como vocês sabem, é um reality show, mas, como a maioria dos nossos programas, é uma realidade roteirizada — diz Susan, tamborilando as unhas pintadas de rosa claro na mesa. — Prometo, Katherine, tudo o que perguntaremos será bem-intencionado. Podem até assistir à entrevista de Charlie, se quiserem.

— Eu tenho uma pergunta, Susan — falo. — O que exatamente é realidade roteirizada? Ouvi você mencionar antes, mas não sei o que significa. Temos que decorar falas e interpretar? Não sou boa atriz. — Não consegui nem decorar minha única fala ("Papai Noel está a caminho!") na peça de Natal do primeiro ano.

— Tenho que discordar disso — diz meu pai com um brilho nos olhos. — Deveria vê-la tentando nos convencer a se encontrar com as meninas para tomar sorvete durante a semana à noite.

— Pai! — digo entre os dentes trincados.

Susan ri.

— Uma das coisas que adoro em você, Charlie, é o carisma. Se quiséssemos uma atriz profissional para isso, teríamos contratado. Queremos que seja *você*. Já a vi em ação com suas amigas e no trabalho, então não estou nem um pouco preocupada com personalidade. É por isso que você é a protagonista. É uma estrela entre as amigas e acho que os telespectadores serão realmente influenciados pelo que tem a dizer. Quando digo roteirizado, quero dizer que sabemos sobre o que será cada episódio antes de iniciarmos as filmagens. — O telefone de Susan começa a tocar e ela aperta um botão para silenciá-lo. Ainda vejo a luzinha azul piscando e tento ignorá-la. — Apenas para revisarmos, é assim que funcionará: ligaremos em um sábado para saber quais são seus planos para a semana e quais são os planos das meninas. Com base nisso, tentamos cobrir os locais de filmagem. Todos os lugares em que filmarmos e as pessoas que participarem das filmagens precisam assinar uma autorização, então, se tivermos problemas para cobrir algum lugar, talvez precisemos pedir que vocês escolham outro lugar, mas geralmente dá tudo certo. A maioria das lojas e dos restaurantes adora a publicidade gratuita, acreditem em mim. E algumas vezes pode ser que não consigamos presenciar uma conversa ou um momento importante para os rumos do programa, então teremos que pedir para vocês os repetirem, apenas para continuidade.

— Isso é tipo atuar — resumo.

Susan separa as mãos e faz com uma delas um gesto de concordância.

— A diferença é que não pediremos para que digam nada que já não tenham dito por conta própria.

— Faz sentido — diz minha mãe, assentindo para mim. — Ainda está tudo bem para você, Charlie?

Assinto. Acho que se não me disserem o que falar, não faz diferença como e quando gravamos a conversa. A coisa do lugar também faz sentido. Não se pode conseguir permissão para filmar em todos os lugares. Sabemos que não podemos filmar na escola e, se tivermos alguma conversa especial entre amigas, acho que o programa deve ficar sabendo. O programa e o resto do mundo que assina TV a cabo.

Uau. Pensamento assustador. Respire, Charlie. Concentre-se apenas na parte legal: estarei na TV!

— Tem alguém importante que queria que conhecesse — diz Susan para mim. — Vocês passarão muito tempo juntas e realmente espero que se deem bem. — Susan aperta um botão do telefone. — Addison, poderia entrar, por favor?

A porta da sala de Susan se abre e uma garota de uns 20 e poucos anos entra. É alta e magra, os cabelos ondulados, na altura dos ombros, são louro-claros com mechas mais escuras. Não usa muita maquiagem, apenas delineador e gloss, e está de óculos com armação marrom. As roupas são mais casuais que as de Susan — jeans escuros e um top justo verde bonitinho e, nem acredito, tênis! Deve ser estagiária.

— Charlie, quero que conheça Addison Baxter — apresenta Susan, dando a volta na mesa. — Addison será sua produtora principal no dia a dia do programa. Será seu contato para tudo o que acontecer aqui e a manterá informada sobre as filmagens, as mudanças de lugar, horários, coisas de câmeras. É só dizer.

Espere. Essa menina não é estagiária? Mas ela parece tão... nova. Olho para Addison incrédula. Ela estará à frente de nosso programa? De alguma forma acreditei ingenuamente que Susan estaria no controle.

— Oi. — Tento parecer amigável.

— Que bom conhecer você, Charlie — diz Addison com um sorriso acolhedor. — Mal posso esperar para começarmos a trabalhar juntas. Não quero que pense em mim como sua chefe, principalmente porque não pareço ter idade o suficiente para isso. — Ela ri. — Pense em mim como sua assistente. Uma superassistente.

— Não se deprecie. — Susan parece estarrecida. — Addison é minha pupila. Retirei-a do programa de estágio há dois anos e desde então venho lapidando-a. Está mais do que pronta para o emprego de produtora.

— Faria tudo por essa mulher — conta Addison. — Ela toma conta de mim tão bem. E não poderia estar mais animada com o programa. O modo como Susan o descreve, um *Quatro amigas e um jeans viajante* centrado em melhores amigas e você como protagonista, Charlie, não consigo me cansar. Sou tão sortuda por fazer parte disso. — Ela dá um enorme sorriso para Susan.

— É o primeiro programa em que trabalha? — Tento não parecer tão ansiosa quanto estou. Estão nos dando uma iniciante. E se ela não souber o que está fazendo?

— Pareço jovem, eu sei — admite Addison —, mas fui assistente do *Surf's Up* nos últimos seis meses e antes disso ajudei com o *Firing Up!*. Prometo que sei o que estou fazendo e, quando não souber, pedirei ajuda. Quero que essa seja uma ótima primeira experiência para nós duas, Charlie — acrescenta.

Não consigo evitar um sorriso. Tudo bem, talvez estivesse errada em surtar com a idade dela. Addison parece legal.

— Charlie, detesto ter que apressar você, mas quero me reunir com todas as meninas esta tarde e já estou atrasada para uma reunião — diz Susan se desculpando. Olho para o telefone dela. Há três luzes piscando agora e o celular vibrou quase o tempo todo nos últimos minutos. — Addison a levará para a reunião com os advogados e depois disso começamos as entrevistas. Espero encontrar com você antes que vá embora.

— Se não conseguir, quando verei você de novo? — pergunto.

— Logo — diz ela, e olha para a assistente. — Estarei em contato com Addison o tempo todo.

— Você estará no estúdio de filmagens? — Fico confusa. Esse projeto não é o bebê de Susan?

— Alguém precisa cuidar das coisas por aqui — diz ela, dando um tapinha na mesa. — Mas não fique desapontada. Você enjoará de mim! Estarei por perto o tempo todo. Você tem o meu celular e pode me ligar a qualquer momento.

Estou à sua disposição. Retornarei a ligação imediatamente. Isso vale para vocês também — diz para meus pais. — Mas para problemas do dia a dia, podem falar com Addison. Não estou abandonando você, Charlie, prometo — diz ela, piscando um dos olhos. — Nos falaremos em breve — promete, e estende a mão para apertarmos.

A porta da sala de Susan se abre e a recepcionista guia Hallie e os pais. Hallie parece prestes a explodir, mas não há nada que possa dizer para ela com toda essa gente em volta.

— Suze, volto logo — diz Addison.

Passamos pela recepção e entramos no corredor, onde vejo Keiran discutindo com a mãe. Ouço as palavras "babá" e "preciso ir", o que não pode ser bom, mas finjo não prestar atenção. A mãe de Keiran gesticula para a minha, mas Addison ainda está andando, então meu pai e eu seguimos. Ela nos leva a uma sala de reunião, onde o advogado que meus pais contrataram para nós quatro está esperando, junto com mais três homens de terno, que presumo trabalharem para a Fire and Ice.

— Está tudo bem, Charlie? — pergunta Addison. — Tenho que me encontrar com Hallie, mas estarei de volta depois que assinar, e então podemos conversar um pouco. Quero mesmo que nos conheçamos melhor.

— Também gostaria — digo enquanto brinco inconscientemente com meus cabelos castanhos ondulados. Queria estar bonita para a reunião de hoje, então estou usando calças capri pretas e um top bonitinho de frente única roxo, com flores bordadas na alça ao redor do pescoço.

Assinar a papelada leva uma eternidade! Quem diria que há tantas coisas para assinar? Meu advogado tenta explicar tudo para meus pais enquanto me concentro em um fato importante: ganharei dez mil dólares por episódio, o que é incrível, com direito a um aumento caso concordemos em filmar a segunda temporada; estou contratada para uma temporada com a opção de temporadas adicionais com nossos, digamos, bônus e cachês de imagem. Começo a calcular de cabeça o salário total. Quinze episódios vezes dez mil dólares é CENTO E CINQUENTA MIL DÓLARES! E isso por alguns meses de trabalho! Quase o suficiente para a faculdade, sem impostos, claro, e depois de pagar esse advogado, que não parece barato. Mas, como Susan disse, haverá presentes e mais dinheiro pelo caminho. Mal consigo manter a mão firme enquanto meus pais assinam e depois me veem fazer o mesmo. Estou rica!

Uma hora, duas águas Perrier e uma salada de frutas depois, Addison volta. Conduz meus pais e eu por outro corredor. Ela anda rápido, vejo que faz muito isso. Talvez eu devesse usar mais tênis em vez de sandálias de dedo que estão sempre estalando, como as que estou usando agora.

— Susan me disse que você é do jornal da escola — diz Addison à medida que andamos. — Eu fui do jornal no colégio e na faculdade. Fazia reportagens.

— Eu basicamente escrevo sobre entretenimento — conto. — Em que faculdade estudou?

— Northeastern, em Boston — responde ela. — Conhece?

— Claro, é perto da Universidade de Boston, onde quero estudar.

—A UB é tão legal — diz Addison, entusiasmada. — Muitos dos meus amigos estudaram lá. E Boston é linda. Você vai adorar. Sabe em que quer se formar?

— Comunicação ou Jornalismo — digo. — Gosto muito de escrever. Mas fico imaginando — hesito, com medo de que seja informação demais — se participar do programa poderia estragar tudo.

Addison balança a cabeça.

— Duvido. Poderia abrir muitas portas para você. Talvez queiram arrumar um estágio como escritora dentro do programa para você.

— Você acha? — engasgo.

— Nunca se sabe quando será sua grande chance — ressalta Addison. — Eu ia mudar minha formação para Comunicação no primeiro ano de faculdade quando consegui um estágio de verão aqui. Depois disso, fiquei viciada em TV. Mas sinto falta de escrever.

Addison começa a me contar da faculdade e dos sucessos e fracassos do primeiro ano. Sim, comece alguma atividade para conhecer mais pessoas além de seu colega de quarto. Não, não faça uma loucura, como se inscrever para o time de rúgbi. Addison disse que quase quebrou uma costela durante o teste. Então passamos para meu outro assunto favorito: os programas de TV de que gostamos em segredo (o meu é, felizmente, *A vida secreta de uma adolescente americana*; o de Addison é *John & Kate plus 8*). Entramos em um estúdio grande e o reconheço imediatamente: é o set de filmagens de *Firing Up!*.

— O que estamos fazendo aqui? — pergunto, animada.

— Sua entrevista — responde Addison. — A filmagem do programa só começa às 16 horas, então pegamos o estúdio emprestado.

— Está falando sério? — Fico doida. A Brooke vai ter um treco.

Addison ri.

— Também reagi assim da primeira vez que estive aqui. É muito legal ver isso pessoalmente, né? — Ela me leva até a equipe de filmagem, que está se preparando em frente às cadeiras de couro rosa-choque, uma das assinaturas do cenário do *Firing Up!*. A logomarca do programa, maravilhosa e brilhante, se encontra na parede atrás das cadeiras, em letras enormes. As paredes são cobertas de autógrafos que as estrelas costumam assinar quando vão ao programa, e há pufes por todo o chão onde a plateia se senta. Addison faz as apresentações rapidamente — Você verá bastante esses rostos — conta ela. — Essa será a equipe do *The Cliffs*: Hank, Phil, Kayla e Steven. Algumas vezes estaremos todos juntos, em outras, separados. — Acho que Addison percebe que estou confusa, porque começa a explicar. — Se vocês quatro estiverem fazendo uma cena juntas, estaremos com vocês. Se forem a lugares diferentes, a equipe se separará também para que todas sejam filmadas. — Addison olha para uma dupla próxima a nós. — E esses são Anthony e Bruce, dois dos nossos outros produtores.

Percebo que estão todos bem mais à vontade aqui. Estão usando jeans e camiseta, falando alto, brincando. Parece uma festa, mas esta tem câmeras e as de Cliffside, não. Logo fico mais confortável.

— Charlie, vamos fazer um monte de perguntas com base nas entrevistas que fizemos com as outras garotas — diz Bruce, um gordinho de uns 20 anos de cabelos louros curtos que está usando uma camiseta do Bob Dylan.

— Achei que fosse a primeira aqui embaixo — digo.

— Como estão todos esperando por Susan, trouxemos as meninas aqui antes — explica Addison. — Não tivemos tempo o suficiente com Brooke, então ela terminará depois de assinar os contratos.

Anthony me puxa para perto dele.

— Se importa se seus pais estiverem aqui? Porque podemos achar um lugar para eles sentarem, se preferir.

— Por quê? O que exatamente vão me perguntar?

Bruce sorri.

— Nada *muito* pessoal. Sobre a escola, amigos, garotos. Esse tipo de coisa.

— Não vamos usar nada disso — assegura Addison, pegando seu celular. — Precisamos apenas para material de pesquisa.

— A não ser que você diga algo tão espetacular que tenhamos de usar no DVD da primeira temporada — diz Anthony com entusiasmo.

— Teremos um DVD? — pergunto, animada. Ainda não tinha passado pela minha cabeça. Imagino meu rosto me encarando no Netflix.

— Provavelmente — diz Bruce. — Além de um monte de outras coisas, como especiais de TV.

Minha cabeça está girando. Roupas, salário, DVDs, especiais de TV, sessões de fotos. Essa proposta está ficando cada vez melhor.

— Hmm, talvez possam encontrar uma máquina de café ou algo assim para meus pais? — pergunto.

Bruce assente.

— Vamos colocá-los no salão verde. Eles vão adorar. Pode ir buscá-los depois.

— Obrigada. — Respiro aliviada. Tenho a sensação de que será bem mais fácil narrar as histórias de terror do colégio e os outros micos que imagino que queiram ouvir se meus pais não estiverem por perto.

— Charlie, volto mais tarde com as outras meninas — diz Addison, ouvindo uma mensagem de voz no celular ao mesmo tempo. — Keiran está com o advogado, mas as quatro devem ter terminado tudo até às 16 horas, então podem passear pela cidade ou fazer o que quiserem antes do jantar.

— Tudo bem. — Kayla se aproxima, empapuça meu rosto com pó, e então acrescenta uma pincelada de batom. Imagino se me maquiarão o tempo todo.

— Está pronta, Charlie? — pergunta Bruce alguns segundos depois. Ele está com fones na cabeça e segura uma prancheta com o que parecem ser páginas de anotações.

Subo na plataforma e me sento confortavelmente na cadeira, me esquivando quando acendem uma luz forte.

— Tente não pensar na câmera — diz Phil.

— Mesmo que esteja bem na minha cara, ops. — É inevitável olhar para uma câmera enorme sobre um tripé móvel que está a centímetros de mim.

— Exatamente — diz Phil, como se fosse a coisa mais fácil do mundo. — No final da primeira semana, você nem vai notá-las.

— Se você diz. — O calor da luz já está me fazendo suar.

— Apenas preste atenção em mim e esqueça que a câmera está aí — orienta Anthony em uma voz tranquilizadora. — Está pronta para as perguntas?

— Acho que sim — respondo, no momento em que as palmas das minhas mãos começam a suar. Todos estão aqui para *me* entrevistar. Geralmente a entrevistadora sou eu.

— Começaremos com uma fácil: como conseguiu o apelido de Charlie?

— Meu nome de verdade é Charlotte, mas eu não suporto. — Olho para a ruga na testa dele para evitar olhar para qualquer outra coisa a meu redor. — Soa tão formal. Durante um tempo quis que meus pais mudassem meu nome para qualquer coisa menos Charlotte. Até Charlene serviria, mas eles não cederam. Brooke me chama de Char, às vezes, mas não gosto tanto. — Tudo bem dizer isso? Tarde demais. — Não que eu me importe muito. Então minha amiga Hallie começou a me chamar de Charlie Girl no ensino médio e depois encurtou para Charlie, e acabou pegando. Eu gosto de Charlie.

— Vamos falar de suas amigas — diz Anthony lendo um papel. — Diria que são muito próximas?

Pergunta fácil.

— Claro. São minhas melhores amigas.

— Com qual tem mais afinidade? — pergunta ele, sem olhar para cima.

Pausa. Não esperava essa pergunta.

— Não tem problema, Charlie, somos só nós — diz Bruce, lendo minha mente.

— Acho que Keiran — digo devagar. — Nos conhecemos há mais tempo.

— Como as outras se sentem a respeito da sua maior afinidade com Keiran?

— Não sei — confesso. — Nunca falamos nisso, mas se algo muito importante acontece, eu provavelmente ligo para Keiran primeiro.

— Como Brooke se sente em relação a isso? — pergunta Anthony. — Você diria que ela se sente incomodada ao ser deixada de lado?

Hum... Sinto como se estivesse no banco das testemunhas de repente. Estou suando e não sei se é só a luz. É como se Bruce soubesse a resposta antes de eu sequer dizer. Como ele sabe essas coisas? As garotas andaram fofocando em suas entrevistas?

As perguntas seguintes seguem o mesmo caminho? "Você diria que é a líder do grupo? Acha que as outras gostam que seja? O que a faz digna de ser líder? Você diria que Brooke é difícil? Você diria que é uma perfeccionista? Às vezes acha que é melhor que suas amigas? Quantos namorados já teve? O que suas amigas acharam deles? Qual é o seu maior medo? Descreva as maiores qualidades e os maiores defeitos de suas amigas. Acha que algumas pessoas diriam que você e Brooke são as maiores rivais do grupo?" Outras perguntas são fáceis e bem mais divertidas, como: "Qual o seu café da manhã preferido? Por qual celebridade tem uma quedinha? Se pudesse morar em qualquer lugar, qual seria?" Bruce e Anthony fazem todas as perguntas com a mesma voz calma, sorrindo conforme as leem, parecendo um pouco com meu antigo pediatra, que jurava que a injeção não doía mesmo enquanto ela perfurava meu braço.

Tento dar respostas sinceras, mas às vezes a verdade soa como traição. No final da filmagem, tenho vontade de tirar um cochilo.

— Fantástico, Charlie, fantástico — diz Bruce, apertando minha mão conforme me levanto. — Pedirei para Kayla levar você até seus pais e, depois da entrevista de Brooke, acho que as quatro podem encerrar o dia. Vejo você de novo antes do início das gravações nas próximas semanas.

— Podemos começar rápido assim? — pergunto. Pensei que Susan estivesse exagerando quando disse isso.

— Claro — diz Anthony. — Addison provavelmente ligará na semana que vem com os detalhes da primeira semana de gravação. Ela é muito eficiente. Nós a chamamos de miniatura da Susan — conta ele, gargalhando. — Vai preparar e começar tudo rapidinho. Verá como as coisas caminharão tranquilamente.

— Tiramos de letra o formato reality aqui na Fire and Ice — assegura Bruce. — Não tem motivo para se preocupar.

Agradeço a todos e encontro meus pais no salão verde do *Firing Up!* com os pais de Hallie. Os de Keiran tiveram que voltar para os outros filhos, e os pais de Brooke tiveram que voltar para o trabalho, conta Hallie. Brooke não parece se importar, mas Keiran está chateada. Na verdade, as duas amigas estão estranhas. Keiran está mastigando os cabelos louros e Hallie está com um dos dedos na boca. Ela rói as unhas quando está nervosa.

— Como foi? — pergunta Keiran, e Hallie observa ansiosa.

— Foi legal, mas... estranho — admito, respirando fundo.

— Ah, graças a Deus — diz Keiran, expirando forte.

— Achei que tivesse sido só comigo! — diz Hallie, e brinca com o longo cordão de contas pretas que envolve seu pescoço. Ficou ótimo com o vestido de frente única cáqui que está usando. — Fiquei tão nervosa quando começaram a me perguntar sobre vocês. Não sabia se estava sendo observada por detrás do espelho, como naqueles seriados policiais.

Dou uma gargalhada.

— Eu também! Essa parte foi bizarra, mas foi legal todo mundo querendo saber sobre nós, não foi? Quem diria que meu sabor de sorvete favorito era importante?

— Sorvete de bolo — respondem Hallie e Keiran ao mesmo tempo.

— Adorei quando fizeram nossa maquiagem — diz Keiran, animada, quase dando uma pirueta, o vestido florido esvoaçando ao redor das leggings pretas. — Disseram que provavelmente vão fazer nossa maquiagem o tempo todo, para que fiquemos bonitas para as câmeras.

— Queria poder contratá-los para fazer nossa maquiagem na escola também — diz Hallie, brincando com os cabelos castanhos. — Eu ia adorar ficar bonita assim todo dia.

— Você está sempre bonita — insisto.

Uma porta bate e nos viramos para ver Brooke passeando pelo corredor no macacão preto maravilhoso que comprou na Quinta Avenida-Off. Ela está sorrindo.

— Oi, meninas. Foi divertido, não foi? Eu zoei *tanto* com eles.

— Brooke, não acredito! — Keiran começa o sermão. — Você é tão má.

— Não pude evitar — diz com desprezo, cruzando os braços esguios, dos quais pendem a pulseira de coração da Tiffany. — Você deveria ter ouvido o que perguntaram. A Charlie tem inveja de mim? Hallie e eu competimos por garotos? A Keiran é sempre tão quieta ou está escondendo algo? Sou obcecada por dinheiro? Foram grosseiros. Disse que não falava de minhas amigas daquela forma. — O restante de nós se entreolha com culpa. — Como foi com vocês? — pergunta Brooke.

— O mesmo — diz Hallie rapidamente. — Dissemos a mesma coisa.

— Gostei mesmo de toda a atenção — admite Brooke, e começa a remexer os cabelos ruivos brilhosos. — Queria levar os maquiadores para casa comigo.

Todas começamos a falar ao mesmo tempo sobre maquiagem, roupas (Hallie ouviu que iremos para a próxima festa da Fire and Ice e os estilistas nos vestirão para ela) e sobre o horário de gravações. Sinto a mão de alguém no meu ombro e me viro para encontrar Addison.

— Estão prontas para comemorar, meninas? — pergunta a assistente, e olha para o relógio. — Está mais tarde do que planejamos, então devemos ir direto jantar. Susan disse que o restaurante está guardando a reserva para nós. Pensei em me juntar a vocês, se não se importarem, para podermos conversar mais.

Brooke segura-a pelo braço.

— Perguntinha rápida: o que foram aquelas perguntas traiçoeiras? Parecia que Bruce estava tentando me fazer falar mal das meninas.

Addison resmunga e bate na própria cabeça. A pulseirinha de prata acerta seu rosto.

— Desculpem por aquilo. Pedi que sondassem vocês em relação a tudo, mas não quis dizer que era para deixá-las desconfortáveis. Estava apenas tentando entender a dinâmica da amizade.

Relaxo um pouco.

— Parecia que queriam que eu dissesse que odeio a Brooke.

Addison ri.

— Desculpem. O programa *não* será assim. Quando comecei aqui, passei uma semana em um programa de namoro da Fire and Ice. — Ela olha em volta para se certificar de que ninguém está olhando. — Era só controvérsia. Sabem quando estão vendo um reality show e cortam para uma pessoa sozinha dando um depoimento? — Todas assentimos.

— Bem, na maioria das vezes a maneira como conseguem fazer uma pessoa falar mal da outra é montando uma armadilha. Dizem para alguém o que o outro falou para fazê-lo explodir.

— Não acredito — diz Hallie, estarrecida. — Sempre achei que as pessoas que disparavam contra as outras eram as imbecis.

— Nem sempre — diz Addison, balançando a cabeça. — Se você leva alguém ao limite na frente das câmeras, qualquer um pode parecer um imbecil. Fazem isso para conseguir bons depoimentos nas edições. — Addison ri. — Mas chega desse papo. Vamos comer.

— Parece ótimo — diz Hallie. Quando Addison passa para a frente, ela cochicha no meu ouvido: — Gosto muito dela.

— Eu também — admito. — Primeiro fiquei preocupada que fosse nova demais, mas parece tão legal e centrada.

Andamos pela Times Square até o restaurante italiano chamado Gagliano's. As ruas estão lotadas e caminhamos juntinhas, de mãos dadas, tentando evitar sermos separadas por um artista de rua e algum grupo de garotas concentradas do lado de fora da MTV. Observo as pessoas passando, a maioria mal olha para nós, e não posso deixar de imaginar se isso vai mudar depois que o programa for ao ar. Será que as pessoas vão querer nossos autógrafos? Nossas fotos irão para os jornais? Seremos convidadas para festas legais nos Hamptons no verão? As ruas estão tão barulhentas com buzinas de táxis, turistas tagarelando e companhias de ônibus tentando colocar os passageiros para dentro que me pergunto se alguém ouviria, caso eu gritasse de felicidade.

Chegamos ao restaurante e uma anfitriã nos acompanha até uma mesa grande no fundo. O Gagliano's está cheio, com luzes fracas, música italiana alta e decoração típica de um restaurante italiano: fotos da Itália, músicas de Frank Sinatra e o cheiro de alho refogado. Olho para a comida na mesa ao lado. Os pratos têm estilo caseiro, com enormes vasilhas transbordando de macarrão e pedaços de frango do tamanho de meus punhos. Depois de nos ajeitarmos, e enquanto nossos pais olham o cardápio, Addison me cutuca.

— Prometo que da próxima vez que vierem levarei vocês a um lugar menos turístico e mais fabuloso.

— Este lugar é legal — digo.

— Sim — diz Addison —, mas vocês agora são estrelas de TV, precisamos levá-las ao Soho Grand Hotel ou ao Library. Serão o hit da cidade rapidinho.

— E se o programa não fizer sucesso? — pergunto. Estou com tanto medo da resposta que quero rasgar o guardanapo no meu colo.

Addison balança a cabeça.

— Não vai acontecer. Sabemos como tornar um programa um sucesso e, com vocês, nem precisaremos nos esforçar para isso. Os telespectadores vão amar você.

— É isso aí! — apoia Brooke, e levanta o copo de Coca Zero.

Uma garçonete aparece com uma bandeja de taças de champanhe, todas cheias até a borda. Olho para minha mãe conforme a garçonete coloca uma na frente de cada uma de nós.

— Bem, é uma ocasião especial — diz minha mãe para a de Hallie, que assente. Ela levanta a taça e faço o mesmo.

— Um brinde — anuncia Addison — ao futuro elenco de *The Cliffs*. Com Charlie e as três meninas espertas, engraçadas e inteligentes como estrelas, com certeza temos um sucesso nas mãos.

Nós quatro tocamos as taças e sorrimos.

— A nós — diz Brooke.

— A nós — apoio, olhando para minhas amigas. E então tomo um grande gole de champanhe.

cinco

Luzes, câmera, ação!

— Certo, meninas, apenas ajam naturalmente — diz Addison, com um enorme sorriso. — Esqueçam as câmeras. Simplesmente finjam que não estamos aqui.

Todos ficam repetindo isso, mas parece impossível. Como posso fingir que não há *três* câmeras cercando nossa mesa neste momento, todas a poucos metros de distância, apontadas diretamente para nós?

Estamos sentadas no Crab Shack, o restaurante/marina dos pais de Hallie, para a primeira gravação do *The Cliffs*, e no momento estou tão nervosa que quero pular do píer, nadar até Shelter Island, que está próxima, e morar ali para sempre. Estou com o celular e a escova de dente na bolsa. Preciso de mais alguma coisa para sobreviver?

— Devemos olhar para a câmera? — pergunta Keiran a Addison, nervosa, pondo outra mecha de cabelo louro na boca. Disseram para nos vestirmos casualmente, mas sei que o conjuntinho verde-claro de Keiran é o que ela usa em encontros, com certeza. Não que o resto de nós tenha obedecido também. Brooke está vestindo um suéter novo com estampa de waffles; Hallie, sua blusa de frente única vermelha favorita e uma minissaia preta; e eu estou usando uma blusa nova no estilo navy, com listras brancas e azuis.

— Não olhem para as câmeras — diz Addison balançando a cabeça, e o lápis que estava atrás da orelha dela cai no píer. Ela se abaixa para pegá-lo, coloca-o na prancheta e, põe o fone Bluetooth novamente. Está com ele grudado na orelha desde que chegamos, já recebeu diversas ligações e desapareceu ao atendê-las. Esta é a primeira vez que vejo Addison trabalhando, e tenho que admitir que realmente parece estar no comando. A equipe segue cada instrução que dá, e ela tem sido muito eficiente com relação ao nosso tempo, pois sabe que não podemos gravar o dia todo.

Ao contrário do resto de nós, que nos torturamos pensando nas roupas durante dias, Addison não está preocupada com a roupa de trabalho. Veste uma camiseta azul de manga comprida, jeans e tênis. Ela não usa nem metade da maquiagem que a maquiadora (Yay!) colocou em nós.

— Sei que essa primeira gravação é um pouco demais para vocês, meninas, mas prometo que tudo vai ficar mais fácil — garante Addison. — Imaginem que é a quarta parede de uma sala. Não estamos aqui. Não olhem nesta direção a não ser que tenha algo aqui além de nós que precisem ver. Em alguns dias nem vão perceber que estamos por perto. Vão se tornar profissionais rapidinho. Vocês vão ver.

As filmagens começaram mais rápido do que podíamos imaginar. Addison, na verdade, ligou no dia seguinte às assinaturas para ver se nos importaríamos em tirar um ou dois dias *daquela semana*. Quase caí da cadeira de tão surpresa, mas acho que começar assim bruscamente é bom. Não pensei que tínhamos nada de interessante em nossas agendas, mas Addison achou que tudo que mencionei parecia "super" ou "perfeito". Enfatizou que Susan queria que tudo parecesse o mais natural possível, então o que fazemos juntas normalmente seria ótimo. Decidimos que a primeira gravação deveria ser no Crab Shack. Os pais de Hallie ficaram mais do que felizes em nos deixar filmar. A equipe chegou cedo para montar os equipamentos e distribuir termos de cessão de imagem (precisam se certificar de que todos que aparecerão assinem um). Quando chegamos, todos estavam prontos para nós.

— Prometam que não vão mencionar onde moro, OK? — sussurra Brooke para mim, enquanto Addison ainda está ao telefone.

— Brooke, nós prometemos, mas você sabe que eles vão descobrir alguma hora — digo, cautelosa. — E não há nada do que se envergonhar.

A casa de Brooke é uma propriedade colonial antiga e o celeiro do terreno é totalmente funcional, com um monte de cavalos nos quais costumamos montar. Ela tem um quarto maior do que qualquer uma de nós, que parece ser redecorado com móveis da liquidação da Pottery Barn a cada dois anos. Como não gostar do lar, doce lar de Brooke?

— Charlotte — diz ela, séria, parecendo minha mãe —, não sou uma garota da fazenda e não quero que certas pessoas pensem que sou.

Sei de quem ela está falando. Brooke nunca superou Marleyna Garrison tagarelando na aula de balé sobre como ela cheirava a esterco de vaca.

— Tudo bem — asseguro-a. — Apenas relaxe. — Tenho de admitir, estou alternando entre náusea e ataques de tontura também. Estamos prestes a começar a filmar um programa de TV sobre nós.

— Você está certa — diz Brooke, respirando com mais calma. — É nosso momento de brilhar, por que estou preocupada?

— Então, Addison, como começamos? — pergunta Hallie. — Deveríamos contar uma história engraçada? Ou falar de garotos?

— Ou reclamar dos deveres de casa? Da família? — pergunta Keiran. — Deveríamos evitar parecer negativas? Não quero passar a ideia de ser rabugenta.

Addison ri.

— Façam apenas o que normalmente fazem. Conversem. Falem sobre escola, principalmente porque não podemos gravar vocês lá.

Nós quatro assentimos. Falar sobre a escola. Falar sobre a escola. O que *tem* a escola? Devo mencionar meu possível encontro com Zac? Não, não, isso não seria bom, pois ficaria gravado. Estaria falando sobre Zac para o mundo e não tenho ideia se ele ficará por perto tempo o suficiente para ser mencionado na TV. OK, escola. Aulas? Isso é chato. Dever de casa? Nãão. O quanto odeio Sr. Sparks? Isso me faria tirar um F em Estudos Sociais. Escola...

— Prontas? — Addison coloca os fones na cabeça e olha para nós, esperançosa. — Vamos devagar, podemos parar sempre que quiserem.

As meninas e eu nos olhamos. Brooke põe a mão sobre o meio da mesa e todas a seguramos forte.

— Vamos começar esta festa!

Já pedimos nosso prato de sempre: tirinhas fritas de muçarela, gurjões de ostra e Coca-Cola. O pedido cobre toda a toalha xadrez da mesa. Os móveis do Crab Shack são bem baratinhos — cadeiras brancas de plástico e mesas de quintal bambas com toalhas cafonas por cima. Um enorme dossel se espalha por sobre as 15 mesas ou mais, nos aliviando um pouco do sol. A comida é pedida pela janelinha da cabana e então seu número é chamado por um microfone cheio de estática, para que você vá até lá buscar. Definitivamente não é um jantar refinado, mas o lugar está sempre cheio. Não há muitos restaurantes na região que podem competir com esta vista espetacular. O píer em que ele fica dá direto na água e está virado para Shelter Island, uma calma cidade residencial, a curta distância de barco. Saveiros e pequenos iates passam ou aportam bem ali, alguns com placas locais, outros de lugares tão distantes quanto a Flórida.

— Meninas, tenho a abertura perfeita. — Os olhos de Hallie se iluminam. — Acho que podemos começar falando do baile de primavera. Ao menos parece emocionante, não? — Hallie corre os dedos pelo suéter verde com decote "v" que valoriza seus olhos. É o preferido dela, e o está usando com uma saia jeans, leggings e botas marrons na altura dos joelhos que todas amamos.

Concordamos.

— O que acham? — pergunto à equipe, mas estão todos sem expressão. Quarta parede. Quarta parede. Tenho que me lembrar disso. Não vão nos responder.

— Perfeito! — diz Addison, entusiasmada. — Vamos tentar isso para definir o formato. — Ela se vira para a equipe, que se põe em ação, grita algumas ordens e então alguém diz "Gravando" mais rápido do que consigo tomar um gole da minha Coca para molhar os lábios.

— Vocês conseguem acreditar que o baile de primavera é no mês que vem? — pergunta Hallie, tentado soar natural, ainda que eu saiba que a voz dela está um pouco mais alta do que deveria.

— Hã, é, está muito perto — concorda Keiran, seus olhos se viram para as câmeras e então voltam. Percebo que está picotando o guardanapo à sua frente.

— Alguém já pensou em pares? — pergunta Brooke, com um sorriso malicioso no rosto. — Nunca é cedo demais para começar. — Ela se vira para mim. — Sei que Charlie está de olho em alguém.

Meu rosto começa a arder — e não está tão quente assim. Obrigada, Brooke! Ela sabe como fico desconfortável ao falar de Zac.

— Talvez — digo misteriosamente —, você não?

— Ainda estou analisando minhas opções. — Brooke pisca um dos olhos.

— O que está planejando vestir? — pergunta Hallie. — Nunca é cedo demais para pensar no vestido.

— Aah! Vi um na *Seventeen* que era fofo — dispara Keiran, e então começa a descrevê-lo. De alguma forma isso vira uma conversa sobre como não há tantos lugares bons para se comprar roupas aqui em NOF. E então, do nada, estou dando opiniões sobre lugares que vendem roupas bonitas, Brooke está se gabando de sua maravilhosa coleção de liquidações e Addison grita "Corta".

— Meninas, foi ótimo! — diz Addison, parecendo sincera. — Vocês esqueceram completamente que a câmera está aqui.

— Não é? — digo para as outras, animada, minha confiança aumentando. — Foi divertido.

— E surpreendentemente fácil — admite Brooke, e então encara suas unhas cor de amora.

— Simplesmente fluiu — concorda Hallie.

— Relaxem, tomem alguma coisa e recomeçamos em alguns minutos — diz Addison enquanto se afasta para atender outra ligação.

— Brooke, adorei quando falou sobre o Tanger Outlet ser a nova Target, todo mundo que é alguém vai lá — fala Hallie ao verificar sua maquiagem no espelhinho do blush. Tanger é o shopping outlet em que compramos.

Brooke ri.

— Foi legal, não foi? E Kiki, você estava tão bonitinha descrevendo aquele vestido.

— Acham que estamos forçando muito? — pergunta Hallie, franzindo a testa. — Tive que me esforçar para ser engraçadinha.

— Nããão — interrompo-a. — É bom sermos engraçadas em frente às câmeras. Vão gostar mais da gente, não? Não é como se estivéssemos mentindo. — Reparei que nossa conversa estava um pouco mais forçada que o normal, mas e daí? Ainda éramos nós. Tenho certeza de que diminuiremos esse tom conforme nos sentirmos mais à vontade.

Estamos tão ocupadas repetindo nossas falas que nem ouvimos o telefone de Keiran tocar.

— É minha mãe — diz ela, franzindo a testa. — Alô? O quê? — Ela dá um ataque, me fazendo pular. — Agora? Não posso. Estou *trabalhando*. Lembra, *trabalhando*? Mas, mãe? Mãe? TÁ BEM. — Ela corre os dedos pelos cabelos loiros e olha para nós, preocupada. — Tenho que ir. Minha mãe precisa que eu cuide do meu irmão enquanto ela vai a alguma reunião de pais e mestres.

— Kiki, você não pode ir agora! — reclama Brooke. — Estamos no meio da gravação.

— Não tenho escolha — diz Keiran, voltando ao mundo real. Joga um dinheiro para a gorjeta na mesa e pega a mochila verde da Gap com borboletas bordadas na frente. — Desculpa — diz, olhando para Addison.

— Tudo bem — responde Addison, e sinaliza para um dos rapazes. — Mandaremos alguém da equipe para acompanhá-la em seu trabalho de babá e o resto de nós fica por aqui. Keiran, diga para sua mãe que estamos a caminho e só precisamos de alguns minutos para preparar tudo, certo?

— Sério? Vocês não se importam? — pergunta Keiran, seus ombros relaxando.

— Claro que não — responde Addison. — Sabíamos que suas habilidades como babá são muito requisitadas. Adoramos filmar esse tipo de coisa.

— Já está ficando ótimo — diz Hank —, o modo como o sol reflete nos cabelos de Charlie é perfeito.

— Perfeito — concorda Phil. — Ela parece um anjo.

— Eu? Um anjo? — brinco. — Essa é nova.

— O resto de vocês também está muito bem — completa Addison, e ouço seu telefone tocar. De novo. Sua expressão se fecha. — Preciso atender. Com licença.

Encosto na cadeira conforme Keiran é levada para casa com uma pequena equipe de filmagem de três pessoas.

— Isso é bem legal — digo às outras. — Achei que poderia ser um pouco esquisito filmarem nossas conversas, mas não me incomoda.

— Nem a mim. Só espero que todas possamos filmar algumas cenas individuais, não acha? — pergunta Brooke, alisando os cabelos superbrilhosos por causa da hidratação profunda que fez na noite anterior.

— Tenho certeza de que filmaremos — diz Hallie e me cutuca.

— Hal! Hal! Tem alguém aqui querendo te ver — anuncia uma voz quebrada no microfone. Olhamos para janela do Crab Shack e vemos um menino bonitinho usando bermuda (no mês de abril, ainda por cima) e um moletom com capuz, de cabelos loiros cacheados, e acenando para Hallie.

— Uau, quem é ele? — preciso saber.

O rosto inteiro de Hallie fica vermelho.

— Patrick Waters. Ele estuda em Greenport. Trabalha aqui no restaurante e, meninas, estou bem?

— Você está ótima — diz Brooke. — Eu te vesti, então sei que está. Vai falar com ele. — Hallie se levanta, mas hesita. — Por que está tão nervosa? Nunca teve problemas para falar com um menino.

— Este é diferente — responde ela, tímida.

Addison aparece de novo.

— Uau... Quem é aquele? — pergunta a Hallie.

— O crush de Hallie — provoca Brooke.

— Acha que ele apareceria diante das câmeras? — pergunta Addison, esperançosa. — Precisaríamos apenas pedir que assinasse o consentimento.

— Eu vou lá perguntar — diz Hallie. Ela fala agitada por alguns minutos e então observamos Phil correr com uma câmera enquanto Patrick assina o documento. Hallie se aproxima de novo e eles a filmam como se fosse a primeira vez.

Brooke suspira distraída.

— Ela está conseguindo bastante tempo no ar. — Dou um tapinha nela. — Eu sei, todas conseguiremos. Só que queria que o meu fosse agora. Gosto mesmo de estar em frente às câmeras.

— Você? — provoco. — Nunca imaginei. — Ela me bate de volta.

— Toda essa conversa está me dando sede — diz Brooke, segurando seu copo de Coca-Cola vazio.

— A mim também — constato. — Vou pegar refis. — Pego nossos copos e vou até o balcão. A mãe de Hallie sempre me diz para ir direto à cozinha, mas me sinto esquisita fazendo isso na frente de clientes pagantes. Em vez disso, aguardo na fila, certificando-me de estar fora do alcance das câmeras apontadas para Hallie. Sinto um tapinha no ombro e me viro depressa, quase derrubando os copos com gelo na pessoa.

— Ei. Eu queria uma bebida para me refrescar, mas não tanto. — É Zac, e estamos tão próximos, com os copos na altura de nossos peitorais, que consigo sentir o cheiro do enxaguante bucal de menta que ele usa. Seus cabelos ondulados estão encharcados e ele veste uma camiseta lisa azul-marinho de mangas longas e calças cáqui. Mas são seus olhos, aqueles olhos azuis incríveis (que parecem captar cada raio de luz deste lugar e refletir minha imagem de volta) que me fazem querer babar.

— Oi. — Tento parecer calma e natural, muito embora esteja longe disso.

— Oi pra você — responde ele. — Tenho uma confissão: achei que poderia encontrá-la aqui.

— Sério? — Ele veio até aqui atrás de mim?

Zac assente.

— Não te encontrei na redação no almoço e alguém falou que você viria aqui depois do colégio, então decidi te seguir.

Ele me seguiu? Uau.

— Aqui estou. — Tento sorrir. — Tudo bem? Eles não cortaram meu artigo sobre a viagem da banda até a Disney World, cortaram?

— Não, nada do tipo. — Zac olha para baixo, para seu All Star Converse preto surrado. — Só queria saber se a sexta-feira está de pé. Esperava que você não estivesse me evitando.

— Não estava te evitando — digo, rápido. Nossa, não. Nunca. Não ir até a redação hoje me arrasou. — Tive que fazer alguns deveres de casa mais cedo, como estou... — Ah, droga. Não cheguei a contar para Zac sobre o programa.

Zac olha para Hallie conversando com Patrick.

— Tem um motivo para uma equipe de filmagem estar seguindo a Hallie?

— Hmm... — OK, isso é estranho. Como explico em menos de cinco minutos? — Sabe o que é...

— Charlie? — Addison se juntou à nossa duplinha. A prancheta na mão e um sorriso. — Quem é seu amigo?

— Sou Zac — diz ele, estendendo a mão e apertando a de Addison.

— Addison — responde ela. — Sou a produtora do programa de Charlie.

— Produtora? — diz Zac, erguendo a cabeça e sorrindo curioso. — Como no teatro?

— Como na TV — corrige Addison. — *The Cliffs*, o novo programa de TV da Charlie.

— Charlie tem um programa de TV? — Zac parece realmente confuso agora.

— Hmm... é — admito, sentindo-me estranha. Addison olha para mim como se pedisse desculpas, mas sorrio. — Addison, poderia nos dar dois minutos para que eu explique?

Addison assente.

— Claro, e explique isto também. — Ela me dá um termo de cessão de imagem e se afasta, digitando no telefone de novo.

Fico ali, com o documento nas mãos.

— Então.

— Então — repete Zac. — Deixa eu adivinhar: você é na verdade a Hannah Montana e nunca me contou?

— Não exatamente — digo, envergonhada. — Lembra quando conversamos na semana passada sobre pagar a faculdade? Bem, a versão curta é que fui convidada para ter um reality show na emissora Fire and Ice. Se fizer isso por pelo menos uma temporada, provavelmente pagarei pela faculdade inteira e mais um pouco.

— Que tipo de reality show? — Zac parece interessado. Já superamos o assunto e ainda estou segurando os copos vazios, que estão congelando minhas mãos.

— Um sobre mim, Keiran, Brooke e Hallie — respondo, consciente de quanto soa bobo em voz alta. — Esta executiva da emissora estava me observando no trabalho e me abordou a respeito do programa. Hoje é o primeiro dia de gravação. — Olho para a mesa onde Brooke está conversando com Hallie e Patrick. Addison sinaliza para que eu me apresse.

— Eles seguem você o tempo todo? — pergunta Zac ao ver as câmeras.

— Não, eles precisam de nossa permissão antes de gravar as coisas, por isso estou segurando este formulário — explico, sentindo-me envergonhada. — Se eu conversar com você diante das câmeras, você precisa assinar isto concordando em aparecer no programa.

— Acho que deixarei os holofotes por sua conta — diz Zac, piscando um olho. — Mas quero saber mais sobre sua nova carreira amanhã. Vejo você na redação? Sem as câmeras, claro.

— Claro! Vejo você lá — respondo. OK, não foi tão ruim assim.

Quando me dirijo de volta às meninas, Addison está esperando, ansiosa.

— Charlie, ele é uma graça! Assinou o termo? — Ela observa Zac atentamente, e vejo-o pegar uma sacola marrom da janelinha e levar para viagem. Ele acena rápido e eu aceno de volta. — Aonde ele vai? — pergunta Addison, preocupada.

— Ele não quis ser filmado hoje — respondo.

— Ah, tudo bem — diz Addison, parecendo rejeitada. — Ele é tão fofo. Ficaria lindo na TV.

Dou uma gargalhada.

— Para trás, Addison, ele é o *meu* crush.

— Você disse a ele que Patrick assinou um termo de cessão de imagem? — pergunta Hallie. Aceno que não.

— Vai ver ele muda de ideia — sugere Addison. — Quanto mais gente, melhor! Queremos destacar vocês quatro e seu círculo de amizades. Patrick é uma beleza de acréscimo, e Brooke disse que tem alguns candidatos que parecem bons. Zac seria perfeito também. Queremos que o programa aborde toda a vida de vocês, não apenas pedaços dela.

— Entendido — prometo. Gosto de como Addison parece preocupada em mostrar quem somos de verdade.

— OK, então, de volta ao trabalho. — Addison recoloca os fones e sinto uma onda de agitação. — Hallie? Fale sobre Patrick agora que ele não está mais aqui — instrui ela. — E

Brooke, conte aquela história da menina na aula de Educação Física. Adorei aquilo. E Charlie? — Ela sorri. — Apenas seja Charlie. Certo?

— Acho que sim — respondo, sentando-me desajeitada na mesa bamba.

Addison sorri.

— Ótimo. Ação!

seis

Às vezes a vida é realmente como um filme

Às 19h na sexta à noite, estou ansiosa em frente à porta de casa, olhando de minuto em minuto pela janelinha da porta na ponta dos pés.

— Achei que ele tinha dito 19h15 — diz minha mãe enquanto se senta à mesa da cozinha para fazer o scrapbook da semana. Ela cultiva esse hobby desde que eu era um bebê e deve ter uns cinquenta scrapbooks nas prateleiras da sala de estar com recortes da minha vida e a da minha irmã inteiros. No momento, está trabalhando no fim de semana de orientação de calouros da Bella, na Faculdade de Loyola College, em Maryland, o que mostra que ela está um pouco atrasada com o hobby, porque isso aconteceu em julho do ano passado.

— Ele disse 19h15 — respondo —, mas e se aparecer mais cedo?

— Então ele tocará a campainha — diz minha mãe, sem olhar para mim. Ela está colando pequenas flores na página, e metade do pacote se espalha pelo chão. Deixo meu posto para ajudá-la a recolher as flores. — Sempre digo ao seu pai que preciso de um lugar específico para fazer isso — fala, suspirando.

— Por que não usam o quarto da Bella? — pergunto. Ela me encara. — Ela não está em casa durante nove meses do ano.

Quero dizer que a opção é essa ou deixar papai construir uma extensão na casa. Com certeza temos terreno para isso. No momento, não temos um cômodo livre. Moramos em uma casa de fazenda reformada dos anos 1900. Tem espaços grandes, mas não muitos. Há três quartos no andar de cima, uma cozinha grande e uma sala de jantar no de baixo, além de uma sala de estar e uma varanda fechada, mas nenhum porão. Parece que não construíam porões naquela época. Meus pais reformaram a casa por dentro e por fora depois que a compramos, e a maioria das pessoas não consegue perceber que é antiga. Eu só sei porque quando alguma coisa quebra, custa uma fortuna para consertar. Moramos em uma parte histórica de Cliffside e, para fazer qualquer tipo de renovação, é preciso ter permissão da prefeitura e da sociedade histórica para mudar a estrutura. Também é preciso permissão para reformar a parte de dentro, o que é um saco.

Não que eu não adore a casa. O gosto de meus pais é bem tradicional no que diz respeito a móveis e pintura ("Precisa parecer com o resto da casa, Charlie", diz minha mãe sempre que escolho algo que não combina com o que havia idealizado), mas o estilo country é aconchegante. Temos muitas placas de madeira pintadas à mão com dizeres como "Long Island" ou "Poeira é um toque country" e um monte de enfeitezinhos que são alguma variação de um galo, uma maçã ou um veleiro. O tema náutico é marcante na casa dos Reed. Vivemos muito perto da água, então não há um quarto sem uma concha. Ainda assim, não importa o quanto ache a casa legal, não estou pronta para que minha mãe faça um tour com Zac. Ou para sujeitá-lo a uma longa conversa com ela. Ainda bem que meu pai foi direto da barca para a reunião da liga de beisebol.

— Você ligou para Bella e contou sobre o encontro? — pergunta minha mãe depois de recolhermos a última das flores douradas e a colocarmos de volta no pacote. Ela está tentando não rir, mas sei que quer.

— Não — digo, sem encará-la. — Não é como se esse fosse o primeiro encontro da minha vida. — OK, talvez seja meu primeiro encontro em meses, depois de meu breve relacionamento com Ethan Prose. Acabou depois que ele me disse que "o que quer que essa coisa fosse", teria que acabar até o verão porque ele sempre ficava solteiro em julho e agosto. Resolvi poupá-lo do trabalho e terminei com ele em janeiro.

— Estou surpresa que as meninas não estejam aqui para dar tchau — acrescenta minha mãe.

— Todas têm compromisso — respondo. — E seria estranho se tivesse um bando esperando por ele quando vamos sair só nós dois, não acha?

Não que minhas amigas não estivessem animadas. Brooke estava tão feliz que levou três modelitos para a escola, para me emprestar. Conversamos sobre o encontro o dia todo, já que era nosso dia de folga das gravações. Decidi usar uma calça jeans minha e a bata vermelha de Brooke, que marca minha cintura e tem mangas largas. Meus cabelos estão soltos e ondulados, instruções de Brooke ("Deixe eles ficarem molhados e passe um produto, então seque uma hora depois") e estou usando maquiagem, mas não muita, para não parecer que estou me esforçando demais (palavras de Hallie, não minhas).

— Você vem falando de Zac há meses — diz minha mãe. — Achei que estaria mais agitada esta noite.

— Não é nada de mais — minto novamente. Uau, a terceira mentira em menos de uma hora. Qual é o meu problema?

O telefone toca e nós duas saltamos. Chego até ele primeiro e vejo pelo identificador de chamadas que é Brooke.

— Vou atender lá dentro — digo para minha mãe. Corro para a sala de estar, que é o mais longe da cozinha que consigo ir sem ter que subir as escadas, e atendo. — Oi — sussurro.

— Está pronta? — pergunta Brooke. — Como ficou seu cabelo? Fez as unhas? Não vá roê-las. Finalmente conseguimos deixá-las crescer novamente. Como está a maquiagem?

— Fiz tudo o que me mandou fazer, Yoda — respondo, rindo.

— Ótimo — diz Brooke. — Ela disse que está pronta — acrescenta para outra pessoa.

— Quem está aí? — pergunto.

— Hallie — responde ela. — Meu irmão vai para a exibição de batidas de automóveis em Riverhead esta noite, então vai nos deixar na Boulder Creek Steakhouse.

Isso é o que acontece quando se vive do lado mais longe da cidade. O restaurante badalado mais próximo é o Boulder Creek, em Riverhead, que fica a uns 25 minutos daqui. O que eu não faria por um restaurante da rede Chili's.

— Boa sorte, Charlie! — grita Hallie ao fundo.

— Está nervosa? — pergunta Brooke.

— Um pouco — admito. — E se eu não conseguir parar de falar? Ou tropeçar? Vou morrer de vergonha.

— Você não vai tropeçar — diz Brooke, confiante. — Não esta noite. Não é o Milk and Sugar. Você vai ficar calma, ser engraçada e agir como a Charlie que conhecemos e amamos.

— OK — respondo. Minha respiração fica mais rápida a cada minuto. Tudo bem, estou nervosa. Muito nervosa! Gosto de Zac há meses e não posso acreditar que ele finalmente me chamou para sair. *Eu*. Isso nunca acontece. Pelo menos nunca aconteceu comigo até agora. Acontece com a Hallie o tempo todo. E sempre aconteceu com Bella. Mas eu? O garoto de quem gosto normalmente jamais corresponde. — Acho que vou vomitar — digo baixinho.

— Não pode — insiste Brooke. — Vai ficar com um cheiro ruim a noite toda! Sem nervosismo. Você não comeu, comeu? Então não tem o que vomitar.

— Está certa — digo em tom agudo. — Mas, Brooke?

— Não! Nada de pirar, Charlie, você consegue fazer isso! Sabemos que consegue. Ligue para nós depois, OK? Queremos todos os detalhes.

Uma música familiar me faz saltar. É nossa campainha, tão antiquada quanto o resto da casa. Ouço passos e sei que minha mãe está se dirigindo à porta.

— É ele! — grita Brooke. — VAI! Antes que sua mãe tente mostrar a ele a coleção de galos.

— Falo com vocês depois — digo, apressada, então desligo e jogo o telefone no sofá.

— Então, Zac, está no primeiro ano? — Ouço minha mãe dizer e acelero o passo. Ah, não. Ah, não. Por favor, não pergunte nada sobre resultado das provas ou em que faculdade ele quer estudar. — Por que você optou por essa? — diz ela. Droga! Desvio correndo da mesa de jantar e diminuo a velocidade antes que me vejam na entrada. Infelizmente, faço isso tarde demais e meu pé escorrega em uma ponta do tapete. Voo para a frente e Zac me segura no meio da queda.

— Ei — diz ele com um meio sorriso. Como nunca reparei nas sardas no nariz dele?

— Oi — digo de volta, sentindo meu rosto corar. Zac ainda está com os braços em volta de mim. Estou vagamente consciente de minha mãe assistindo a esta interação bastante admirada. Zac me solta, mas nós dois ficamos ali, de pé, nos encarando. Ele está lindo. Os cabelos estão molhados, provavelmente de um banho recente, e os cachos, superbrilhosos. Ele veste jeans, assim como eu, mas também está com uma camisa de botão meio aberta, que revela uma camiseta azul-marinho por baixo. Mas são aqueles olhos azuis, mais uma vez, que me deixam paralisada. Ainda não consigo acreditar que eles estão me olhando neste momento.

— Charlotte, vivo dizendo para não correr em volta da mesa desse jeito — reclama minha mãe. — Foi assim que ela perdeu os dois dentes da frente quando tinha 7 anos.

— Hora de ir — digo, e Zac sorri.

Seguimos em direção à porta e minha mãe grita:

— Divirtam-se! Prazer em conhecer, Zac. Espero vê-lo de novo.

— Também espero, Sra. Reed — responde Zac ao fechar a porta atrás de nós.

O ar da noite está frio, mas não gelado, e meu sobretudo de primavera é tudo de que preciso para me manter aquecida. Comprei no outlet da Gap semana passada e estava doida para usá-lo. Azul-marinho é uma de minhas cores preferidas, e adoro como o casaco me faz parecer um pouco com uma universitária. Coloco as mãos nos bolsos, desajeitada.

— Então, que filme quer ver? — pergunto, embora saiba a resposta. Vi os horários eu mesma: 20h10 ou 21h45. É raro algum filme começar depois das 22h30 por aqui. Tenho que enviar a crítica para o jornal na segunda-feira de manhã.

— Pensei que tentaríamos pegar a sessão de 20h10 — responde Zac ao abrir a porta do carro para mim. Está dirigindo o Nissan Maxima dos pais, e quando entro, sinto um cheiro de baunilha. — Espero que o cheiro não te deixe enjoada. — Ele lê meus pensamentos. — Minha mãe colocou o carro para lavar hoje para que eu pudesse usá-lo, e depois espirrou algo nele que cheira a biscoitos assados.

— Está me dando fome — digo, e rezo para que Zac não ouça meu estômago roncar.

— Uma pipoca grande com manteiga saindo — diz ele ao passar a marcha.

Em dez minutos, estamos no cinema lotado de Cliffside, e Zac está comprando dois dos últimos ingressos para o filme. Quando se mora em uma cidade como a nossa, todos os cinemas são pequenos, então mesmo que haja quatro filmes passando, o número total de assentos é o mesmo de um cinema enorme. Você fica tão no alto da tela minúscula que parece estar na própria sala de casa. Nós dois enfrentamos a multidão para passar pela fila da bilheteria e chegar ao pequeno balcão de lanches.

— Teremos sorte se ainda tiver sobrado pipoca — brinca Zac.

— Nem brinca com isso. Talvez a gente consiga brigar com o cara na nossa frente por um pacote de balas. — O lugar está barulhento, e os dois coitados atrás do balcão, que eu reconheço da escola, parecem atormentados ao tentarem acompanhar os pedidos.

Zac faz uma careta.

— Prefiro passar fome. Que tal um saco de balas de gelatina? Ou passas cobertas com chocolate?

— Qualquer um dos dois — respondo. — Mesmo que tenha que mergulhar por sobre o balcão e pegar eu mesma.

Achei que seria estranho pensar em assuntos para conversar com Zac, mas não é. É como quando estamos na redação do jornal. Conversamos sobre tudo (a matéria de capa da semana que vem) e nada (o último vídeo de dança de casamento no YouTube) e não paramos de falar até entrar no cinema. Brooke disse para pensar em tópicos de conversa antes, mas não precisei. Com Zac é fácil. Mas isso também me preocupa. Deveria ser tão fácil assim? Talvez signifique que somos mais amigos do que qualquer outra coisa.

Nesse momento, a mão de Zac encosta na lateral de meu corpo e os pelos do meu braço se arrepiam. Não, definitivamente não somos apenas amigos. Pelo menos não de minha parte.

— Ei, Charlie. — Ouço alguém dizer e me viro. Bridget Eaton, da minha turma de espanhol, está um pouco atrás de nós. Mal nos falamos desde o oitavo ano.

— Oi. — Sorrio. — Como vai?

— Bem — responde ela, e tira uma mecha de cabelo rebelde da frente dos olhos. — Estou aqui com Gwen, ela entrou para guardar os lugares.

— Por que não pensei nisso? — pergunto.

Bridget está me encarando.

— Bonita blusa — diz ela. — É nova?

— Tenho há algum tempo — digo, desconfortável, ciente de que Zac pode ouvir nossa conversa. Não ousaria dizer que é de Brooke. Ultimamente, pessoas que mal conheço me param para dizer "oi". Vai ver apenas alguns dias de filmagem me fizeram emanar mais confiança. É o que minha mãe acha. Ela diz que eu tenho toda esta nova visão otimista de mim mesma. — Você conhece Zac, certo?

— Oi — diz Bridget, distraída, e continua a me olhar. O cara da pipoca pigarreia. Bridget é a próxima. — Preciso fazer o pedido — diz, tímida. — Vejo você na escola.

— Vejo você na escola — respondo. Viro e sorrio para Zac. — Eu pago o lanche. — Ele comprou os ingressos.

Zac me empurra do caminho.

— Eu compro. Fui eu que convidei, lembra?

— Mas... — protesto.

Zac sinaliza para que eu pare de falar.

— Não discuta comigo, Charlie. Sabe que ganharei. — Ele pisca um olho e eu praticamente derreto no chão. — Se formos comer algo depois, deixo você me pagar um refrigerante.

— OK — digo —, mas é bom que seja um grande. — Nós dois sorrimos e de repente desejo que estivéssemos em qualquer outro lugar que não esta fila imensa. Se estivéssemos sozinhos do lado de fora, talvez ele me beijasse agora mesmo. Hidratei os lábios a semana toda, por precaução. (Eles não são muito usados com esse propósito.) Zac termina de pagar e entramos. A sala de cinema está cheia, mas conseguimos nos sentar no meio. Compramos refrigerantes separados, mas uma pipoca para dividir, e sinto uma onda de choque toda vez que nossas mãos se encontram no pacote.

— Então, como vai a carreira de Hannah Montana? — pergunta Zac, pegando um punhado de pipoca.

— Eu gosto — admito. — Toda vez que filmamos, fico um pouco mais à vontade. Mesmo quando não estamos filmando, gosto do que fazemos. Fui entrevistada pela *US Weekly* esta semana, passei por treinamento de imprensa e pude escolher umas roupas para uma sessão de fotos que precisamos fazer. Hallie, Brooke, Keiran e eu temos muito mais sobre o que falar do que eu pensava, e acho que ficamos muito bem diante das câmeras até agora. Muito mais legais do que eu imaginava — digo, convencida.

— Continua a ser um reality se você parece tão legal assim? — provoca Zac. — Porque conheço você, e "legal" parece forçado demais.

Jogo um punhado de pipoca nele, que gargalha.

— Não te contei? Nosso programa é um reality "roteirizado". — Um termo que Addison martela em nossas cabeças toda vez que questiono algo que estamos fazendo. — Como não filmamos todos os dias, às vezes precisamos recontar alguma coisa na frente da câmera ou filmar de novo para que não fiquem buracos na história.

— Isso quer dizer que o encontro de hoje será recontado na próxima gravação? — pergunta Zac. O sorriso ainda é malicioso, então sei que está me provocando.

— Estamos sendo gravados agora mesmo, na verdade — provoco de volta. Aponto para o botão na manga da minha bata. — Microfone escondido. — Então aponto para meu colar. — Câmera oculta.

Zac gargalha. É uma gargalhada alta, sincera e contagiosa. Logo estou gargalhando também.

— Eu admiro você — diz Zac. — Não consigo falar em frente às câmeras. A Srta. Harmon me deu o papel de camponês na peça da escola dominical no segundo ano. Eu tinha uma fala e engasguei.

— Tenho certeza de que se sairia bem agora.

Zac balança a cabeça.

— Acho que não. Vou te contar um segredo terrível: vomito antes de cada apresentação oral que tenho que fazer na aula.

Meus olhos se arregalam.

— Sério?

— Sério. Mas se contar para alguém, terei que negar. — Ele joga um pouco de pipoca em mim desta vez. — Acho que todos temos nossos demônios.

Zac encara a tela. Ainda estão exibindo comerciais, geralmente umas curiosidades sobre algum filme que ficam repetindo.

— Certamente — respondo. Acho bonitinho ele não conseguir falar em público. Estou prestes a contar isso a Zac quando sinto minha carteira da Coach vibrar. Pego o celular. Addison. — Tenho que atender — desculpo-me. — Volto já. O sinal é horrível aqui. — Atendo. — Espera aí. — Piso em algumas pessoas que acabaram de entrar na nossa fileira e sigo abaixada até o salão ainda lotado. Dois outros filmes estão começando no mesmo horário. — Addison?

— Oi, Charlie. — A voz alegre é facilmente reconhecível. — Desculpe incomodar você em uma sexta à noite de folga. Sua mãe disse que você está em um encontro.

Fico vermelha por dois motivos: um, minha mãe está contando para os outros sobre meu encontro. E dois, ela contou para minha chefe, que não sabia dele. Ótimo.

— Ah, é.

— É o garoto do outro dia? — pergunta Addison. — Ele é tão bonitinho. Acho que Susan o adoraria, Charlie. Ela adora a ideia de você ter um namorado. — Susan sabe sobre Zac? Tentei ligar para ela uma vez na semana passada, como disse que eu deveria, mas nunca retornou a ligação.

— É ele — explico, sem graça. — E, na verdade, estávamos falando do programa, mas acho que ele não está muito a fim dessa coisa de TV. — Algumas pessoas me encaram ao seguirem para suas salas de cinema, mas apenas sorrio.

— Que chato — diz Addison, parecendo realmente desapontada.

Do modo como ela fala, sinto que estou ficando nervosa.

— Você acha que será um problema?

— Acho que não — responde, parecendo insegura. — Não se preocupe com isso esta noite. Conversamos melhor quando nos virmos no domingo, tudo bem?

— Obrigada — respondo, e olho para meu relógio. O filme começará a qualquer momento. — Você precisava de algo mais?

— Sim, deixei mensagens para cada uma das meninas sobre domingo. Soube que vai ter um festival de primavera na cidade e achei que seria legal filmar vocês quatro lá. Muito colorido. Vocês costumam ir?

— Eu costumo — respondo. Não tínhamos planejado ir ainda, mas não é como se não fôssemos.

— Keiran precisa cuidar dos irmãos, mas disse a ela que poderia levá-los — diz Addison. — Achamos que seria divertidíssimo ver vocês quatro de babás. Que tal marcarmos às 10 horas? Busco vocês enquanto a equipe verifica o festival. Tenho que ligar para pedir permissão para filmar lá, mas não acho que será um problema, o prefeito de vocês é bem acolhedor.

— Ótimo — digo a ela.

— Vejo você no domingo! — diz Addison.

Desligo e configuro o telefone para o modo silencioso. Então corro de volta para a sala de cinema. Já está escura, pois estão passando os trailers, então mal posso ver para aonde vou. Ou onde estou me sentando.

— Charlie! — Ouço Zac sussurrar e vou em direção a nossa fila.

— Foi mal por isso — digo, quando finalmente volto para meu assento. — Era do programa. Querem filmar no festival da primavera.

— Se achou que estava recebendo atenção antes, espere até filmar na frente da cidade inteira — diz Zac ao me passar a pipoca.

Não tinha pensado nisso. Agora todos vão saber sobre o programa. Muito emocionante e muito perturbador ao mesmo tempo.

— É — concordo.

O filme está começando e Zac coloca a pipoca em meu colo. Com a mão livre, sinto-o aproximá-la e segurar na minha. Está quente e um pouco pegajosa por causa da manteiga.

— Tenho certeza de que será ótimo — sussurra ele.

Zac está segurando minha mão. Zac está segurando minha mão e não vai soltar. Só consigo pensar nisso.

— Claro — respondo finalmente, mas não tenho certeza sobre o que estou respondendo.

— Queria perguntar uma coisa — sussurra ele. — Você já tem um par para o baile de primavera?

Ele está me convidando para o baile! Ele está me convidando para o baile! Tem como esta noite melhorar?

— Não — sussurro de volta, com medo até de respirar.

— Você quer ir comigo? — pergunta.

Sinto como se fosse deslizar da minha cadeira. Não tenho certeza se consigo reunir forças para falar.

— Sim — respondo, com dificuldade. — Seria divertido.

— Ótimo — diz ele, e então se inclina para trás na cadeira, a mão ainda segurando a minha.

Sinto um desejo incontrolável de mandar mensagens para Keiran e as meninas, mas minha mão está ocupada e não sei como conseguiria fazer isso sem Zac perceber. Quero contar para o cinema todo. Zac está segurando minha mão e me chamou para o baile! Mas me acalmo e permaneço sentada, completamente parada, rezando para que minha mão não esteja suando demais. Reproduzo o momento com Zac várias vezes em minha mente. Minha mão parece suada, mas não a mexo. Tudo o que faço é ficar sentada rezando para que seja um filme de três horas, para poder ficar desta forma tanto tempo quanto possível.

sete
Febre de primavera

O festival de rua está lotado e Brooke, Hallie e eu damos os braços para não nos separarmos. Keiran está dois passos atrás de nós, puxando a irmã e os dois irmãozinhos que choramingam no carrinho da Radio Flyer. Normalmente nossa presença não faria as pessoas virarem o pescoço, mas hoje temos uma equipe de filmagens na nossa cola. Há duas câmeras na frente, andando de ré, e uma atrás, além de Addison e de uma menina que cuida da luz. Estou um pouco distraída, então posso apenas imaginar como o resto da cidade se sente ao nos ver passando.

— Oh, *fudge*, quadradinhos de calda endurecida! — exclama Hallie, e para em frente à barraquinha para pegar uma amostra grátis. Nossa garota da luz, Kayla, corre para pegar um enquadramento livre, assim como Phil, o cinegrafista número um. Addison explicou antes que, se tivéssemos que nos separar por algum motivo, talvez fosse preciso pausar a filmagem para conseguir uma equipe adicional (três pessoas) para acompanhar cada uma de nossas histórias. Até agora nos mantivemos todas juntas.

É o Festival Febre de Primavera de Cliffside, e a normalmente deserta rua principal está abarrotada de vendedores, comida, brinquedos de crianças, passeios em pôneis, um pula-pula em formato de casinha. Os pais de Hallie estão aqui com pratos do Crab Shack e deveríamos parar na barraquinha deles. Até agora, fomos instruídas a fazer o que normalmente fazemos em um festival: observar as pessoas e comprar.

Hallie pega um cubinho enorme de *fudge* de baunilha e então espeta outro com um palito de dentes e coloca na minha boca antes que eu consiga protestar.

— Uau, está gostoso — admito. Espeto um para Brooke, mas ela faz que não com a cabeça.

— Acabei de comer pipoca — resmunga. — Dê para Kiki e as crianças.

Keiran não está com o humor tão bom quanto o resto de nós. É difícil se divertir olhando barraquinhas de artesanato quando se carrega três crianças entediadas, com fome e cansadas.

— Keiran, Joseph está colocando o pé do meu lado do carrinho de novo — reclama Hannah, a irmã de 4 anos.

— TÔ NADA! — grita o gêmeo Joseph.

— Está sim! — responde a irmãzinha, e cruza os braços com raiva.

— Fome, Kiki — reclama Steven, o irmão de 2 anos, puxando as calças de Keiran.

— Que tal um pedaço de *fudge*? — sugere a irmã mais velha.

— Que tal uma focinheira? — diz Brooke com os dentes cerrados enquanto Keiran bate nela. — O quê? Ele precisa de uma. Está gritando.

— Eu sei — concorda Keiran. — Ele não para de falar ou reclamar desde que abriu os olhos de manhã.

— Você precisa de uma folga — diz Hallie pela enésima vez. — Fale para sua mãe que ela precisa achar outra pessoa para cuidar dos filhos. Eles estão exaurindo você. Suas roupas de hoje nem sequer combinam.

Keiran olha para baixo, para suas roupas. Ela está vestindo uma camisa azul-marinho e calças cargo azul-esverdeadas escuras.

— Achei que esta camisa fosse preta — murmura. Ela apoia a cabeça no meu ombro. — Estou tomando conta desses três desde que minha mãe levantou, às 5 horas da manhã, para entregar os laticínios. — Ela de repente ergue a cabeça. — Não que eu me importe, claro. Minha mãe me paga para ajudá-la e...

É como se Keiran tivesse se lembrado de repente que a câmera está assistindo a cada movimento nosso e falar mal da mãe na televisão é uma má ideia. Viro-me desconfortável. Percebi essa tendência nos últimos dias. Quando chegamos a um momento desconfortável da conversa, a resposta de todas é dizer algo falso. Normalmente não fazemos isso.

— Isso não quer dizer que você não possa pedir um dia de folga — lembro-a, esperando conseguir acalmá-la. — Todas ajudamos em casa, mas existe uma diferença entre fazer a sua parte e ser um funcionário em horário integral.

— Está sugerindo que minha mãe me trata como uma empregada? — explode Keiran ao mesmo tempo que Stevie começa a puxar a parte de trás da camisa dela.

O-oh. Fico vermelha.

— FOME! FOME! — protesta Stevie. Hannah e Joseph se juntam ao coro. — KIKI, FOME! — Keiran os ignora e me encara com raiva.

— Apenas quero dizer que você ajuda um pouco demais — digo com mais tato.

— Meus pais precisam da minha ajuda, Charlie, você sabe disso — responde Keiran, agressiva. — O emprego deles é exigente e, se eu não fizer isso, quem fará?

— Uma creche? — sugere Brooke com um leve sorriso. Hallie se segura para não rir.

— Legal — diz Keiran, sarcástica. — Isso é que é apoio.

— Kiki, nós te apoiamos — tenta Hallie —, mas sentimos dó de você. Você é como uma babá em tempo integral e às vezes — ela hesita, mas continua — é bem difícil pensar em coisas para fazer quando você precisa trazer *eles*.

Ouço o som de algo se quebrando e vejo Joseph, Hannah e Stevie puxando os cordões de macarrão um do outro. Eles derrubaram do carrinho um vidro de picles que acabamos de comprar e o líquido da conserva escorre pela lateral. Então, o primeiro dos cordões de macarrão arrebenta e a massa voa em dez direções diferentes. Acabamos de ajudar as crianças a fazerem os cordões na barraquinha gratuita para crianças da Escola Cliffside High. Também fizeram tatuagens temporárias, mesmo depois de Hannah ter chorado quando molharam seu braço para colarem a Cinderela.

— Chega! — Keiran levanta a mão em protesto. — Tenho que alimentá-los. Estarei perto da barraquinha de comida. Podem se juntar a mim quando tiverem terminado de falar mal da minha família.

— Não quis dizer isso — tento explicar, mas Keiran começa a empurrar o carrinho pela multidão enquanto Stevie continua chorando. Addison sinaliza para um cinegrafista segui-la e ele rapidamente se põe a caminho. Percebo que ela chama uma segunda equipe pelo rádio para ajudar.

— Mais *fudge*? — oferece Hallie.

Faço que não com a cabeça.

— Agora ela está com raiva de mim.

— Ela só está com raiva porque você fez ela ficar com vergonha — ressalta Brooke.

— Vergonha? Somos só nós — digo, e então paro de falar. Ah. *Não* somos apenas nós e, pelo visto, ser tão real quanto geralmente somos é um pouco estranho quando a câmera está assistindo.

— Corta — diz Addison, ao que o pessoal do *fudge* dá um salto. — Foi ótimo, gente. Vamos fazer uma pausa de cinco minutos. — Addison coloca uma das mãos no meu ombro. — Você está bem?

Assinto.

— Estou um pouco mal por ter feito ela se sentir desconfortável em frente às câmeras.

— Você estava apenas sendo honesta — diz Addison com franqueza. — É isso que queremos que façam. Às vezes a verdade dói. Ela vai superar. Achei que você pareceu bastante forte. Foi uma boa cena.

Mas não foi uma cena, foi? É minha vida e, no mundo real, detesto brigar com minhas amigas.

— Você está se sentindo bem para terminar a conversa com Brooke? — pergunta Addison ao verificar a prancheta.

— Deveríamos encerrar aqui antes de seguir para o próximo local de filmagem. Está ficando muito cheio. — Levanto a cabeça e percebo que ela está certa. Há um mar de pessoas passeando, nos olhando. A segurança do festival está tentando afastá-los (parece que o prefeito concordou em nos dar segurança extra em troca de toda a publicidade gratuita para a cidade), mas não está funcionando muito. — Diga para a Brooke e Hallie com o que está chateada e isso deve ser o suficiente. — Concordo com a cabeça. Addison avisa ao restante dos câmeras (a equipe dois ainda não está aqui) e então me dá a deixa para recomeçarmos as filmagens.

— Fico mal por ela. — As palavras saem atropeladas, mas são verdadeiras. — Perde tanto por estar sempre cuidando das crianças. Sei que não se importa, mas deve ser difícil ter de checar a agenda dos pais antes de combinar alguma coisa com as amigas na sexta-feira à noite.

— Ela só está com raiva porque você está certa. Todas concordamos com você, aliás, eu ficaria feliz em dizer isso a ela. Quero sair com Kiki, não com os pestinhas. — diz Brooke, assentindo.

— Ela vai se acalmar — consola Hallie. — Vamos encontrar com ela depois do almoço. Ela precisa de um pouco de espaço.

— Excelente! — interrompe Addison. — Vamos parar por aqui — diz ela para Hank e Phil. — Meninas, vamos nos reunir do outro lado da rua enquanto acertamos a próxima cena e esperamos pela equipe extra?

Abrimos caminho pela multidão até o outro lado da rua e nos dirigimos para um beco lateral que está bem calmo. Dá para ver a água no outro extremo, e percebo um veleiro passando.

— Enquanto montam a próxima cena, que acho que será de vocês na barraquinha dos pais de Hallie, queria entregar o calendário desta semana — diz Addison, enquanto distribui papéis. — Lembrem-se, sempre pode mudar, mas está quase certo.

Ela nos entrega um memorando. Tem nossos dias e horários de encontro. Hoje, estamos juntas. Na terça-feira, nos separamos para fazer coisas diferentes. Brooke tem um encontro que será filmado. Hallie tem ensaio da peça na casa de uma amiga. Keiran vai cuidar das crianças de novo e eles escolheram me seguir pelo Milk and Sugar. É engraçado, mas agora que estamos filmando, parece que nós quatro passamos mais tempo separadas do que juntas. Normalmente nos encontraríamos no Milk and Sugar todos os dias depois da escola, mas agora nos separamos para filmar nossos próprios segmentos e só filmamos as partes em grupo uma ou duas vezes por semana. Procuro pelo meu nome na página e fico confusa. Abaixo diz "encontro" com um ponto de interrogação. Encontro? Que encontro?

— Addison? O que é isto? — Aponto para a parte do encontro.

Addison toma um gole de Gatorade.

— Queria conversar com você sobre isso. Tem um segundo? — Ela anda um pouco para dentro do beco e percebo que estão todas nos olhando. Volto o rosto para Hallie, nervosa, mas então olho para Addison. Ela está com uma expressão muito esquisita também.

— Eu sei que disse na sexta à noite que não tinha problema se Zac não quisesse estar na frente das câmeras, mas estava errada.

Espera aí.

— Errada? — pergunto, tentando entender.

Addison se agita um pouco.

— Eu deveria ter explicado melhor quando nos falamos. Se você e Zac não vão se encontrar de novo, tudo bem, mas se vai sair com Zac, precisamos vê-lo. Você obviamente vai falar dele em frente às câmeras e os espectadores vão querer saber quem ele é, por que gosta dele, aonde vocês dois vão...

Minha mente está girando. Tenho que convencer Zac a aparecer no programa? Ele nunca vai fazer isso. Eu sei.

— Você é nossa estrela. As meninas estão todas namorando na frente das câmeras, fica estranho não ver você fazendo o mesmo. — Addison olha para mim, nervosa. — O que acha?

— Eu... Eu não sei — confesso. — Não sabia que era um requisito do programa. — Zac e eu não estávamos saindo com essas intenções quando concordei em fazer o reality, então não pensei no que significaria tornar minha vida pessoal bastante pública. — O que acontece se Zac disser não? E se eu não quiser perguntar para ele? — Prendo a respiração.

Addison ajeita os cabelos para trás da orelha parecendo um pouco desconfortável.

— Bem, você concordou em mostrar sua vida em frente às câmeras, e se sua vida inclui Zac e você se recusa a mostrá-lo...

— Não estou me recusando. É que sei como ele pensa e não acho que ele vai fazer isso — interrompo.

— Se você se recusa a mostrá-lo — repete Addison —, consideraremos uma quebra de contrato.

Quebra de contrato? O que isso quer dizer? Obviamente é ruim, pela expressão de Addison.

— Nós só tivemos um encontro! — digo um pouco alto demais. Olho ansiosa para as meninas, que estão nos encarando. — Desculpa — falo para Addison. — É que falei com Zac sobre isso e ele deixou bem claro que não estava interessado em participar do programa. Não posso forçá-lo a fazer algo que não quer fazer.

— Eu sei — diz Addison, com calma, sem me oferecer outra opção.

— Não sei o que fazer — digo, desesperada. — Deveria ligar para Susan para falar sobre isso? Talvez ela reconsidere.

Addison faz que não.

— Susan deixou as decisões comigo, Charlie — diz ela, surpreendendo-me. — E estou dizendo, se está namorando Zac, precisamos vê-lo. Sinto muito.

Inspiro com força. Addison não parece sentir muito em relação a Zac. Ninguém solta a expressão "quebra de contrato" se sente muito. O que quer que ela signifique.

— Brooke teve uma ideia divertida: um encontro em grupo — diz Addison, tentando parecer encorajadora. — Ela achou que seria bonitinho. Brooke e Hallie estão arrumando um encontro às cegas para Keiran no mesmo dia que elas vão se encontrar com outros garotos. Seria ótimo se você e Zac pudessem ir também. Dissemos a Brooke que seria melhor se você, que é nosso foco, estivesse lá.

Desde quando Brooke monta cenas? E também é a primeira vez que ouço do encontro às cegas da Keiran e teve que ser por meio de Addison?

— Você poderia tentar falar com Zac de novo? — implora Addison, parecendo mais amigável do que um minuto atrás. — Não quero dizer a você o que fazer. Só queremos um programa legal. — Dou de ombros e Addison sorri. — OK, próximo tópico. — Ela volta para o grupo e ando devagar atrás dela. — Queria contar ótimas notícias — diz, evitando meu olhar. — Outra coisa de que falamos em nossa reunião semanal foi o baile de primavera. Queremos filmá-lo.

— Achei que não tinham permissão para filmar na escola — diz Hallie, enquanto brinca com o cinto amarelo. Está vestindo calças capri jeans e um top verde com paetês em volta do decote.

— Não temos — responde Addison —, mas não quer dizer que vocês não podem fazer uma festa pós-baile.

— O baile de primavera geralmente não tem um pós--baile — argumento.

— O que vocês acham? Podem se encarregar da lista de convidados e da decoração. Faremos do que jeito que vocês fariam, queremos que pareça real. Por isso pensei que o lugar poderia ser o Crab Shack. Um tipo de fim de semana do baile de primavera.

— Sério? — diz Hallie, animada. — Meu pais adorariam.

— O clima é perfeito, com a água e os barcos. Poderíamos levar um DJ, talvez alguém que vocês conheçam, comida e decoração. Nada excessivo. Susan quer que seja o mais normal possível. O que acham?

— Acho que parece dez vezes melhor do que a porcaria de baile que teremos no ginásio da escola — responde Brooke, mastigando o chiclete de amora mais alto. Vai ficar com a língua tão pink quanto a blusa se não tomar cuidado.

Addison olha para mim. Sei que estou calada.

— Charlie? É sua decisão. É o seu programa.

Sinto os olhos de Brooke encarando a parte de trás da minha cabeça.

— Um pós-baile pode ser divertido — concordo, ainda tensa pela conversa anterior.

— Ótimo — diz Addison, e começa a digitar no celular. — Vou avisar à produção que podem começar a planejar. Acham que todos os seus pares estarão dispostos a ir aos dois bailes? — Ela se volta para o telefone. — Alô? Oi. Sou eu. Sim, Charlie adorou a ideia... — Ouço Addison dizer conforme sai do nosso alcance de audição.

— *Todas* adoramos a ideia. — Ouço Brooke murmurar, mas não olho para cima. Minha mente está agitada o suficiente.

— Você está bem? — pergunta Hallie.

— Estou — minto. — Estou bem. — Não posso falar sobre isso. O que farei quanto a Zac? E quanto a Keiran? — Addison disse algo e ainda estou quebrando a cabeça para entender o que significa.

— Bem, entenda logo — diz Brooke, perversa. — Ninguém faz nada sem a estrela do programa da Charlie.

— Qual é o seu problema? — pergunto em tom de censura.

— Nada — responde ela. — Não ousaria irritar nossa estrela.

— Não pedi por isso — rebato. Sinto que estou ficando quente de repente, mesmo vestindo minha blusa frente única roxa e shorts cargo brancos. — Tenho muito com que me preocupar. Não teria problema se todas pudessem decidir.

— Então diga a Addison — exige Brooke. — Diga que o resto de nós não somos sobras.

— Você nem se importa com o que Addison acabou de me dizer. — Estou tremendo. — Você só se importa com quanto tempo seu rosto aparece em frente às câmeras.

— Charlie — avisa Hallie. — Brooke, pare.

— Claro que me importo com o quanto apareço — admite Brooke. — E você estaria mentindo se dissesse que não se importa.

Kayla vem correndo até o beco e interrompe a discussão.

— Addison! Addison! — Ela se vira e corre até nós. — Acabamos de repassar a gravação e não tinha som — Kayla diz para Addison. — Precisamos refazer a cena perto da barraca de *fudge*.

— O quê? — reclama Addison. — Você está brincando! Como isso aconteceu?

Kayla dá de ombros.

— Melhor ter descoberto agora do que depois. Teremos que refazer.

Addison assente.

— Tudo bem. Esqueci que precisamos que as meninas façam um resumo da semana na escola, pois não temos gravações delas lá. — Addison está rabiscando lembretes.

Kayla coça a cabeça.

— Tudo bem, Hank vai cuidar disso agora. Estamos arrumando o local perto da barraquinha e a equipe dois está ajeitando a cabine do Crab Shack. Espero que consigamos fazer tudo isso em uma hora. Keiran já terminou de gravar a cena do almoço com as crianças.

— Nem lembro do que disse na barraquinha de *fudge*. — Hallie está apavorada. — Como vou refazer a cena?

— Problema maior: grande parte da cena foi a minha briga com Keiran — lembro a todas. — Ela não vai querer refazer aquilo, ainda mais me deixar falar mal dos pais dela de novo. Não acho que consigo fingir isso.

Até mesmo Addison parece perplexa.

— Gostei do que ouvimos antes e não quero perder. Vou correr na frente e assistir o playback. Encontre-me lá. Imagino que podemos dublar por cima. — Ela olha para nós e sorri. — Desculpem, meninas. Isso acontece às vezes e sei que é uma droga. Ninguém gosta de reencenar a vida real. — Ela olha para mim ao dizer isso.

— Keiran vai ficar uma fera — digo às outras.

— Ela vai sobreviver — declara Brooke. — Faz parte do processo. Temos que engolir. É o que atores fazem.

— Não somos atrizes — lembra Hallie, parecendo frustrada. — Vamos reencenar nossas próprias vidas.

Brooke dá de ombros.

— Você ouviu Addison. Acontece. O que podemos fazer?

— Sinto como se fosse mentir. — Fico um pouco arrepiada. — Se pudesse refazer minha briga com Keiran, faria diferente. Além do mais, foi uma briga idiota.

— Sempre a pobre Charlie — dispara Brooke.

— Qual é o seu problema? — Hallie bate no braço de Brooke. — Pare de ter tanta inveja da Charlie! E da Marleyna Garrison! E do mundo!

— Não estou com inveja! — grita Brooke de volta. — Por que não para de dar em cima dos outros?

— Dar em cima? — urra Hallie. — O que isso tem a ver com...

Addison aparece correndo.

— Temos que tentar refazer a cena agora. — Solto um resmungo. — Falei com Keiran pelo rádio e ela está voltando.

— Ela estava bem? — pergunta Hallie.

— Ótima — responde Addison, mas parecendo distraída. — Vamos.

Atravessamos a rua e seguimos até a barraquinha de *fudge*, mal nos falando. A segurança está contendo os curiosos, mas ainda há clientes. Joseph, Hannah e Stevie estão sentados felizes no carrinho, tomando sorvetes.

— Agradeço muito por vocês fazerem isso — diz Addison. — Prometo que evitaremos que aconteça de novo.

Nenhuma de nós olha para a outra. Eu olho para Keiran.

— Kiki? Sinto muito por antes. Não quis te chatear.

— Deixa pra lá — diz ela, mas encara os cubinhos de *fudge*. — Achei que se alguém entenderia, seria você, mas devia estar errada.

— Não estava errada. É que me sinto mal, é só isso. Não quero que você passe o tempo todo recebendo ordens.

— Estamos prontas? — pergunta Addison. — OK, vamos tentar de novo. Ação!

— Você precisa de uma focinheira para esses três. — Brooke não perde a chance. Ela encara Joseph, Hannah e Stevie com amargura. Os três, por sinal, não dão um pio.

Keiran explode ainda mais alto do que na primeira vez. Sua voz está trêmula e sei que está realmente furiosa.

— Quer saber, Brooke? Estou de saco cheio de vocês pegando no meu pé por causa da ajuda que dou em casa! Pelo menos ajudo. Ao contrário de você na *fazenda*. — A cor deixa o rosto de Brooke, que aperta os lábios.

O-oh. O-oh. Isso não é bom.

— Kiki, a gente estava apenas tentando ser honestas — digo, tentando intervir.

Keiran se vira para mim. A fúria dela é perturbadora. Nunca a vi dessa forma.

— Honestas? Vamos falar de honestidade, Charlie. Onde estava na sexta à noite? Por que não falou sobre isso hoje? Como foi seu encontro com Zac?

Isso foi golpe baixo. Não queria apresentar Zac assim.

— Keiran — diz Hallie, baixinho. — Pare.

— O quê? Se podemos falar mal da família de Keiran, deveríamos poder falar sobre o encontro precioso de Charlie — concorda Brooke, com um sorriso doentio no rosto.

— Ela está certa — apoia Keiran, surpreendendo-me com o tom maldoso. — Se todas podem implicar comigo por ser babá, por que não podemos falar da fazenda da família de Brooke, ou de você dar em cima do todo mundo, Hallie, ou do fato de Charlie não ter mencionado a paixonite dela pelo Zac?

— Cala a boca, Keiran — berro. — Você também, Brooke. Estão agindo como Hannah e Stevie.

— Estou agindo como Hannah e Stevie? — Keiran aponta para si mesma. — Não sou eu que escondo as coisas. Quem fez de você a chefe?

— Calma, Keiran, você está agindo como uma criança — diz Hallie, firme. — Calma! Podemos debochar dos Pequenos Einsteins. Você leva eles para todo canto!

— Conte mais sobre Zac — insiste Keiran, ignorando Hallie e olhando para mim. — Por que não nos conta sobre seu encontro? Foi divertido?

— Para com isso, Keiran — aviso.

— Por que ela deveria? — pergunta Brooke. — O que foi, Charlie? Não gosta de ser o centro das atenções? — Ela ri. — Acho difícil de acreditar.

— Vou sair daqui — diz Keiran, e vejo uma lágrima solitária escorrendo por sua bochecha. — Não quero ouvir mais nada disso. Aproveitem o festival.

— Keiran, espere — imploro. — Não saia assim. — Mas ela me ignora.

— Também tô fora — diz Hallie, irritada.

— Corta! — grita Addison. — Uau, acho que essa cena ficou ainda melhor do que a primeira.

— Não poderia concordar mais — diz Brooke, o que me faz querer bater nela. Não tenho certeza se foi um elogio. Não consigo olhar para Addison ou Brooke.

— Animem-se, meninas — diz Addison. — Ela não ficará irritada por muito tempo, prometo. Às vezes as filmagens afetam as pessoas. Se conheço vocês quatro, farão as pazes até de noite. Phil — chama —, traga Hallie de volta para a cena na barraca do Crab Shack.

A última coisa que quero fazer no momento é gravar qualquer outra coisa. Foi divertido de manhã, mas no momento não quero ir a lugar nenhum a não ser para minha casa, para minha cama. Pena que não seja uma opção. Saio de perto para me recompor e sento no banco em frente a uma loja na hora que meu celular toca. É Zac, e não poderia ser uma hora melhor. Preciso me animar.

— Oi — digo, tentando parecer casual, em vez de sem fôlego.

— Não pense, apenas responda. — A voz de Zac surge do outro lado da linha e na mesma hora perco a compostura. — O que está fazendo neste exato momento?

— Falando com você — digo sem hesitar.

— Engraçadinha. — Ele ri. — Onde?

— Estou gravando — confesso. Poderia pedir que viesse agora mesmo. Addison gostaria que eu fizesse isso, mas...

— Droga — diz Zac. — Esperava que estivesse no Milk and Sugar e eu poderia te buscar para jantarmos.

Sério?

— Voltarei às 18h. — Ouço-me responder, esperançosa.

— Acho que posso esperar até lá — responde Zac. Um cachorro late ao fundo e sei que é o chihuahua dele, Duas-Caras. O nome é de um personagem do *Batman* por quem ele é fanático. Fica tão bonitinho quando fala de filmes.

Olho para Addison sentindo minha irritação voltar.

— Talvez você não queira jantar comigo quando contar para você desse pós-baile que meu programa vai promover.

Conto tudo para Zac, deixando de fora o termo de quebra de contrato que Addison usou para me ameaçar. — Queria mesmo que você pudesse ir, não apenas para colocar você em frente às câmeras, pois sei como se sente em relação a isso. Acho que poderia ser muito divertido e realmente gostaria de compartilhar isso com você. — Falei demais? Às vezes, quando estou nervosa, não consigo calar a boca.

Zac não diz nada a princípio.

— Acho que não me mataria — diz ele, finalmente. — Meus avós adorariam. Eles vivem a quase 5 mil quilômetros e estão sempre reclamando que nunca me veem. Se isso for ao ar, serão o casal mais popular do Centro da Terceira Idade.

Dou uma gargalhada.

— Vou garantir que Phil pegue seu melhor ângulo.

Zac ri.

— Meu melhor ângulo é aquele em que você estará.

Fico vermelha. Ele disse isso mesmo? O que deveria dizer de volta?

— Então, às 18h? — Zac preenche a lacuna.

— Sim — concordo, e desligo sentindo-me feliz de novo. Quero contar para o mundo o que acabou de acontecer. Quero correr até minhas amigas e repetir a conversa, palavra maravilhosa por palavra maravilhosa. E então lembro: mal estamos nos falando.

oito

Términos e reconciliações

— Esta areia está ocupada?

Cubro o rosto com a mão e olho para cima, em direção ao sol do final da tarde. Keiran está de pé em frente a Brooke, Hallie e eu, segurando sua bolsa de praia e uma toalha de bolinhas. Ela parece arrasada.

— Isso depende — digo. — Você não vai jogar areia em nós, vai?

Ela sorri.

— Nãão. Minha crise de pirralha acabou, juro.

— Então se ajeita aí — instrui Brooke.

Keiran coloca a toalha na areia fria ao nosso lado. Estamos na metade da semana e faz 21 graus, incomum para um dia de abril. Imaginei que estava na hora de pararmos de nos alfinetar, então fiz uma proposta de paz: uma sessão de bronzeamento em grupo na praia. Com o baile de primavera a apenas uma semana e hoje sendo um dos únicos dias de folga das gravações, achei que seria a oportunidade perfeita para conversar e pegar uma cor (estou tão pálida quanto a areia do estreito de Long Island). Hallie e Brooke chegaram primeiro, mas quando Keiran não apareceu, achei que estávamos perdidas.

— Achamos que você não viria — diz Hallie.

— Tive segunda chamada de um teste de espanhol — responde Keiran ao se sentar. — Disse para a professora que precisava terminar rápido para encontrar com minhas amigas e implorar um pouco.

— Pode implorar à vontade — diz Brooke sem olhar para cima. Está de olhos fechados e com o rosto voltado para o céu. Seus cabelos estão presos em um coque e a camiseta de gola em U, assim como as alças do sutiã, foram puxadas para baixo dos ombros. O resto de nós também fez o mesmo. Marcas de biquíni são um pecado mortal em uma cidade de praia como a nossa.

— Exagerei no festival da primavera — diz Keiran, suspirando. — Pirei quando vocês mencionaram minha mãe. As câmeras estavam apontadas para mim e só conseguia pensar na minha mãe assistindo àquela cena. Acho que queria fazer vocês sentirem o mesmo. Por isso comecei a mencionar tudo aquilo. — Ela vira o rosto parecendo culpada.

— Tudo bem — digo, também me sentindo mal. — Não deveríamos ter nos juntado contra você daquela forma. Todas dissemos coisas que provavelmente não deveríamos. — Olho para Brooke, que não diz nada. Ela meio que se desculpou pelos comentários sobre "o programa de Charlie", mas ainda acho que ela odeia que o reality seja centrado em mim. Como se eu tivesse algo a ver com isso.

— Também sinto muito — diz Hallie. — Todas sentimos.

— Mas você deveria estar preparada, Kiki — interrompe Brooke. — Você deveria ser honesta. Não se preocupar com o que sua mãe vai pensar.

— Por quê? Porque você não poderia se importar menos com o que seus pais pensam, Brooke? — responde Keiran, surpreendendo-me com a permanência do estado agressivo. — Não sou como as meninas do *My Super Sweet 16* que você parece tanto querer imitar. Meus pais se preocupam com a forma como eu apareço na TV e eu me importo o mesmo em relação a eles. Não vou fazer minha família ficar mal só por uma boa fala.

— Keiran está certa — concordo, enquanto Brooke está chocada demais para responder. Viro o corpo sobre a toalha e apoio os cotovelos nela. — Nossas famílias e amizade deveriam vir primeiro. — Keiran sorri. — E eu teria concordado com você antes, mas você estava ignorando meus telefonemas.

— E nos desprezando pelos corredores — completa Hallie.

— Eu sei. — Keiran suspira novamente. — Tenho que ser mais madura em relação a essas coisas. Agora que estamos gravando um reality show, acho que qualquer parte da minha vida está na berlinda.

— Principalmente Charlie, já que ela é a estrela — debocha Brooke, sentando-se para pegar o protetor solar.

— Podemos passar essa história a limpo? — digo, olhando para ela.

— Por favor! — responde Hallie, encarando Brooke.

— Todo mundo sabia como o programa funcionaria desde o início — lembro. — Não sei por que Susan me escolheu, mas escolheu. O que sei é que jamais poderia fazer isso sem vocês.

Brooke dá de ombros.

— Verdade. Estou apenas dizendo que Addison não morreria se percebesse que há mais estrelas em potencial no elenco do que a favorita. Eu, sinceramente, tenho muitas características legais que vocês não têm.

— Oi?! Diferentona você, né? — diz Hallie.

Brooke meio que ri.

— Desculpa. Tudo bem, Charlie, sei que não é sua culpa. Apenas fico frustrada. Addison deveria explorar todos os nossos pontos fortes.

— Concordo — digo, e passo mais protetor. — Deveríamos todas estar contentes com a direção que o programa está tomando. Não que eu esteja, no momento. — Rapidamente atualizo as meninas sobre minha conversa com Addison a respeito de Zac. Elas ficam tão boquiabertas que poderiam pescar como os pelicanos.

— Não acredito que Addison usou o termo *quebra de contrato* — diz Keiran. — O que isso quer dizer?

— Acho que significa que eu seria processada. — Enrugo a testa. — Não acreditava que Addison chegaria a esse ponto! Nós duas nos damos tão bem. Ela sempre pergunta se estou feliz com as gravações, então fiquei surpresa quando ela mencionou que Zac seria um motivo de rescisão. Ela tinha acabado de falar, na sexta-feira à noite, que não seria um problema mantê-lo afastado das câmeras, e então, dois dias depois, ela ameaça uma ação legal.

— Você definitivamente não ia querer isso — diz Brooke, horrorizada. — Poderia ser o fim da sua carreira.

— E de todo o meu dinheiro para a faculdade! — acrescento. — Então, estava tão chateada com o que aconteceu com Addison, que liguei para Susan. — Todas me encaram.

— O que ela falou? — pergunta Hallie, sem fôlego.

Suspiro.

— Caí direto na caixa postal. Tentei explicar tudo em uma mensagem de um minuto. Ela ligou de volta às 2 horas da manhã para dizer que sentia muito por eu estar apavorada com a conversa da quebra de contrato, mas que Addison era responsável pelas coisas do dia a dia, então, se ela disse, eu tenho que acatar. Não foi exatamente a resposta que eu esperava. — Queria acrescentar que sinto como se Susan nos tivesse abandonado, mas por que colocar mais lenha na fogueira? Brooke diria que estou exagerando.

Todas estão caladas. Olhamos para o mar, pequenas tiras de água branca com espuma vêm e vão. O som é tão relaxante que eu poderia dormir esperando alguém dizer alguma coisa.

— Então, você falou com Zac? — pergunta Brooke.

Achei que seria a pergunta seguinte.

— Disse que significaria muito para mim se ele fosse para o pós-baile e participasse das gravações — explico. — E ele até concordou em ir comigo.

— Foi tão difícil assim? — diz Brooke, passando um pouco mais de bronzeador.

Fico quieta. Me sinto culpada por perguntar para Zac mesmo sabendo como ele se sente. Ainda não consigo acreditar em como ele foi ótimo em relação a tudo isso. Só fez com que eu me sentisse pior.

— E quanto a você, Senhorita Brooke? — pergunta Hallie. — Se Charlie pode falar a verdade para Zac, você pode assumir que é filha de fazendeiros?

Brooke faz um círculo na areia com o dedão do pé.

— Claro que não. É diferente. É... Humilhante.

— Não, não é — insiste Keiran. — Olha, talvez eu devesse sentir vergonha de parecer a protagonista de *A vida se-*

creta de uma adolescente americana com todas essas crianças em volta de mim o tempo todo, mas é assim que as coisas são. Meus pais precisam da minha ajuda, e eu quero ajudá--los. Mesmo que não goste de fazer isso o tempo todo.

— Pelo menos seu pai não mexe em esterco de vaca. — Brooke está chateada. — Meu pai é fazendeiro e vivemos em uma cidade rural. É tão clichê. Sei que é isso que as pessoas veem quando pensam em mim. Não quero que o mundo veja também.

Ela quer dizer o que Marleyna Garrison pensa dela, tenho certeza. Marleyna é o calcanhar de Aquiles de Brooke. Quando estávamos no início do Ensino Fundamental, nos matriculamos no sapateado e no jazz na escola Toe Tappers, na cidade, que também era onde Marleyna e as amigas dançavam. Todo ano nossa professora, Srta. Lisa, nos deixava criar duas coreografias a mais para a apresentação e abria testes para todas as turmas. Brooke era melhor dançarina do que todas nós e estava doida para entrar na coreografia da Christina Aguilera da qual Marleyna ficava tagarelando. Brooke perguntou quando seriam os testes e Marleyna mentiu sobre o dia e a hora, para que ela perdesse. Brooke agiu como se não fosse nada demais, mas nós sabíamos que estava arrasada. Foi mais ou menos na época em que ficamos mais próximas. Ela era tão meiga e incrivelmente leal. Sempre que alguém mexia com uma de nós, era Brooke quem se metia como a guarda-costas do grupo.

— Já que vamos ser todas sentimentais hoje, deveria contar que Patrick e eu terminamos tudo — diz Hallie. — Ele estava saindo com alguma garota de Cutchogue. Peguei ele no flagra enviando mensagens de texto para ela enquanto jantávamos. O idiota deixou o telefone na mesa para ir ao banheiro e li as mensagens. Pelo menos Addison filmou tudo. Agora a humilhação dele será mostrada para o país inteiro. — Ela gargalha.

Brooke está furiosa.

— Você quer que eu peça para meu irmão dar uma surra nele?

— Não precisa — diz Hallie, tirando os cabelos castanhos do pescoço. — Já cuidei disso. Joguei o prato inteiro de espaguete com almôndegas no colo dele.

Brooke e eu aplaudimos, mas Keiran resmunga.

— Agora me sinto péssima, Hallie. Fiquei falando sobre você dar em cima de todo mundo só porque não conseguia pensar em algum motivo para ter raiva de você, e esse cara estava te traindo!

Hallie dá de ombros.

— Não é culpa sua. Eu deveria saber que aconteceria. Mas agora o encontro triplo de amanhã será um encontro único, com dois às cegas. Brooke, preciso de um par para o baile.

— Encontraremos um cara dez vezes melhor para você — garante.

Hallie dá um risinho.

— Talvez pudéssemos mudar de *The Cliffs* para *O jogo do amor de Cliffside*. Ou eu poderia convidar esse garçom lá do Crab Shack. Brandon. Ele parece legal.

— Vai em frente — encoraja Brooke. — Você vai se divertir mais com um cara novo. Temos que nos certificar de que você também esteja sensacional. — Ela estala os dedos. — Quero que use meu vestido novo da BCBG.

— Mas você acabou de comprá-lo! — diz Hallie, surpresa.

— E daí? — interrompe Brooke. — Vai ficar o máximo em você. Pode estrear ele no baile. — Ela olha para o res-

to de nós. — E quem não encontrar um vestido será bem-
-vinda no meu armário.

— Obrigada, Brooke — diz Keiran, agradecida. — Sei
que não vou encontrar nada de que goste, a não ser algo
que você tenha.

— Você vai ao encontro amanhã à noite também, Charlie? — pergunta Brooke. — Acabei de comprar um casaqui-
nho da Gap que arrasaria com o tom da sua pele.

— Vou recusar. Zac precisa trabalhar, então sua primeira
aparição na TV será no baile. Tenho certeza que terei que
explicar tudo isso em frente às câmeras amanhã, quando me
filmarem em casa com minha mãe, fazendo o jantar. — Sorrio, sem graça. — Addison disse que adoram cenas minhas
em casa.

— Detesto ter que recapitular — diz Hallie, virando a
cadeira para seguir o sol. — É tão estranho.

Keiran muda a toalha de posição.

— Sempre soa tão falsa quando Addison me obriga a repetir uma fala — concorda ela. — Então — Keiran faz uma
imitação de si mesma —, "Charlie, vai pedir desculpas ou
não?"

— No outro dia me obrigaram a refazer um latte no Milk
and Sugar *três* vezes — digo às outras. — Phil queria um
enquadramento perfeito da espuma. Grady e eu tivemos que
ter a mesma conversa três vezes! — Uso meu tom de voz
mais severo. — "Ei, Grady, vou ter que trabalhar na sexta
à noite? Passa pra cá esse metade leite, metade creme, vai?"
Foi constrangedor.

— Não sei por que vocês se ligam tanto em refilmar. —
Brooke balança a cabeça. — É apenas para dar continuidade.

— Fácil para você falar — reclama Hallie. — Você tem experiência com teatro. Para você, é tudo encenação.

— Talvez — diz Brooke, dando de ombros. — É fácil para mim. Acho que é minha vocação.

— Algum dia assistiremos a uma nova versão do reality *Brooke Sabichona* com uma nova Brooke — brinca Hallie, se referindo ao reality show da filha do Hulk Hogan, criado a partir do programa estrelado pelo pai da família Hogan.

— Totalmente — diz Brooke. — É melhor vocês garantirem que eu alcance o topo da audiência. Sou bem merecedora do meu próprio reality. — Todas gargalhamos.

— Não ficaria surpresa se você conseguisse um programa em menos de um ano — falo —, mas antes devemos prometer algo umas às outras.

Brooke resmunga.

— O que foi agora?

Lanço um olhar irritado.

— Estou falando sério. Isso é importante. Vamos prometer que não nos voltaremos contra nós mesmas do modo como fizemos no festival. Deveríamos nos preocupar mais com nossos sentimentos do que com as filmagens.

— Charlie está certa — concorda Keiran. — Isso vale para mim, principalmente.

— Para todas nós — corrige Hallie. — Foi a primeira briga que tivemos em meses! Não podemos deixar o estresse do programa nos afetar. Concordam?

— Espero que a gente não pareça idiota na TV — diz Hallie, ao folhear a mais recente *US Weekly*. — Não vai demorar até nossos rostos aparecerem em revistas como esta, e Deus sabe o que dirão de nós.

— Precisamos fazer uma festa enorme para assistir à estreia — diz Keiran, animada. — E convidaremos todos que conhecemos e todos que já foram maus com a gente!

— Aposto que a Fire and Ice vai dar uma festona para nós — digo a elas. — A gente sempre vê os programas de TV dando essas festas maravilhosas.

— Talvez deem algumas roupas também — fala Brooke, sonhadora. — Sempre pergunto a Addison quando faremos um novo episódio com compras. Consegui as melhores coisas naquele dia que fomos à Juicy. Ganhei várias cortesias.

— Aquilo foi sensacional — concordo. — Adorei que a gente podia escolher qualquer coisa que quiséssemos.

Hallie me interrompe com um grito altíssimo.

— Gente, olha isso — diz ela, e aponta loucamente para a revista. — OLHA! OLHA!

Todas nos inclinamos sobre a toalha de Hallie e lemos o texto pequenininho para o qual está apontando. A mão dela está tremendo.

PREPARE-SE
para o novo reality show da Fire and Ice

"Charlie é um talento natural. A emissora está apaixonada por ela."

Depois de tomar o litoral de Malibu, a Fire and Ice foi até a Costa Leste para uma cidadezinha de praia em Long Island, Nova York, encontrar suas próximas estrelas. Dizem por aí que a emissora fisgou do anonimato quatro amigas do Ensino Médio para serem as próximas sensações da TV. O foco será na protagonista Charlotte Reed e em sua interação com o restante do grupo.

"Charlie é um talento natural", diz uma fonte. "A emissora está apaixonada por ela. O programa acompanhará as meninas em encontros, com amigos, no trabalho, e mostrará como é a vida em uma cidadezinha de praia. A Fire and Ice está muito animada com isso." O programa, *The Cliffs*, está em produção acelerada e vai estrear no início de maio. ■

— Eles nem mencionaram nossos nomes — choraminga Brooke. — Só mencionaram você.

— Tenho certeza que a emissora deu a eles todos os nossos nomes, mas não tinham espaço o suficiente — digo, mas Brooke balança a cabeça. — Ei! — tento novamente. — Brooke, eu não sou assim, lembra? Não tenho nada com isso. Para mim, somos todas protagonistas. Eu não conseguiria fazer isso sem você. — Brooke fica calada.

— E quanto a essa data em maio? — pergunta Keiran, franzindo a testa, tentando evitar que a inveja de Brooke a transforme no Incrível Hulk. — Estaremos mesmo na TV em algumas semanas?

— Isso é tipo daqui a três semanas! — diz Hallie.

— Achei que só estrearíamos no outono — comenta Keiran.

— Vocês não ouviram a Addison no outro dia? — pergunta Brooke. — O estúdio quer que os espectadores experimentem a vida na praia conforme ela realmente acontece, então nos colocarão no ar o mais rápido possível. É por isso que temos dias tão longos de gravação. Eles precisam de mais material.

— Maio? — repito. — Enquanto ainda estamos na escola? Isso significa que todo mundo vai assistir, inclusive Zac.

— Inclusive o país inteiro — esclarece Brooke. — Não é maravilhoso? Seremos assunto em todas as casas.

— Nossa, espero que as pessoas gostem da gente. — Keiran parece preocupada. — Não seria horrível sermos canceladas antes do final da temporada?

— Meu pai disse que quando ele estava no Associated, no outro dia, todos só falavam de nós — conto.

— Bem, era de se imaginar que isso aconteceria em nossa cidade — observa Brooke ao tirar o celular da bolsa e começar a mandar mensagens. — Não é como se...

— Qualquer outra coisa emocionante acontecesse por aqui — termina Hallie, em uma voz aguda que deveria soar como a de Brooke. Brooke a encara, admirada.

— Para quem está mandando mensagens? — pergunto a ela. — Estamos todas aqui.

— Addison. — Brooke segura o telefone no alto. — Queria contar que fizemos as pazes e precisamos fazer uma tomada mostrando isso.

— Olha você querendo ser a queridinha da professora — provoco. — Já vai contar para Addison?

— O quê? — Brooke parece ofendida. — Se alguém é queridinha, é *você*. Estou apenas tentando evitar que Addison esqueça meu nome.

— Brooke — digo, cautelosa —, esse papo está enchendo.

— É a verdade — diz Brooke pela enésima vez. — Você é o motivo pelo qual nos quiseram, para início de conversa. Acham que você é tão fofa e amável. — Ela faz uma careta.

— Está dizendo que não sou? — Tento não rir.

— Você é — responde Brooke, revirando os olhos. — Estou apenas tentando criar um nicho para mim ao ser a única que mantém Addison informada. Também quero ser valorizada.

— Brooke, ela acha que todas temos valor ou não teria nos escolhido — diz Keiran.

— Ainda assim, mal não vai fazer — responde Brooke, e continua escrevendo a mensagem.

Hallie olha para mim e balança a cabeça. Brooke se atira de vez em tudo o que faz. Não ficaríamos surpresas se fosse o caso aqui.

— Brooke Eastman? É você? — Uma garota mais ou menos da nossa idade passa com o grupo de amigas e para ao encarar Brooke.

Ela parece vagamente familiar. Espera aí. É...

— Marleyna Garrison, da dança? — diz ela a Brooke. — Éramos daquela turma na Toe Tapper anos atrás.

Olho para Brooke. Quero que ela seja grosseira, esnobe e todas as coisas que Marleyna já foi com ela. Mas, em vez disso, Brooke exibe um enorme sorriso.

— Lembro — diz Brooke, levantando-se. — Como está? — Olho para Hallie.

Ao contrário do resto de nós, Marleyna já está bronzeada, o que significa que deve ter feito bronzeamento artificial. Sua pele está dourada, assim como seus cabelos loiros, longos e levemente cacheados. Ainda deve dançar, pois não tem um grama de gordura no corpo. Seus jeans marcam todas as curvas, não deixando nada para a imaginação. Ela veste um top verde justinho que mal cobre o cós das calças e está descalça, revelando unhas perfeitamente pintadas de vermelho.

— Como tem passado? — pergunta Marleyna. — É verdade que está fazendo TV agora?

— É — diz Brooke, friamente. — Temos nosso próprio programa. Estas são minhas amigas. Hallie, Keiran e Charlie. Também dançavam na Toe Tappers.

Marleyna mal olha em nossa direção.

— Oi — diz, sem se mover, então volta a atenção para Brooke. — Sobre o que é?

— Nós — explica Brooke. — Nossa amizade, nossas vidas. É bem legal. Estamos gravando há apenas duas semanas, mas vai ao ar em maio. O nome é *The Cliffs*.

— Título peculiar — diz Marleyna, sarcástica, mas Brooke não nota. — Ouvi dizer que reviraram toda a costa da cidade procurando as garotas certas. Imagino por que escolheram vocês. — Pelo modo como fala, dá para ver que não foi um elogio.

— Charlie os encantou — admite Brooke, e sorri para mim. — Ela é tão atrapalhada que as pessoas não conseguem deixá-la.

Marleyna finalmente se volta para mim e me olha dos pés à cabeça.

— Você é Charlie? — pergunta. — Sorte sua.

— Sorte minha — respondo, tentando manter meu tom de voz. Queria que Marleyna fosse embora e nos deixasse voltar ao bronzeamento. Não há muitos raios de sol sobrando às 17 horas. Mas Brooke está hipnotizada e não consigo quebrar o feitiço com o poder da mente.

— Se quiser ver qual é a do programa, devia passar na festa que faremos depois do baile de primavera — diz Brooke. — Será filmada.

Vejo os olhos de Marleyna brilharem.

— Sério? Seria espetacular.

— Acho que só deveríamos convidar pessoas da nossa escola — observa Hallie, olhando para Marleyna com desprezo.

— Addison não disse isso — diz Brooke. — Você deveria ir e levar alguns amigos.

Marleyna faz que não com a cabeça.

— Não será necessário. — Ela olha para as amigas e gargalha. — Mas estarei lá.

Eca. Ainda não gosto nada dessa garota. Por que Brooke está tão afetada?

— Ótimo — diz Brooke, e para o meu desgosto escreve o dia e a hora da festa na parte de trás da revista. Ela rasga o pedaço de papel e o entrega a Marleyna.

— Excelente — diz Marleyna, lendo as informações. — Ligarei para você para falarmos de roupas. Tenho certeza de que vestirá algo incrível. Você sempre teve as melhores roupas.

Brooke fica vermelha.

— Para com isso. Você que sempre teve! Mas sim, me liga.

— Ligarei — diz Marleyna, colocando o papel dentro do apertadíssimo bolso das calças jeans. — Te vejo depois.

Claro que ela não se despede do resto de nós. Quando Marleyna está fora do alcance da voz, Hallie vai para cima de Brooke.

— Está maluca? Aquela garota sempre foi uma vaca com você! Não se lembra do recital de dança?

Brooke olha para nós como se fôssemos doidas.

— Isso foi há séculos! Não viram como ela foi legal comigo agorinha?

— Ela é a mesma garota de sempre — diz Hallie. — É Marleyna Garrison, a riquinha esnobe cujos pais têm a mansão em Mattituck, no alto do penhasco. Ela caminha até a Escola Ross, nos Hamptons, todo dia e ignora os locais.

— Obrigada por lembrar como a vida dela é incrível comparada com a minha. — Brooke revira os olhos.

— A *sua* vida é mais incrível — lembro-a. — Você é uma estrela de TV agora. Não precisa de uma parasita dessas puxando seu saco. — Brooke assente, mas sei que não está convencida. Ela olha para Marleyna, que continua caminhando pela praia.

— Da próxima vez que convidar alguém, fale com a gente primeiro, tá? — diz Hallie com amargura. — Sei que aquela garota vai querer roubar a atenção.

Brooke gargalha.

— Ela vai ter que brigar comigo por isso.

Sorrio. Brooke ainda está certa sobre uma coisa, e era impossível não amá-la por isso.

nove

Dancem como se não houvesse câmeras

Zac e eu estamos caminhando no píer em direção ao Crab Shack, de mãos dadas e rindo de algum vídeo idiota do *America's Funniest Home Videos* que por acaso assistimos ontem à noite, quando olhamos para cima e paramos de repente.

— Eita! — exclama Zac.

Eita mesmo.

Não acredito. O Crab Shack foi transformado. É como se uma equipe noturna de designers da HGTV, a emissora que minha mãe adora e que só exibe programas de decoração, tivesse passado por aqui e posto abaixo todas as placas bregas de humor de pescador, as redes de pesca e os detalhes de marinheiro e transformado o Shack em um incrível clube a céu aberto.

Gostava mais do outro jeito.

— Tem certeza de que estamos no lugar certo? — pergunta Zac com um sorriso torto. — Porque se aqui é o Crab Shack, então tenho comprado meu rolinho de camarão em outro lugar por todos esses anos.

— Você e eu — digo, sentindo-me confusa.

— Achei que tinha dito que deveria parecer com uma festa que você daria. — O lábio inferior de Zac se contorce em uma leve careta. — Você deve ganhar bem no Milk and Sugar.

Addison pediu que todas déssemos sugestões de como tornar a festa nossa. Que tipo de decorações usaríamos, que tipo de música tocaria, o tipo de comida servida. E mesmo assim, de longe, não parecia em nada com o tipo de festa que daríamos. Está lindo, mas não é muito a nossa cara. Esperava por algo mais sutil e romântico, com vista para a água. Isso aqui é grande e extravagante e muito Nova York. A única coisa que reconheço é o enorme dossel branco que cobre o restaurante inteiro. E mesmo assim ele foi enfeitado para a noite, com milhares de luzinhas piscando e uma disco ball pendurada bem no centro. Um DJ invadiu a área do aquário das lagostas. Está tocando uma música tão alta que estou surpresa que as lagostas não tenham tentado se atirar do aquário. A maioria das mesas em que normalmente sentamos não está aqui; no lugar, há mesas menores, mais altas, de bar e banquinhos que demarcam a pista de dança. Falando em pista de dança, está mais do que lotada com meus colegas de classe. Nem sei se o próprio baile da escola estava cheio assim. É como se todos que conhecemos — e que não conhecemos — tivessem recebido permissão para vir ao pós-baile.

— Charlie! — Hallie me vê e começa a acenar freneticamente. Ela já está na pista de dança com seu par, o garçom do Crab Shack chamado Brandon, que convidou ontem. Hallie está linda em um vestido tomara que caia marfim coberto de paetês. Os cabelos estão soltos e cacheados e o bronzeado melhor do que nunca, graças a uma espuma de banho bronzeadora que encontramos na CVS há duas noites. Brooke é a única de nós que não usou. Ela optou pelo bronzeamento artificial profissional com Marleyna, mas Hallie, Keiran e eu não queríamos pagar sessenta dólares, então escolhemos a versão engarrafada de dez. Não que tenhamos sido convidadas para ir ao bronzeamento com elas. Brooke andou com Marleyna a semana toda.

Hallie arrasta Brandon da pista de dança e percebo que um dos câmeras, Phil, a está filmando. Ela dispara tão rápido que ele mal consegue acompanhar.

— Dá pra acreditar nisso? — pergunta Hallie ao se aproximar de onde Zac e eu estamos. — Meus pais piraram. Eles até gostam, mas não é muito acolhedor para o almoço.

— Achei que Addison tinha dito que queriam que a festa parecesse algo que nós havíamos preparado — digo, franzindo a testa. — Não temos dinheiro para fazer isso.

— Ah, Addison não fez a decoração — diz Hallie, fazendo uma careta. — Isto é uma produção Garrison.

— Garrison? — pergunto. — Marleyna Garrison? — Hallie assente. — Mas por quê? Como? Não entendo.

— Parece que ontem Addison estava preparando a versão modesta que queríamos quando Brooke e Marleyna passaram por aqui. Addison contou que Marleyna se ofereceu para ajudar a acrescentar um brilho ao espaço, então filmaram Brooke e Marleyna acrescentando outros toques, cortesia do pai dela, claro.

— Por que Addison não impediu isso? —pergunto.

Hallie dá de ombros.

— Acho que não teria sido real se impedisse, certo? De qualquer forma, está exagerado, não acha? Agora parece que vivemos nos Hamptons.

— Com certeza — concorda Zac.

Hallie move o olhar de Zac para nossas mãos, que ainda estão juntas, e sorri.

— Oi, Zac.

Zac está tão lindo esta noite que mal consigo parar de olhar para ele. Não estou acostumada a vê-lo arrumado. Está vestindo uma camisa social azul-clara e calças cáqui. Na verdade, estamos combinando. Bateu uma culpa de atacar o guarda-roupa de Brooke de novo, então as meninas e eu experimentamos um monte de vestidos no fim de semana passado no shopping Smith Haven, com as câmeras na nossa cola. Enquanto Hallie e Brooke estão com certeza na moda, Keiran e eu estamos mais discretas. Nada de paetês. Nenhuma miçanga. Estou com um vestido esvoaçante creme, com alças fininhas e uma faixa marrom larga na cintura. Brooke disse que me fazia parecer bem mais bronzeada e tão magra quanto uma vareta. Parece o vestido ideal para mim.

— Hallie. — Zac faz um cumprimento. — Quanto tempo.

Hallie deixou o baile de verdade da escola bem antes de mim para ver o restaurante dos pais. Zac e eu estávamos nos divertindo tanto que ficamos entre o punhado de pessoas que realmente curtiu até o fim da festa. Todo mundo que tinha o convite para o pós-baile fugiu para cá.

Phil para de gravar. Ao contrário do resto de nós, ele está vestindo jeans e camiseta.

— Charlie, Addison quer que eu te filme entrando na festa. Está pronta?

— Te vejo lá dentro — diz Hallie, piscando um olho. — Tenho que voltar para Brandon. E verificar se meu pai não está infartando por causa da violação dos códigos de segurança que estamos cometendo com a quantidade de pessoas aqui dentro.

Olho para Zac, nervosa. Sei que ele disse que faria isso por mim, mas ainda me sinto culpada.

— Está pronto?

Ele assente e aperta minha mão de leve.

— Vamos dar o nosso máximo.

Phil chama Addison pelo rádio.

— Estou com Charlie e vou entrar com ela na câmera um. Câmeras dois e três peguem um plano geral.

Decido que talvez ajude Zac se tivermos uma conversinha rápida e encorajadora fora das câmeras.

— Finja que a câmera não está lá. Apenas olhe para mim.

Ele ri.

— E como vou conseguir fazer isso quando ela está bem no seu rosto?

— Você vai se esquecer deles em alguns minutos — garanto. Aperto a mão dele de volta. — Se achar que é um pouco demais, avise.

Ele faz que não com a cabeça.

— Eu dou conta.

Pisco quando Phil acende a luz da câmera. Um dos caras do som vai para trás dele.

— Ação — diz Phil.

Zac e eu começamos a andar e, tenho que admitir, isso parece estranho. Diferente do normal.

— Acho que Brooke, Hallie e Keiran já estão aqui — digo a Zac, sem jeito.

Ele olha para mim confuso.

— Não acabamos de falar com... — Zac pausa. — É, tenho certeza de que estão aqui dentro. Acho que estou vendo a Brooke.

Ele aponta para o meio da pista de dança e vejo Brooke. Ela está com um vestido preto de paetês, mangas e gola transparentes e saia plissada. De acordo com ela, Anne Hathaway tem um igualzinho. Procuro pelo par de Brooke, um cara chamado Keith, mas ele não está em lugar nenhum.

— É, é ela. — Enrugo a testa. — Mas onde está Keith? É o par dela.

Em vez de Keith, o par do pós-baile de Brooke parece ser Marleyna. As duas estão unidas pelos quadris. Estão sem os pares e de mãos dadas, dançando como maníacas ao som de Rihanna. Brooke enviou mensagens de texto para Marleyna a noite toda no baile. Marleyna queria chegar ao baile no mesmo horário que nós. Brooke estava tão desesperada que encontrou com Marleyna mais cedo para que pudessem ir juntas. Gostaria de saber por que não contou ao resto de nós sobre a reforma total que Marleyna fez no Crab Shack.

Keiran se aproxima com seu par, Tom, um amigo de Brandon. Ela está usando um vestido de alça verde-escuro que fica maravilhoso. É justinho no tronco e então segue em estilo balonê até a altura dos joelhos. A cor ressalta mesmo os cabelos loiros, que estão torcidos no alto na cabeça em um coque frouxo. Mesmo com a parte fashionista de Keiran à mostra, Brooke não parece prestar muita atenção.

— Deveríamos ir dizer oi? — pergunta Zac.

— Sim — grito por causa da música. Está muito mais alta sob a tenda do que estava no píer.

Zac abre caminho entre a multidão, segurando minha mão firme, e chega até Brooke. Ela me vê e dá um gritinho agudo, como se não nos víssemos há semanas, em vez de uma hora.

— Char, você veio! — Ela me envolve com os braços e aperta forte, sem soltar. Um de seus brincos pendurados bate no meu pescoço. Está frio como gelo. — Segue a minha deixa — sussurra ela em meu ouvido.

Seguir qual deixa?

— Oi, Zac — diz Brooke, lançando um enorme sorriso para ele. — Tem alguém que quero que vocês dois conheçam. — Ela pega nossas mãos e nos arrasta até Marleyna.

Marleyna está deslumbrante. Os cabelos cacheados mal se movem conforme se mexe. Sua maquiagem é perfeita, seu bronzeado, escuro, e o vestido curto, incrível. É preto, como o de Brooke, e abraça cada uma de suas curvas, desde a parte de cima, tomara que caia coberta de miçangas, até as franjas no meio da coxa. É difícil não encarar. Tanto Marleyna quanto Brooke parecem vestidas para ir ao VMA, e não a um pós-baile de Cliffside.

— Esta é Marleyna — diz Brooke. — Nos conhecemos ontem por acaso quando estávamos no Crab Shack.

Hã?

— Ela estuda na Escola Ross, nos Hamptons, então não conhece quase ninguém daqui — acrescenta Brooke. — Marleyna se ofereceu para ajudar com a decoração para hoje à noite. Não está incrível, Char? Dez trilhões de vezes melhor do que conseguiríamos fazer com nenhum orçamento.

— Parece mesmo diferente — digo, educada.

— É um prazer conhecer você. — Marleyna tira minha mão da de Zac e a aperta loucamente. — Charlotte, não é?

— Charlie — corrijo-a.

— Que nome lindo — dispara ela. — É raro ouvir um nome das antigas como esse hoje em dia. Você e Brooke estudam juntas?

Sinto como se estivesse em um episódio de *Além da imaginação*.

Encaro Brooke, que assente de maneira encorajadora.

— Sim, estudamos. Há séculos. Somos muito próximas.

Marleyna sorri gentilmente. Falou mais comigo nestes últimos segundos do que desde que nos encontramos na praia, quando mal murmurou um "oi".

— Deve ser bom ter amigas próximas. Meus colegas de escola estão todos do outro lado da cidade, então não encontro muito com eles fora de sala de aula. Por isso fiquei tão animada quando soube desta festa. Achei que seria legal conhecer algumas pessoas daqui da minha idade.

O som aumenta quando começa uma nova música e Marleyna se volta para Brooke em um salto. As duas gritam e começam a dançar. Fico ali, de pé, embasbacada. Então sinto um tapinha no ombro.

— Oi. — É Keiran. — Festança, hein?

— Brooke esteve assim a noite toda? — pergunto, sem me importar que Phil ainda esteja gravando.

Keiran ri.

— Basicamente. Ela parece muito animada com a *nova* amiga Marleyna. — Keiran se volta para seu par, Tom. — Vocês conheceram Tom?

Gostaria de dizer que sim, no baile, mas como estamos fingindo que esta é a única festa que importa, não digo.

Zac aperta a mão dele e os dois começam a conversar seriamente sobre os Mets.

Alguém da equipe de filmagem, Kayla, abaixa a luz forte que estava apontada para meu rosto.

— Meninas, Addison me chamou no rádio — informa Phil. — É sobre uma nova cena que estão preparando. Volto já. Addison quer ver você também, Charlie.

— Estou a caminho — respondo, e observo-o ir embora. Hallie aparece nesse meio-tempo.

— OK, alguém me conta o que está acontecendo — digo. — Estou tão confusa. Acabamos de *conhecer* Marleyna e ela agora é legal? E por que ela e Brooke estão agindo como melhores amigas?

Hallie revira os olhos.

— Elas apareceram juntas e tiveram uma longa conversa com Addison antes das gravações. Ouça isto: estavam aqui quando cheguei e, quando tentei me aproximar, Brooke disse "agora não". E, pasmem: ouvi Addison dizer a alguém no telefone que Marleyna poderia ser uma ótima "participante".

— Participante de quê? — digo, pirando. — Do programa? Do nosso grupo? Aquela garota não suporta a gente e vice-versa!

— Mas ela ama Brooke — observa Keiran. — Toda vez que tento chegar perto, ela puxa a Brooke para longe e, tenho que confessar, Brooke não parece ligar.

— Brooke está encantada com ela — concorda Hallie. — O dinheiro, a casa, o fato de que Marleyna está fazendo festinha para ela e dando dinheiro para uma festa que nós supostamente organizamos. Está na cara que essa garota quer participar do programa.

— Você acha? — Observo Brooke e Marleyna dançando. Hank e dois outros cinegrafistas, contratados para esta noite, seguem cada movimento delas. As duas estão rindo e se debruçando uma sobre a outra. Um grupo de pessoas se reúne em volta delas para aparecer em frente às câmeras ou para saber qual é o motivo da comoção.

— Aí estão vocês — diz Addison. Como o resto da equipe, ela não está arrumada para a festa, mas está linda com uma jaqueta branca curtinha, uma camiseta estilo navy com gola V e jeans. — Você está linda, Charlie. Tenho um vestido igualzinho.

— É o que vestiu no casamento da sua irmã? — pergunto. Ela sorri.

— É, e minha irmã ficou uma fera porque todos me elogiavam. É o que ela merece por não me chamar para ser madrinha.

Dou uma gargalhada. Addison me contou sobre o — péssimo — relacionamento dela com a irmã quando estavam crescendo. Addison também é a irmã mais nova, assim como eu e Bella, e isso pode ser muito difícil, às vezes.

— O que está achando da festa? — pergunta Addison.

— Está linda — digo, hesitante —, mas só para você saber, ninguém na escola vai acreditar que pagamos por isso.

Addison põe o cabelo atrás da orelha, nervosa.

— Sei o que quer dizer. — Ela olha em volta. — Não é exatamente o que eu tinha idealizado. — Olho para ela com curiosidade. Não foi ela quem deixou Marleyna e Brooke reinarem livremente? — Ainda assim, vai ficar ótimo no programa. Phil pegou umas tomadas lindas dos barcos passando à noite e todo mundo dançando. Ele vai querer fazer umas cenas só com você mais tarde também.

Hora das apresentações. Pego o braço de Zac.

— Aliás, Addison, este é Zac.

Addison abre um enorme sorriso.

— Imaginei que fosse. É um prazer te conhecer direito, Zac. Ouvimos falar muito de você.

Fico vermelha. Não quero que Zac pense que falo dele o tempo todo, ainda que eu fale.

— Somente coisas boas, espero — diz ele, e aperta a mão de Addison.

— Com certeza. — Addison sorri. — Falando em novos rostos, o que vocês acham de Marleyna?

— Brooke nos obrigou a fingir que acabamos de conhecê-la, ainda que tenhamos sido *re*apresentadas na semana passada — digo.

— Mas essa foi uma apresentação bem melhor, não acham? — diz Keiran, ironicamente. — Pelo menos desta vez Marleyna fez mais do que rosnar para nós.

Addison franze a testa.

— Vocês não se dão bem? Brooke fez parecer que tinham se dado superbem.

— Não comigo. Principalmente quando ela monopoliza Brooke enquanto estamos por perto. — diz Hallie, coçando o nariz.

— Interessante. — Addison começa a digitar no Black-Berry. Não sei se está enviando mensagens de texto ou apenas tomando notas, mas sua expressão é de preocupação. Então, coloca o telefone de volta no bolso. — Preciso avisá-las que Marleyna assinou um termo de cessão e as filmagens iniciais dela agradaram bastante os chefes.

— Está querendo dizer que vão acrescentar uma nova "amiga"? — pergunto.

Addison se move de forma desconfortável.

— Não diria que precisam ser amigas dela, mas ela participará dos segmentos de Brooke quando não estivermos gravando vocês quatro juntas. Falando nisso, Brooke e Marleyna tiveram uma ótima ideia para esta noite e acho que nenhuma de vocês sabe ainda.

— Sabe o quê? — pergunta Hallie, sombria.

— Ei, gente! — Brooke se aproxima com Marleyna. — Estão prontas?

— Para quê? — Keiran olha para Brooke, que está de mãos dadas com Marleyna. As duas parecem amiguinhas do jardim de infância e estão dando risadinhas enlouquecidas.

— Não contei para vocês? — pergunta Brooke. — O pai de Marleyna nos emprestou o barco para usarmos esta noite! Vamos filmar nele. É ou não é incrível?

Brooke aponta para o pequeno iate (sim, iate) que está ancorado ao píer. Vi barcos deste tamanho atracados aqui antes, geralmente com placas da Flórida ou de Massachusetts, mas nunca alguém que tivesse um. O barco tem um deque grande, vários andares e uma área de estar interior. Phil e Hank já estão a bordo montando o equipamento. Olho para Brooke. O rosto dela está vermelho e parece mais feliz do que a vi em semanas, o que é engraçado, porque achei que ela já estivesse bastante feliz.

— Mas a festa acabou de começar — digo, cautelosa, para Brooke não pirar. — E é nossa festa. Não podemos ir embora.

Marleyna revira os olhos.

— Ninguém espera que o anfitrião realmente socialize com todos. Confie em mim. Você pode dar uma escapada.

— Esperávamos conseguir umas cenas com todas vocês no barco — diz Addison com delicadeza —, mas claro que se Charlie não vai...

— Deixe-me adivinhar: se Charlie não vai, não vale a pena fazer a cena — dispara Brooke, me deixando chocada.

— Não — diz Addison, devagar. — Eu ia dizer que se Charlie não vai, então precisaremos de uma equipe aqui para cobri-la. Ainda não fizemos muitas cenas com Charlie.

— Também não vou subir no barco — diz Keiran. Ela desvia do olhar perfurante de Brooke e do suspiro alto de Marleyna. — Não sei por que deveria se minhas amigas *de verdade* estão aqui.

Marleyna revira os olhos.

— Brooke, nós vamos ou não? Porque o papai já encheu o tanque.

Addison olha para mim. Olho para Zac. Ir embora? Agora? Acabei de arrastá-lo para cá.

— O que você quer fazer? — pergunta Zac, mas seu rosto diz tudo. Ele também não quer subir a bordo.

— Bem, eu vou ficar — diz Hallie, desafiadora.

— Meninas, esperem bem aí — diz Addison, e parece estar ouvindo a voz no fone. — Queremos gravar esta discussão.

— Nada como uma conversa desconfortável para fazer TV de qualidade — brinca Zac, mas ninguém ri.

— Hallie, como assim você não vai? — exige Brooke. — Marleyna foi tão gentil ao...

— Você não nos perguntou, Brooke — interrompo. — Você decidiu sem falar com nenhuma de nós primeiro. Assim como fez com a decoração da festa desta noite. O lugar não parece nada com o Crab Shack que conhecemos e amamos.

— Me desculpem por tentar acrescentar algum glamour às nossas vidas — diz Brooke.

Marleyna apoia uma das mãos nos ombros de Brooke e lança um olhar de empatia.

— Brooke, não estrague sua noite.

— Não vou estragar — diz Brooke. — Não consigo acreditar que minhas melhores amigas me questionariam sobre uma surpresa. Surpresas costumam ser coisas boas.

— Esta não foi — diz Hallie. — Principalmente se envolve andar com ela. — Todos olham para Marleyna.

Três dos câmeras da segunda equipe aparecem correndo. Eles ligam o equipamento e começam a filmar imediatamente.

Olho envergonhada para Zac. Ele não disse muito, mas sinto que meu novo mundo está sendo julgado e, vendo-o sob uma luz mais forte, não parece nada glamoroso.

— Acho que vou dar alguns segundos para vocês — diz Zac.

— Você pode ficar — diz um cinegrafista. — Addison quer você na cena.

— Não tem problema — responde Zac. — Vou esperar ali.

Olho para minhas amigas e para Marleyna, que nos encara com uma expressão de nojo em seu rostinho bonito.

— Talvez Marleyna também queira esperar em outro lugar — sugiro, delicadamente.

— Por quê? — estoura Brooke. — É o barco dela. Ela pode ficar.

— Isto é entre nós, Brooke — lembra Hallie. — A não ser que vocês duas agora venham no mesmo pacote.

Marleyna ergue as mãos em sinal de derrota.

— Tenho que me despedir de algumas pessoas mesmo. Te encontro no barco, Brooke. Não demore.

Brooke parece estar prestes a soltar vapor pelas orelhas.

— Como puderam ser tão grosseiras? — pergunta.

— Grosseiras? E quanto a você? — questiona Hallie. — Como pôde combinar um passeio no barco daquele projeto de Kim Kardashian sem nem perguntar? Ou redecorar tudo pelas nossas costas? Este lugar é dos meus pais.

— Você passou a semana inteira com ela e mal nos deu um segundo — acrescento. — Perdeu o café de terça à tarde e se arrumou para o baile com ela, e não com a gente. Nem nos contou que não tinha um par!

— Foi mal, Char, por ter feito planos sem te consultar antes — diz Brooke, com desprezo escorrendo pela voz. — Esqueci que preciso perguntar para a estrela do programa antes de marcar as coisas.

— Nossa, Brooke, supera isso logo — diz Keiran, parecendo mais irritada do que nunca.

— Gente, estamos fugindo do assunto aqui — digo. As coisas estão esquentando e não é só pela quantidade de gente espremida neste lugar minúsculo. Esquecemos completamente das câmeras. — Brooke, é um ótimo convite, mas não queremos subir a bordo do barco de Marleyna. Marleyna não nos suporta. Além do mais, é nossa festa e, não importa o que ela diga, a anfitriã não deve velejar por aí enquanto os outros assistem.

— Não sei por que pensam que Marleyna não gosta de vocês. — Brooke está tremendo. — Ela disse que vocês três é que estão sendo grosseiras com ela.

— O quê? — Hallie engasga. — Ela mal fala com a gente!

— Não é isso o que Marleyna diz — revida Brooke. — Esperava que pudessem ser mais legais com uma das minhas amigas.

— *Nós* somos suas amigas — diz Keiran. — Lembra de nós?

— Brooke, em quem vai acreditar? — pergunto. — Em nós ou em uma menina que aparentemente virou sua melhor amiga na hora mais conveniente de todas? — Não posso simplesmente dizer "quando conseguimos um programa de TV", mas acho que ela me entende.

— Brooke! Vamos! — grita Marleyna. Um cara gatinho está ajudando a riquinha a entrar no barco e ela acidentalmente mostra a bunda para Hank, o cinegrafista que está filmando.

Brooke olha para nós.

— Então, o que vai ser? Vocês vão tentar ser legais e vir, ou não?

— Não vou sair daqui — diz Hallie, calmamente, e cruza os braços, seus braceletes de contas balançando.

— Nem eu — apoia Keiran, virando o rosto.

Brooke olha para mim. Olho de volta para Zac. Não quero ir, mas sei que se nenhuma de nós for, será um problemão. Como uma noite boa foi estragada tão rápido?

— Zac e eu acabamos de chegar — digo. — Quero aproveitar a festa.

— Como quiserem — responde Brooke. Ela abre caminho empurrando a multidão, quase derrubando Kayla. Addison está de pé atrás dela e avisa a Phil pelo rádio que Brooke está se aproximando do barco.

— Brooke, não faça isso — grito para ela.

Se ouviu, Brooke fingiu que não era com ela. Em vez disso, marcha direto para Marleyna, sua nova melhor amiga.

dez

Poder de estrela

É quinta-feira de manhã na escola e um veterano bonitinho com quem nunca falei antes está sorrindo para mim.

— Oi, Charlie! E aí?

Um garoto da nossa turma de química pisca para Hallie.

— Está bonita, Hallie.

— Keiran, esta camiseta é a mais incrível — diz Pat Neiman, o que é engraçado, pois Pat nunca dirigiu uma palavra a qualquer uma de nós antes. Como parte da realeza do colégio, só fala com aqueles do mesmo círculo.

Olho para Hallie, confusa, e ela começa a gargalhar.

— Por acaso entramos em algum universo paralelo? — pergunto, enquanto nós três andamos pelo corredor até nossos armários.

— Acho que finalmente a notícia do programa se espalhou — diz Keiran, assim que um grupo de calouras passa por nós, cochichando.

— Você acha que foi o pós-baile que nos denunciou? — pergunto, cínica. Paro por um segundo para apertar meu cinto de novo. E de cintura alta e está amarrado sobre minha blusa azul transpassada.

— O pós-baile ou a suposta nova aliança entre Brooke e Marleyna. — brinca Hallie.

— Com ou sem a Brooke, as notícias se espalham rápido em Cliffside — diz Keiran, maravilhada, enquanto guarda alguns livros no armário e empilha os que retira dele sobre seu suéter vermelho de mangas curtas.

Hallie abre o armário e verifica no espelhinho as sobrancelhas perfeitamente modeladas.

— O Crab Shack estava lotado ontem à noite e todos estavam perguntando se apareceríamos para gravar ou dar outra festa. O lugar nunca fica tão cheio numa quarta à noite durante a primavera.

— Até o Sr. Sparks me perguntou sobre o programa depois da aula de hoje — digo a elas. — Vocês tinham que ver como ele estava animado em colocar Cliffside no mapa.

— Estou feliz que Cliffside esteja recebendo atenção, mas ser reconhecida é esquisito, não acham? — diz Keiran, olhando por sobre o ombro para uma garota de pé, boquiaberta, a alguns metros de distância. — A atenção parece falsa. Não é como se essas pessoas tivessem percebido de repente que somos fantásticas e então decidiram ser nossas amigas. Estão falando conosco porque estamos em um programa de TV.

Keiran está certa e a ideia me deixa um pouco inquieta.

— Imagine como vai ser estranho quando nossos rostos e hábitos estiverem por toda a TV — diz Hallie, parecendo nervosa. Ela pincela os lábios com gloss e então se olha no espelho do armário, inclinando-se com cuidado para a minissaia jeans não levantar muito. Guardando o gloss, ela ajusta o top preto transpassado.

167

O sino do fim da aula toca estridente em nossas cabeças e pisco assustada. Nunca vou entender por que precisa ser tão alto.

— Não deveríamos encontrar Brooke aqui antes do almoço? — digo, franzindo a testa. As coisas estão definitivamente esquisitas desde a briga de sábado no píer, mas liguei para Brooke ontem para fazer as pazes e ela disse que poderíamos conversar no almoço. — Addison deixou uma mensagem avisando que precisava do nosso horário para a semana que vem até o fim do dia.

Hallie olha em volta.

— Não estou vendo ela. Talvez pense que vamos nos encontrar no refeitório.

Seguimos até o fim do corredor, mal conseguindo andar meio metro, quando somos paradas por outra pessoa querendo saber do programa.

— Como podemos participar? — pergunta Molly Lawson depois de estourar uma bola de chiclete na minha cara. — Você vai filmar algum dia desta semana no trabalho para podermos aparecer no fundo?

— Sabe, fiz um ano de aulas de teatro — diz Bridget Minter, se gabando. — Se precisar de mais gente, pode falar comigo.

— Obrigada, vamos pensar no caso — digo, enquanto voltamos a andar. Keiran tenta não rir.

Dois garotos do time de basquete correm até nós e se derretem por Hallie.

— Conta mais sobre este seu novo programa — diz Corbin Peters. — É verdade que aquele cara com quem está saindo vai participar?

— Péssima escolha. — Kyle Boren balança a cabeça. — Sou muito mais fotogênico. E mimo meus encontros com mais do que McDonald's.

— Lembrarei de você — diz Hallie com um sorriso. — Mas, no momento, precisamos ir almoçar.

— Eu pago para você — oferece Corbin.

— Eu compro a sobremesa — diz Kyle, empurrando Corbin levemente do caminho.

— Talvez outra hora — diz Hallie ao subir a rampa de entrada.

O refeitório está lotado quando conseguimos chegar lá e há uma enorme comoção no centro. Quando me afasto para ver o que está acontecendo, Brooke está sobre uma mesa acenando para nós.

— O que está acontecendo? — pergunta Keiran. — Por que ela está no meio disso tudo?

— Com licença! Licença! — grita Brooke sobre a multidão. — Dá para vocês deixarem minhas amigas passarem?

— Oi, Charlie! — Ouço várias vezes conforme me espremo pela multidão.

Nós três nos sentamos ao redor da mesa e o rosto de Brooke se ilumina com orgulho.

— Vestido novo? — pergunto.

Ela olha para si mesma. Está usando um vestido transpassado com estampa em espirais azuis e verdes, muito na moda.

— Gostou? Descolei ontem em Greenport quando estava fazendo compras com Marleyna. Um pequeno presente de agradecimento para mim mesma.

Enrugo a testa.

— Achei que íamos fazer compras este sábado.

Brooke dá de ombros e prende os cabelos ruivos em um coque baixo.

— Marleyna achou que fazer compras seria um bom modo de me animar, já que eu estava arrasada com a nossa *briga* — enfatiza ela. — Disse a Addison que estávamos indo e eles me filmaram lá. A loja até me deu um desconto de vinte por cento como agradecimento pela publicidade.

— Quanto a sábado à noite — começo a falar, mas Brooke me interrompe.

— Não vamos falar sobre isso — diz ela, olhando em volta. — Principalmente aqui.

Fico confusa.

— Achei que era para isso que estávamos nos encontrando no almoço hoje.

— Sempre almoçamos juntas — afirma Brooke, imperturbável. — Mas hoje estou de bom humor e a última coisa que quero é ficar falando sobre vocês largarem Marleyna, que se desdobrou tanto para nos ajudar a tornar nossa festa o assunto mais interessante do ano.

— Hmm... Por que largaríamos Marleyna? — pergunta Hallie, sarcástica. — Talvez tenha algo a ver com o pequeno fato de que ela sempre te tratou como lixo até você conseguir o próprio programa de TV.

— Ou o fato de ela nos ignorar completamente e só falar com você — acrescenta Keiran, dando uma mordida em seu sanduíche de peru.

— E porque você nos abandonou na última semana só para andar com ela. — Não consigo deixar de mencionar isso de novo.

Brooke mexe o Sprite com um canudo, sem olhar para nós.

— Não sabia que vocês tinham tanto ciúme das minhas outras amizades.

— Não é isso — digo, defensiva. — É sobre a atitude da Marleyna, e você sabe.

— Marleyna vê quem eu sou de verdade — declara Brooke. — Ela entende quem eu sou e acha que eu nunca deveria ter me humilhado daquela forma. Ela se desculpou. Mais ou menos. Por que vocês não podem ficar felizes porque nós duas estamos nos entendendo?

— Porque — diz Keiran calmamente — não confiamos nela.

— Vocês não têm motivo para não confiar nela — insiste Brooke. Ela pega uma colherada de iogurte, retirando a colher da boca devagar.

— Você também não nos deu motivo para confiar nela — observo. — Agora que ela entrou em cena, você desapareceu, a não ser pelas filmagens em grupo. Você está agindo meio... — olho para as outras buscando apoio e Hallie assente, me encorajando — diferente.

Brooke parece ofendida.

— Não estou, não.

Drew Folton interrompe nossa conversa ao se sentar ao lado de Brooke. É um calouro que joga futebol e sei bem que Brooke sempre o achou gatinho.

— Oi, Brooke. — Ele abre um sorriso ofuscante. — Queria saber se você gostaria de sair algum dia.

Todas olhamos para Brooke, tentando não parecer muito animadas. Ela parece mais cética do que surpresa.

— Aonde iríamos?

— Você escolhe — responde ele, inclinando-se sobre a mesa.

— O que acha de aparecer na TV? — pergunta Brooke, extremamente séria. — Porque se vamos sair, você precisa assinar um termo de cessão de direitos concordando em ser filmado.

— Brooke! — digo, em tom de sermão, enquanto abro meu sanduíche. Ainda bem que trouxe este sanduíche de manteiga de amendoim com geleia, porque não estou a fim de desbravar a fila do refeitório e mais um zilhão de perguntas sobre *The Cliffs*.

— O que foi? — O olhar de Brooke é desafiador. — Não quero acabar com o mesmo problema que você. — Encolho-me levemente.

— Eu assinaria — diz Drew, dando uma piscada.

Brooke escreve seu telefone em um guardanapo.

— Me liga, então. Até sexta-feira ou retiro a oferta. Agora some, vai!

— Brooke, você sempre gostou de Drew. "Retira a oferta?" Quem é você? — pergunta Keiran.

— Estou apenas avaliando minhas opções, algo que, tenho certeza, agradaria Addison se todas fizéssemos — responde Brooke, incisiva.

— Diga o que realmente quer dizer, Brooke — exijo, irada.

— Addison não está aqui para ser nossa melhor amiga — afirma Brooke, sem emoção. — Ela está aqui para preparar um ótimo programa para nós, e eu, de minha parte, sei que dei a ela um ótimo material, principalmente esta semana. Addison adora Marleyna e ama os segmentos que temos gravado. Ela mesma me contou.

— Contou? — Não acredito. Achei que Addison tivesse dito que o que fazíamos normalmente era o que queriam para *The Cliffs*. Que não se importavam com glamour. Queriam um programa sobre quatro melhores amigas e não coleguinhas implicantes que estão sendo separadas por uma intrusa insuportável. Ao menos foi isso que Susan disse querer. Addison também, até onde sei, mas agora... Talvez não conheça Addison tão bem quanto imaginava.

— Não comece a surtar — diz Brooke, fazendo sua clássica revirada de olhos. — O programa ainda é sobre você, tenho certeza. Estou apenas dizendo que, no que diz respeito a mim e minha história, quero apimentar um pouco as coisas. Os caras que quiserem sair comigo devem aparecer no programa — continua ela. — Não quero esconder meus relacionamentos ou quem sou do mundo.

Essa alfinetada foi para mim. Pisco, surpresa. A história dela? O que deu em Brooke? Encaro meu sanduíche, arrasada.

— Vocês estão falando o mesmo para os garotos, não estão? — pergunta Brooke. — Hallie?

Hallie cora.

— No momento, estou me concentrando em Brandon. Mas digo a todos os garotos que perguntam: se querem os louros, têm que assinar termos de cessão para aparecer no programa. Isso meio que assusta alguns, o que é perfeito. — Ela ri.

Keiran desfia uma tira de queijo, deixando-a em frangalhos.

— Como é que esse programa não fez nada pela minha vida amorosa?

— Você precisa tirar uma noite de folga, parar de cuidar das crianças, para efetivamente aceitar o convite de um garoto — lembra Brooke, mas pelo menos desta vez ela não soa implicante ao dizer isso.

— Então ouçam: Addison mencionou nossos horários para a próxima semana — digo, mudando de assunto antes que Brooke evoque Zac e como sou idiota em deixá-lo me dizer que não quer participar do programa. — Ela quer saber o que faremos para ajustar o horário das gravações. — Pego meu fichário e Brooke bate com uma folha de papel sobre ele.

— Feito — diz ela, calmamente, jogando uma uva na boca.

— O que quer dizer com feito? — pergunto, e pego o papel. No alto diz HORÁRIO *THE CLIFFS*. — Addison fez isso?

— Eu fiz — diz Brooke. — Você não é a única que sabe digitar.

— Eu sei — gaguejo. — Apenas achei que... O que é isso? — Olho para a lista. Hallie em treino de líderes de torcida. De novo. Keiran de babá. De novo. Brooke em um encontro duplo com Marleyna. Brooke leva Marleyna para fazer compras. Eu na lanchonete. De novo. Marleyna e Brooke no shopping.

Marleyna. Marleyna. Marleyna. O nome dela está em todos os lugares da folha!

— Não tem nada aqui que inclua nós quatro — menciono, casualmente, esperando que Brooke não exploda.

Hallie pega a lista e franze a testa.

— Vou filmar o treino de líder de torcida hoje. Não quero fazer de novo na semana que vem. E Kiki já foi filmada trabalhando de babá. Preciso fazer uma cena trabalhando no Crab Shack ou algo assim.

— Posso conseguir um emprego lá também? — implora Keiran, olhando para o papel por sobre o ombro de Hallie.

— Não quero trabalhar como babá em frente às câmeras de novo. Aquilo foi um pesadelo. — Brooke pega o papel de volta.

— Tudo bem — diz Brooke, irritada. — Se não gostam das minhas escolhas, podemos deixar a estrela fazer o horário de novo. — Ela olha para mim.

— Brooke, estou apenas dizendo que não há nada aqui com nós quatro — tento novamente. — Este é o pilar do programa. Nós. Quatro melhores amigas. Tá lembrada? Tudo o que você programou envolve Marleyna.

— Se vocês não querem incluí-la, então não tenho escolha a não ser passar o tempo sozinha com ela — responde, em tom de vítima.

— O que deu em você? — Hallie parece magoada.

— O que deu em mim é que vejo o que quero e corro atrás — declara Brooke. — Não estou satisfeita em ser a filha do fazendeiro. Nunca estive. Essa é minha passagem para longe daqui e vou fazer dar certo.

— A que custo? — pergunto, espantada.

Mas somos interrompidas novamente. Mais dois garotos querem chamar Hallie para sair. Enquanto Brooke os enche de perguntas sobre termos de cessão, Keiran cochicha no meu ouvido.

— Estou preocupada, Charlie. Esta não é a nossa Brooke. É como uma versão de Stepford, daquelas mulheres robôs, criada por Marleyna. Ainda nem fomos ao ar. Como ela vai ficar quando a *Teen Vogue* começar a ligar?

Olhamos para Brooke. Está segurando o termo de cessão para os garotos lerem.

— Estou preocupada que seja consumida por isso — admito, deprimida, e ouço o sinal da escola.

Brooke sai antes que eu consiga perguntar quando podemos conversar *de verdade* e, alguns minutos depois, estou caminhando no corredor semiescuro da Escola Cliffside. A escuridão combina com meu humor.

O que está acontecendo com minhas amigas? Meu maior medo está se concretizando e ainda nem estamos no ar. O problema é o programa ou a amizade de Brooke com Marleyna? Será que estaríamos brigando tanto assim se ela nunca tivesse entrado na história?

O pensamento seguinte me acerta com tanta força que quase perco o fôlego. O verdadeiro problema não é quem somos; é quem estamos nos tornando à medida que continuamos fazendo esse programa.

Filmamos a cena e não consigo esquecer o quanto soamos falsas. Não são coisas que normalmente diríamos umas às outras. É o que se diz quando se tem uma câmera bem próxima ao rosto. E Brooke, infelizmente, só se importa com uma coisa: *The Cliffs* ser sua passagem para fora daqui. Uma passagem, pelo visto, que não nos inclui mais. Marleyna é sua companheira de viagem agora.

A redação do jornal da escola está lotada quando chego e, ao entrar, percebo que todos olham para cima em sinal de culpa, como se estivessem conversando. Sobre mim. Vejo Zac no fundo e vou até ele para evitar os olhares.

— Estou tão feliz em ver você — digo, e me sento ao lado dele. — São apenas 13 horas e já tive um dia horrível.

— Está tudo bem? — pergunta Zac.

— Sim, apenas um drama no refeitório — conto. — Mais problemas com Brooke. E você? Sobrevivendo à primeira experiência em frente às câmeras?

Zac puxa para baixo a camiseta azul navy que fica ótima nele.

— Saí ileso. — Ele parece cansado. — Mas se parar para ouvir as fofocas por aí vai pensar que você, eu e mais alguns fomos despedaçados.

— As pessoas estão falando da briga na festa? — resmungo.

— Estão dando milhares de versões diferentes para o que aconteceu — explica Zac. — Alguns dizem que Brooke tentou empurrar Hallie do píer. Outros dizem que você jogou bebida em Marleyna porque ela não te deixou entrar no barco. E há um terceiro grupo, com certeza a minoria, que diz que vocês nem *estavam* na festa. E aparentemente, quando cheguei você já tinha saído.

— Desculpa por ter envolvido você nisso. — Pego meu caderno e uma caneta para fazer algumas anotações.

Zac meio que sorri.

— O que se pode fazer? Três anos no anonimato e depois de uma noite em *The Cliffs* todos sabem meu nome. — Devo parecer tão chateada quanto me sinto, porque em seguida Zac diz: — Ouça, não é culpa sua, só não estou...

— Não é culpa minha? — pergunto, interrompendo-o. — Porque poderia jurar que fui eu quem te arrastou para essa coisa toda, e você nem está nos créditos.

— Ou recebendo por isso. — Zac pisca.

Eis a luz no fim do túnel desta história toda. Meus cheques começaram a chegar e não há nada como segurar um cheque tão gordo nas mãos. Toda vez que começo a ficar um pouco deprimida com o que o programa está fazendo com a minha vida, visualizo o cheque, assinado por algum figurão da Fire and Ice, e preciso admitir que me sinto dez vezes melhor. Principalmente depois de depositá-lo no banco.

Então retomamos as filmagens e brigamos, ou dizemos algo de que vamos nos arrepender, e a sensação não muito boa começa a surgir de novo. Minha irmã está certa. Vou mesmo desenvolver uma úlcera.

A Srta. Neiman entra correndo na sala lotada da redação, parecendo perturbada. O cabelo está todo arrepiado, os óculos caindo da ponta do nariz e a camisa de botão abotoada errada. Está carregando uma pilha de trabalhos e alguns voam de seus braços até o chão. Alguns alunos se apressam em recolhê-los.

— Sei que estou atrasada, como sempre, então vamos começar.

A Srta. Neiman passa logo para as seções regulares e cada editor a atualiza sobre a matéria que está desenvolvendo. Acho incrível a quantidade de puxa-sacos na redação do *Cliffside Heights*. Estão sempre tentando fazer o medíocre — o cardápio do refeitório desta semana! — parecer ultraemocionante só para conseguir algum elogio da Srta. Neiman. Enquanto Jack Peters tagarela sobre a injustiça das festas pré-jogo (hã?), deslizo para mais perto de Zac e cochicho em seu ouvido. Talvez Brooke esteja certa quanto à vida ser mais fácil quando não é preciso esconder as coisas. Se Zac estiver no programa, posso me divertir mais também.

— Alguma chance de eu te convencer a passar no Milk and Sugar na quinta-feira? Vou trabalhar e filmar nesse dia. Posso oferecer propinas: pãezinhos de graça e iogurte batido com limonada — brinco. — Até acrescento um pedaço extra de bolo de chocolate de três camadas se você chegar às 16h. — Talvez eu aproveitasse mais tudo o que diz respeito às filmagens se Zac participasse delas regularmente. Tornaria a vida mais fácil. Não precisaria me preocupar com quebras de contrato ou olhares desapontados de Addison. E Zac pareceu se divertir na festa, depois que o barco de Marleyna saiu.

Zac não olha para mim. Está concentrado em cada palavra chata da Srta. Neiman.

— Achei que o pós-baile fosse a única filmagem de que participaria.

— Era, mas... — tento não parecer muito desapontada — achei que você tivesse se divertido naquela noite.

— Me diverti — sussurra ele em resposta. — Mais ou menos.

Meu coração começa a bater forte. O que quer dizer? Tento outra estratégia.

— Prometo que dessa vez vai ser mais tranquilo do que da outra. Até faço alguns truques de mágica para ficar mais divertido. O que acha de malabarismo?

Desta vez ao menos vejo um sorriso em seus lábios. Mas ele *ainda* não diz nada. Meu coração está galopante agora.

— Zac, o que tem planejado para a seção de variedades? — pergunta a Srta. Neiman, e os olhares se voltam para nossa direção.

Ele pigarreia.

— Ainda não pensei em uma abordagem — admite. Isso é bem atípico. Zac está sempre preparado.

— Tenho um — diz a Srta. Neiman. — Acho que deveríamos fazer uma matéria sobre o baile de primavera. Há muita controvérsia sobre o baile ter sido ofuscado por um pós-baile que alguns alunos fizeram.

Começo a me encolher na cadeira.

— Concordo plenamente — diz Shonda Adams, mascando ruidosamente um chiclete. — Trabalhei durante horas decorando o ginásio que as pessoas mal viram, porque estavam todas correndo para aquela festa do *Cliffs*.

— Claro que estavam — intromete-se Peter Michael. — A festa foi filmada para a emissora Fire and Ice e a maioria das pessoas de Cliffside é pateticamente obcecada com seus 15 minutos de fama.

— Eu não fui, mas vocês souberam que Marleyna Garrison apareceu em um iate? Ouvi que Brooke Eastman é o novo brinquedinho dela.

Vou morrer agora. Essas pessoas se esqueceram que sou uma das quatro meninas em *The Cliffs*?

A Srta. Neiman assente em aprovação.

— Parece que esse pós-baile é a notícia quente da semana. Zac, comece a trabalhar nele imediatamente. — Zac não diz nada. Nem tenta se livrar da tarefa.

A Srta. Neiman olha para suas anotações.

— Falando em *The Cliffs*, preciso que alguém faça uma crítica da estreia, na semana que vem. Acho que não posso pedir uma crítica sua para o próprio programa, né, Charlie? — Ela gargalha.

— Eu faço! — A mão de Shonda voa para o alto.

Droga. Fico só imaginando o que dirá agora que acabei com a chance de todos verem sua palmeira de papel machê.

— Ótimo. — A Srta. Neiman faz uma anotação. — Agora, Charlie, sei que isso é me aproveitar, pois você faz parte da equipe, mas como sabe, o importante no jornalismo são os contatos e...

O-oh. Lá vamos nós.

— ...me torturaria se não mencionasse — continua a Srta. Neiman. — Gostaria que escrevesse alguma coisa sobre seu programa para nós. Pode ser o que quiser. Um "por trás das câmeras". Como o programa se concretizou. Como você está lidando com a pressão. Qualquer coisa. Só quero conseguir algo antes que a *Teen Vogue* ligue para você. — Ela olha para mim, esperançosa. — O que acha?

Quinze pares de olhos me encaram enquanto me remexo na cadeira. É estressante o suficiente que a cidade inteira assista ao programa, mas agora tenho que escrever sobre ele no jornal da escola também? E como posso recusar?

— Tudo bem — concordo.

A Srta. Neiman sorri.

— Ótimo! — Um sinal alto a assusta e ela começa a reunir os trabalhos nervosamente de novo. — Vejo todos vocês mais tarde. Qualquer pergunta, venham falar comigo em minha sala.

As pessoas começam a sair, mas fico para trás, fingindo que estou procurando algo na mochila, enquanto espero por Zac. Ele está estranho. Preciso saber como se sente. Está ocupado falando com um dos editores, então enrolo mais e mais. Tanto mais, na verdade, que o segundo sinal toca. Zac finalmente se vira.

— Espero que não esteja esperando por mim — diz ele, com um sorriso.

— Não — digo, apressada, e bato na mochila. — Não conseguia encontrar este, hã, trabalho, quero dizer, lápis, de que preciso para matemática. — Ele assente.

Ouço o tique-taque alto do relógio acima da porta. Zac pega uma cadeira com rodinhas e a vira ao contrário, para se sentar voltado para o encosto. Ele empurra uma cadeira para mim com a mão livre.

— Então, ouça, como estamos atrasados mesmo e estamos sozinhos, achei que pudéssemos conversar — diz Zac.

— Tudo bem?

Por que tenho a sensação de que, o que quer ele diga, não será bom? Pego a cadeira para me segurar.

— Tudo bem — respondo, tentando parecer casual, embora esteja pirando. Sento de frente para Zac. — O que houve?

Ele se mexe desconfortável, sem olhar em minha direção. Reparo que olha para a porta, para ver se seremos interrompidos.

— Antes de tudo, sinto muito pela matéria da Srta. Neiman — diz ele, parecendo envergonhado. — Não sabia o que dizer. Todos sabem que fomos ao baile e ao pós-baile juntos, então, se não aceitasse, ia ouvir muitas críticas.

— Entendo — digo, embora não tenha muita certeza disso.

Ele assente.

— Me diverti bastante com você no sábado à noite. — Ele sorri. — Sempre me divirto muito contigo. É que...

O-oh. "É que" não é um bom sinal.

— Não sei bem como fazer isso — diz ele, suspirando. — Imaginei diferentes cenários em minha mente tentando encontrar uma solução, mas não consigo achar um jeito de fazer isso funcionar.

Tento decifrar essa fala esquisita de menino. *Não é você, sou eu* é o código para término, lógico, mas não somos oficialmente um casal, então o que exatamente não está funcionando? Andar comigo?

— Não consegue fazer o quê funcionar? — pergunto.

Zac me encara e percebo que está genuinamente arrasado. É quando fico preocupada mesmo.

— Gosto de você, Charlie. Muito. Mas depois do que vi no sábado à noite, percebi que não posso fazer parte de um circo da TV. Simplesmente não sou eu. Eu te disse que sou péssimo para falar em público e o quanto odeio receber atenção. E mesmo que goste de *algumas* de suas amigas — ele enfatiza, e não é preciso ser um gênio para saber de quem ele não deve gostar —, dá para perceber que vocês estão bem ocupadas. É drama demais para mim. Acho que não dou conta de fazer parte disso.

— Então não quer mais andar comigo por causa de uma briga que Brooke causou? — pergunto, tremendo. — Mas aquilo não teve nada a ver comigo.

— Não é Brooke — diz Zac, calmo. — É o programa.

— Então não participe dele — digo, apressada, esquecendo momentaneamente o aviso de Addison. — Manteremos as coisas separadas.

Zac balança a cabeça.

— Como? Sua vida inteira é o programa agora.

— Não — protesto. — Não precisa ser.

Zac não desiste.

— Acho ótimo que você esteja gostando e que vá ganhar muito dinheiro para pagar a faculdade, mas não quero ser um personagem recorrente na sua vida. Quero ser o personagem principal e não acho que isso pode acontecer agora.

— Tudo bem — assinto energicamente, rezando para que isso jogue para longe qualquer lágrima que esteja se formando em meus olhos antes que ela escorra por minhas bochechas. — Entendo.

Zac pega minha mão.

— Isso é muito difícil para mim — diz ele. — Parte de mim sabe que estou cometendo um enorme erro, mas preciso fazer isso. Sinto muito mesmo, Charlie.

Não quero mais ouvir. Levanto-me rápido, deixando a mão de Zac cair, e a cadeira voa de baixo de mim. Perco o equilíbrio levemente e Zac tenta me segurar, mas posso cuidar de mim mesma.

— Preciso ir para a aula — digo, sem encará-lo nos olhos.

Zac se levanta.

— Charlie, tem certeza...

— Estou bem — minto, interrompendo-o. Não estou bem. Estou quase irada e não sei por quê. Sei que Zac não aceitou nada disso. Eu sim. Mas não achei que mudaria tanto a minha vida e tão rápido. Com certeza não achei que abalaria minha amizade com Brooke ou estragaria qualquer chance que pudesse ter com Zac. — Preciso ir.

Antes que ele consiga dizer qualquer outra coisa ou que eu me derreta em lágrimas, pego a mochila e saio correndo da sala.

onze

Uma dose de realidade

Estou aninhada na cama quentinha, cochilando e acordando várias vezes. Vejo a hora. Meu despertador vai tocar em alguns minutos para eu me arrumar para a escola, mas o bip nervoso ainda não disparou. Volto a fechar os olhos e tento cair no sono mais uma vez.

— Um pouco mais de luz do lado direito do rosto dela. Hã?

— Assim está bom. Phil? Faça um close. Quero cada espinha, toda a baba, a maquiagem borrada sob o olho direito...

Espere aí. É Addison falando?

— Mais perto. *Mais perto*. Está ótimo. Dê um zoom para vermos a ponta do nariz.

Alguma coisa fria bate em meu nariz e meus olhos se abrem.

— Ops. — Ouço alguém rir.

A lente enorme e brilhante de uma câmera está a centímetros do meu rosto. Ela se retrai e percebo que há várias pessoas espremidas em meu minúsculo quarto. Addison está

185

de pé perto da porta com uma prancheta. Os caras da luz e do som estão dos dois lados da minha cama. Kayla está fazendo uma tomada geral e Phil está praticamente deitado em cima de mim segurando a câmera que quase me provocou uma hemorragia no nariz. Eu me sento na cama, tremendo.

— O que estão fazendo no meu quarto? — Estou surtando. — O sono está fora dos limites. Vocês sabem disso.

O telefone de Addison toca e ela atende, usando o fone sem fio de novo. Ouço-a murmurar e depois, desligá-lo.

— Desculpe, Charlie, é que, se me perdoa o trocadilho, Susan diz que o programa está colocando o pessoal para dormir. Achou que isso pudesse apimentar um pouco as coisas. Você sabe que não dita as regras. Eu dito. U-hu! — Ela ri. — Cuidado com a blusa.

Minha mão vai instintivamente para o peito, e olho para baixo. A alça da minha regata caiu e estou perigosamente perto de me exibir para todos no quarto.

Phil também ri.

— Sorria, Charlie, e cuidado com as mãos. Você não quer dar um show para o mundo.

As risadas ficam mais altas e mais irritantes. Phil traz a câmera para mais perto e sobe na minha cama para se aproximar de mim. Não aguento mais. Começo a gritar.

BIP. BIP. BIP.

BIP. BIP. BIP.

O quê?

Praticamente me atiro da cama e giro pelo quarto.

Não há ninguém aqui. Minhas mãos correm até a parte de cima do pijama. As alças da regata estão bem no lugar. O sol está nascendo.

BIP. BIP. BIP.

E o despertador disparou.

Foi apenas um sonho.

Estava mais para pesadelo.

Alguém bate em minha porta.

— Charlotte? Está tudo bem? — É minha mãe. A porta abre rangendo. — Ouvi você gritar.

Meu coração ainda está acelerado e sento no chão de pernas cruzadas para me acalmar.

— Está tudo bem, só preciso sentar aqui um pouco.

Minha mãe entra, usando seu robe rosa felpudo e chinelos creme da Isotoner. Ela usa tanto esses chinelos que estão quase sem sola. Sempre digo para ela não usá-los lá fora.

— Tem certeza de que está bem?

Faço que sim com a cabeça.

— Estou bem mãe, de verdade. Só tive um pesadelo.

— Quer conversar sobre isso?

Levanto-me e me espreguiço. Deveria me arrumar. Tenho reunião do jornal às 8h e Zac estará lá, então preciso preparar o visual "estou-bem-e-sou-tão-gata-então-não-se-arrependa-de-ter-me-dado-um-fora".

— Nada a dizer, mãe. — Vou até meu armário para encontrar o que vestir. Ainda estou um pouco assustada. Escancaro as portas do armário e meio que espero ver Phil mas, em vez disso, há apenas uma fileira de camisetas e jeans em cabides. Só para me certificar, afasto algumas roupas e espio por trás delas.

— Isso diz respeito a Brooke? — tenta, de novo. Ela é a rainha de não deixar as coisas para lá. Não é de espantar que minha irmã tenha ido fazer faculdade longe.

— O que tem Brooke? — pergunto, tentando parecer casual.

— Sei que estão brigando. — Minha mãe olha para mim.
— Encontrei com a mãe de Keiran ontem à noite e ela me
contou o que houve no pós-baile. Ela ouviu da mãe de
Hallie, que descobriu com um garçom que estava lá.

Ótimo. Significa que a cidade inteira sabe.

— Estamos bem, mãe — minto. — Não é nada demais.

— Brooke está andando com Marleyna Garrison? — pergunta minha mãe.

— Como você sabe disso? — Não consigo evitar um
risinho. Olha só minha mãe sabendo de todas as fofocas
quentes.

Ela me lança um olhar sarcástico.

— Todos conhecem os Garrison. Aquela filha deles acha
que é uma prima-dona. Já a vi no Associated, e ela age como
se fosse melhor do que todo mundo. Sabe, os pais só a man-
daram para a Escola Ross porque a surpreenderam em um
encontro com um dos sócios do pai quando ela estava com
apenas 15 anos! — conta minha mãe, balançando a cabeça.

— Mãe? — tento com cautela. — Preciso mesmo ir.

Ela olha para o relógio.

— Ah, certo. Hoje tem aula! Como pude me esquecer?

Eu não esqueci.

❧

Nunca achei que ficaria feliz em saber que Zac está doen-
te, mas hoje fiquei, ainda que tenha passado vinte minutos
arrumando o cabelo. Deprimida, participo da reunião do
jornal, obrigando-me a comer meio muffin de café da manhã a caminho da primeira aula e espero por Brooke perto
do armário dela para ir à aula de Espanhol. Brooke não apa-

rece. Acho que encontrarei com ela no almoço. As meninas e eu concordamos em nos reunir com Addison durante o almoço uma vez por semana para repassar os horários e outras coisas. Como só estamos filmando três dias na semana, Addison diz que é crucial passarmos um tempo juntas fora das câmeras para conversar sobre todo o resto.

Mas Brooke não está esperando fora da escola quando Addison vai nos buscar. Addison não parece surpresa com a ausência, e quando pergunto onde ela está, a assistente faz uma careta.

— Ela não vem — responde, casualmente. — Já repassamos os horários dela para esta semana. — Addison olha para mim meio triste e então diz: — Sinto muito mesmo, Charlie. — Como se meu cachorro tivesse acabo de morrer. Não respondo.

Coloco o cinto de segurança e fico quieta durante a viagem até o restaurante Windjammer enquanto Addison, Keiran e Hallie falam de coisas frívolas, como o Festival Harbor, que está próximo, e quando as praias abrem oficialmente. Ninguém menciona o pós-baile. Ou Brooke, novamente.

Assim que chegamos ao restaurante, Addison atende uma chamada para a qual precisa de privacidade, e passa tanto tempo longe que precisamos fazer o pedido sem ela. Nossa comida chega e encaro o ensopado de mariscos arrasada, mexendo-o distraída enquanto esperamos Addison voltar.

— Char, esquece ele — insiste Hallie. — Ele não te merece. — Keiran assente em concordância.

— Obrigada, meninas — digo, com um sorrisinho —, mas acho que neste caso ele tem razão.

— Ele não tentou o suficiente — diz Hallie com raiva, enquanto passa uma batata frita gordurosa pelo prato. —

Uma noite ruim em frente às câmeras e ele já quer dar o fora? Ele deveria *querer* fazer isso por você. Foi o que Brandon disse para mim no baile. Ele quer estar comigo com e sem as câmeras. — Ela encara sonhadora uma das nove milhões de fotos de veleiros nas paredes. Ainda não entendi por que noventa por cento dos restaurantes de uma cidade de praia precisam ter decoração de praia. Será que pensam que esquecemos de onde vivemos?

Keiran cutuca Hallie.

— Ah, é — diz Hallie, rapidamente. — Não estamos falando de mim, estamos falando de você e Zac. O que quero dizer é: acho que ele amarelou.

Suspiro.

— Isso não ajuda, Hallie. Ele não amarelou. Não queria participar do programa. Eu sabia disso e o forcei mesmo assim.

— Por que está defendendo ele? — pergunta Hallie.

Quebro algumas torradas no meu ensopado.

— Porque ao menos ele foi sincero. E porque realmente gosto dele. — Olho triste para Keiran. — Alguma opinião?

Ela exibe um sorriso sombrio.

— Sim, mas acho que não vai gostar.

— Diga mesmo assim — respondo, quebrando as torradas dentro da sopa.

— Não acho que você não pode ficar com raiva de Zac, mesmo que queira — diz ela. — Não é como se ele não tivesse avisado que se sentia assim. Temos que admitir que ele foi honesto a respeito disso.

— Eu sei — concordo. — É isso que piora tudo. Zac é um cara decente. Só me faz gostar mais dele, mas não temos nenhuma chance de ficar juntos. — Percebo que estou encarando as porcarias dos veleiros. — Agora tenho que achar um jeito de parar de gostar dele.

— Por que as caras tristes? — pergunta Addison, ao retornar à mesa, trazendo um hambúrguer. Deve ter pedido no bar enquanto estava ao telefone.

— Zac dispensou Charlie — explica Hallie. Arregalo os olhos para ela. — O quê? É verdade.

— Zac? Quando? — Addison parece tão chocada. — Ele parecia tão a fim de você no sábado!

Parte de mim quer dizer algo sarcástico a Addison. A culpa por tudo isso é dela, mas Bella diz que não posso. Liguei para ela na faculdade e contei tudo.

"Você concordou em participar do programa e pediu a Zac para participar também, em vez de insistir em manter essa parte da sua vida separada. Não há ninguém a quem culpar a não ser você mesma." Foi a resposta dela.

Ainda que eu esteja com muita raiva, sei que está certa.

— Ele não quer ser um astro da TV — digo, devastada. — E imagino que seja complicado demais tentar ser um casal fora das câmeras, então acho que terminamos.

— Ah, Charlie, sinto muito — diz Addison, pegando o celular com violência. Ela começa a digitar uma mensagem enquanto fala. — Susan vai ficar bem arrasada. Ela adorou as cenas que viu com Zac na festa. Achou que ele era um gatinho. — Addison franze a testa. — Imagino o que dirá quando souber disso. Ela realmente gostaria de tê-lo no programa. — Olho para ela, desconfiada. — Quero dizer, claro, nossa prioridade é você — completa, rápido. — Sinto muito mesmo, Charlie. Não tinha ideia que o Zac reagiria dessa forma quando insisti que chamasse ele para o programa. Você está bem?

— Já estiver melhor — admito. Todas estão em silêncio.

Um garçom chega com refis e pego meu Sprite, agradecida, tomando vários goles.

— A fama é uma coisa engraçada — diz Addison, calma. — Algumas pessoas a amam, outras a odeiam, e há aquelas que não conseguem superar o quanto isso muda a si mesmas e as pessoas ao redor.

— Estou percebendo — digo a ela, e tiro uma mordida do meu hambúrguer. — Principalmente no que diz respeito a Brooke.

— É, que história é essa de ela não estar aqui hoje? — pergunta Hallie. — Achei que todas precisássemos dar as caras na reunião semanal.

Addison pega uma enorme mordida do sanduíche, o que me faz pensar que está tentando evitar a resposta. Todas a encaramos pacientemente.

— Brooke me ligou ontem e explicou como as coisas estão esquisitas entre vocês. Perguntou se poderia se encontrar comigo separadamente esta semana. — Ela parece se sentir mal com isso. — Tenho certeza de que até o fim de semana tudo já estará resolvido.

— Duvido — diz Keiran. — Brooke não perdoa fácil. Está furiosa conosco por causa de Marleyna. A menos que adotemos a menina como nossa nova melhor amiga, não acho que isso vá mudar tão cedo.

— Ela também está com raiva de mim por causa do programa — digo às outras, e Addison olha para mim. — Tenho ouvido dela muitos comentários do tipo "ah, você é a estrela".

— Reparei — diz Addison, com um sorrisinho no rosto. — Também percebi que Brooke não gosta de dividir os holofotes. Acho que é por isso que está fazendo tantas coisas com Marleyna. Infelizmente, meninas, não acho que isso vai mudar tão cedo. A emissora gosta das cenas dela e quer ver mais. Susan diz que acrescenta dimensão aos seus relacionamentos.

Resmungo.

— Em outras palavras, vocês gostam de nos ver brigando o tempo todo. Achei que o programa era sobre amizade. — Balanço a cabeça. — Agora *The Cliffs* é sobre panelinhas e términos.

— Não diga isso — insiste Addison. — Não é. Juro. É sobre vocês, é só que... — Ela suspira. — Essa coisa com Marleyna vai se resolver, vocês vão ver. E o problema dos garotos também. Talvez Zac não conseguisse dar conta da atenção, mas muitos outros garotos conseguem. — O telefone de Addison toca de novo, e ela olha para o identificador. — Tenho que atender. Desculpem, meninas. Vai ser rápido.

— Liguei para Susan de novo — digo às outras depois que Addison sai. — Consegui falar com ela direto dessa vez, e contei o que houve com Brooke e Marleyna.

— Charlie, você não pode ficar agindo pelas costas de Addison dessa forma. — Keiran pira. — Vai nos causar problemas.

— Não agi pelas costas dela — insisto. — Susan disse para ligar quando tivesse problemas e isso é definitivamente um problema, não é? Bem, falei o quanto odiamos Marleyna e como não a queríamos no programa. Se sou realmente a estrela, deveria ter alguma influência.

— O que Susan disse? — pergunta Hallie, de olhos arregalados.

— Disse que se sentia muito mal — conto, e continuo olhando por cima do ombro para ver se Addison está a caminho. — Disse que falaria com Addison para se certificar de que Marleyna não ficaria por perto para causar tensão.

— Mas Addison não acabou de dizer que a emissora adorou Marleyna? — pergunta Keiran, confusa.

— É — inclino-me para mais perto da mesa, certificando-me de que Addison não está por perto. — Susan me disse justamente o oposto.

— O que significa que alguém está mentindo — observa Hallie. — Mas por quê?

— Não sei — admito. Sei que meu estômago está dando voltas. Não gosto do que está acontecendo aqui.

— Então, o que vamos fazer? — pergunta Hallie, roubando algumas das minhas batatas. As dela já acabaram.

— Acho que precisamos ficar de olho — diz Keiran, sombria. Um arrepio sobe pelas minhas costas.

Permanecemos em silêncio. Ficar de olho? Em nosso próprio programa? Não faz sentido, mas o que tem feito sentido ultimamente? Alguém está mentindo com relação a Marleyna. Mas quem? E por quê? Keiran e Hallie parecem apavoradas.

— Vai ver eu confundi as coisas — digo, para acalmá-las. — Tenho certeza de que essa coisa com Marleyna e o programa é só um mal-entendido. Vou falar com Addison sobre isso uma outra hora. Por enquanto, vamos nos concentrar na festa de estreia no domingo. Vai ser ótima, né? — digo, fingindo um entusiasmo que não sinto no momento.

— Vai ser divertida *mesmo* — admite Hallie, se animando. — Queria ter algo do armário de Brooke para usar.

— É, não acho que vai acontecer esta semana — digo, inexpressiva.

Keiran gargalha.

— Brooke deve estar catando um vestido no armário de Marleyna agora. Aposto que não tem nada do Tanger Outlet Mall lá.

— Vocês parecem um pouco melhores do que quando as deixei — diz Addison ao deslizar para a cadeira. Ela olha o relógio. — Perdi o almoço todo e vocês precisam voltar logo. Deveríamos checar os horários? — Todas assentimos. — Vai ser uma semana atribulada — avisa Addison, tirando papéis da bolsa da Coach. — Vocês têm os horários de filmagem regulares e queremos filmá-las no domingo, para a estreia. Vamos dar uma festa para vocês. — Addison se inclina, animada. — Será aqui na cidade, provavelmente no Milk and Sugar. Vamos falar com Grady hoje. Colocaremos um aparelho de televisão grande para assistirem ao programa, mas a festa será menor do que a da semana passada. Alguns amigos, familiares, algumas celebridades locais. No sábado traremos alguns estilistas para ajudá-las a escolher as roupas.

— Oba! — Hallie soca o ar e todas rimos. — Estávamos preocupadas em ter que encontrar coisas por conta própria.

— Não somos tão boas quanto Brooke no que diz respeito a escolher nossas roupas — digo a ela.

— Não se preocupem, estamos aqui para ajudar. — Addison sorri. — Vai ser muito divertido. Vocês vão adorar o programa de estreia. Vamos fazer algumas entrevistas de pano de fundo com seus outros amigos e o pessoal que trabalha no Milk and Sugar.

Grady vai adorar. E imagine a publicidade para a lanchonete!

— Isso parece legal mesmo — digo, me animando pela primeira vez em dois dias.

— A cidade vai fazer uma festa também — avisa Keiran a Addison. — Minha mãe disse que vão montar o telão de cinema que costumam usar no verão para as noites de filmes no parque. A cidade toda vai ver.

— Excelente — diz Addison, fazendo algumas anotações. — Vamos pegar umas cenas de lá também.

— Addison, você não acha que será estranho nos filmar assistindo ao próprio programa? — pergunta Hallie.

Addison ri.

— Um pouco, mas usaremos essas cenas para os extras do DVD.

— Nosso próprio DVD. — Balanço a cabeça. Ainda não acredito que tudo isso aconteceu em tão pouco tempo. — Vai ser uma grande noite — comemoro.

E Zac não estará lá para ver, acho. Dou um sorriso triste.

— Não se preocupe com Zac, Charlie — diz Addison, lendo meus pensamentos. Ela parece realmente preocupada e fico emocionada. — Você vai encontrar alguém dez vezes melhor.

— E mais gato! — apoia Hallie.

— Ah, tá. — Balanço a cabeça. — Estou nesta cidade há séculos e não tem ninguém como ele por aqui.

— Bem, talvez você tenha que expandir seus horizontes — diz Addison. O garçom traz a conta e ela a assina rapidamente. — Vamos levá-las de volta para a escola. Não quero que seus pais fiquem com raiva de mim por deixá-las matar aula.

A viagem de volta para a escola é bem melhor do que foi a de saída. Quando encostamos em frente ao colégio, estou até sorrindo. Pulo para fora do carro e Hallie vem logo atrás. Viro para procurar Keiran, mas ela está falando com Addison.

—Vou em um segundo — grita Keiran para nós. — Addison só quer me perguntar uma coisa.

Assinto.

— Te vejo lá dentro.

— Imagino sobre o que será essa pergunta — diz Hallie enquanto corremos para dentro.

— Não sei, mas tenho certeza de que descobriremos. — Atualmente, nada fica em segredo por muito tempo.

doze

Sorria! O mundo está assistindo

Inspire fundo. Para dentro, para fora. Fora, dentro.

Ahhh...

Não. Isso não está funcionando. Nunca deveria ter recusado a oferta de Hallie de fazermos aula de ioga juntas! Aquelas técnicas de respiração seriam realmente úteis agora.

— Charlotte, o carro está esperando! — grita minha mãe pela terceira vez.

— Já vou! — prometo mais uma vez, mas agora falo sério. Encaro meu reflexo no espelho e rezo para não parecer tão nervosa quanto me sinto. Pelo menos meu cabelo está bonito. Até minha maquiagem melhorou bastante. Estou usando muita, mas parece que nem estou maquiada. A artista que Addison contratou para fazer nossas maquiagens hoje me falou que é isso que está na moda. Uma pena que não fico tão bonita assim sem usar maquiagem no dia a dia. Meu vestido é vinho, a gola deixa os ombros à mostra, é justo no corpo, com cintura baixa e a saia plissada. Acho que nunca tive uma roupa assim. Escolhi quando saí com Hallie e Keiran para encontrarmos os estilistas. A equipe nos papaparicou tanto que acho que realmente comecei a acreditar que era modelo (por mais ou menos cinco segundos). A única coisa que faria aquela tarde melhor seria Brooke ter se juntado a nós. Ela optou por fazer uma sessão separada com Marleyna. Que surpresa.

Talvez eu devesse estar mais feliz por Brooke ter voltado a falar conosco, mesmo que a situação toda seja extremamente bizarra. Na quinta-feira, ela estava de volta a nossa mesa de almoço como se nada tivesse acontecido. Tudo o que disse foi "Trégua?". Ficamos todas tão chocadas que só conseguimos assentir. Foi a última coisa que falamos sobre o assunto, não que eu não tenha muito o que dizer. Parte de mim quer dizer a Brooke exatamente o quanto estou magoada com o comportamento dela, mas a outra parte está com medo de balançar um barco já desequilibrado. Em vez disso, passamos os últimos dois almoços conversando sobre as próximas gravações — Brooke decidiu se juntar a nós para elas — e a estreia. O nome de Marleyna nem foi citado, mas Brooke recebe várias mensagens de texto durante o almoço. E, quando falamos sobre a reuniãozinha pré-festa em minha casa na sexta, algo sobre o que conversamos desde que assinamos com a emissora, Brooke disse que já tinha planos.

Mas ela não é a única que está nos dando um gelo. Keiran também anda estranhamente silenciosa nos últimos dias. Toda vez que pergunto qual é o problema, apenas faz que não e diz que está com a cabeça cheia. Sei que há algo por trás disso. Queria ter algumas horas a mais na semana para arrancar a verdade dela.

— Charlotte! Vamos! — tenta minha mãe pela quarta vez.

Esta noite é muito importante e eu deveria estar dando cambalhotas pelo quarto. Mas com o comportamento esquisito de Brooke e a bizarrice de Keiran, além do meu coração partido por Zac, sinto tudo, menos vontade de comemorar. Por que tenho que estar bonita na noite em que me sinto como as sobras de ontem?

— Estou indo agora — grito. Pego minha bolsa de mão, apago a luz e me obrigo a finalmente sair do confinamento seguro do quarto.

❧

Enquanto meu pai dirige pela avenida principal, percebo instantaneamente que o evento é ainda maior do que eu havia imaginado. A rua está lotada de carros e pessoas tentando ver o que está acontecendo no Milk and Sugar.

— Tudo isso é para vocês? — pergunta meu pai, incrédulo. — Não sabia que tanta gente sabia do programa.

Minha mãe e eu nos entreolhamos e rimos.

— Acho que você inalou muita maresia — diz minha mãe a ele. — A cidade só tem falado do programa de Charlotte.

Nosso carro se arrasta e vejo Hallie saltar de um veículo à frente com Brandon. Ela está linda, como sempre, em um macacão preto justinho. Os cabelos castanhos estão cacheados e presos bem alto na cabeça. Só ela para sustentar este visual. Vejo-a seguir pelo pequeno tapete vermelho que foi montado em frente ao restaurante e sorrir para as câmeras. Flashes piscam mais rápido do que consigo contar.

Addison insistiu para que nós quatro chegássemos separadamente. Disse que nos daria mais visibilidade na imprensa. Montaram um esquema para fotografar nós quatro juntas depois do programa e temos entrevistas marcadas para o programa de notícias da Fire and Ice e também com Peggy Pierce, além da mídia local e as emissoras de rádio de Nova York. A ideia de ser entrevistada a respeito da minha vida é um pouco deslumbrante. Acho que foi por isso que Addison nos fez passar por um breve treinamento em mídia sobre como agir. Quem diria que é preciso repetir a pergunta do repórter antes de responder para eles conseguirem um bom material para edição? Ou que é melhor olhar diretamente para o repórter, e não para a câmera, ao responder?

Nosso carro anda alguns centímetros e estamos a alguns metros do toldo cor de creme do Milk and Sugar. Uma mulher alta, com fones na cabeça, bate à porta do carro. É loira, com cabelos cacheados, e está usando um vestido preto curtinho. Abaixo o vidro da janela.

— Oi, Charlie. Sou Paige, da Fire and Ice — diz ela, e estica o braço para dentro da janela para apertar minha mão. — Vou conduzir você pela fila de imprensa e depois para dentro. Está pronta?

Hmm, não?

Olho para meus pais.

— Vemos você lá dentro, querida — insiste minha mãe. — Divirta-se!

Paige abre a porta de trás e sorri pacientemente. Acho que realmente preciso ir.

Assim que piso do lado de fora, o volume do barulho sobe para um nível insano. Mal consigo enxergar com os flashes das câmeras e minha mente começa a girar com as vozes dos paparazzi chamando meu nome. Não sei como Brangelina aguenta esse tipo de coisa. Paige me conduz por uma multidão de simpatizantes atrás de uma corda de veludo.

— Charlie! Sou eu! — Viro-me e vejo Jack, do jornal da escola, tentando empurrar o cara ao lado dele a cotoveladas. — Consegue me colocar para dentro?

Mesmo usando saltos de dez centímetros, Paige não para. Ela está segurando minha mão enquanto eu me contorço para olhar na direção de Jack.

— Farei o que puder — grito por sobre a gritaria dos fotógrafos me enchendo de perguntas.

Paramos em frente ao primeiro repórter e olho para o fim do caminho. Hallie e Brandon estão lá. A seguir vem Keiran. Está bonita em um vestido prateado tipo anágua curtinho, longos brincos pendurados e os cabelos cheios e soltos. Ela me vê e acena. Duas meninas que não reconheço estão atrás dela.

Espera aí. Aquela é Brooke?

Sim! Brooke está com um vestido preto supercurto, justo no corpo todo. Os cabelos ruivos estão presos em um rabo de cavalo simples e muito alto. Está usando saltos de pelo menos dez centímetros e não sei como consegue se equilibrar com Marleyna pendurada sobre ela. Com um vestido igualmente curto, branco com paetês, Marleyna ri de cada palavra de Brooke e parece dar a própria opinião sempre que pode. Observo as duas posarem como se sempre tivessem sido melhores amigas. Parte de mim sente uma pontada de ciúmes.

Deveria ser eu posando com Brooke daquela forma. Deveria ser Keiran. Deveria ser Hallie. Não uma garota que está usando Brooke para ficar famosa. Sei que as coisas não são as mesmas entre nós no momento, mas tenho que achar um jeito de entrar na cabeça dura de Brooke e fazê-la entender a verdade sobre Marleyna.

— Esta é Charlie, a estrela de *The Cliffs*. — Ouço Paige dizer e me endireito com atenção total e um sorriso.

Paige se volta para mim.

— Charlie, quando terminar aqui na fila, estarei esperando para entrar com você, onde poderá assistir ao programa com as outras meninas.

Ela vai me deixar sozinha para fazer isso?

— Addison está aqui? — pergunto, nervosa.

— Lá dentro — diz Paige, mexendo no fone. — Vejo você daqui a pouquinho.

Olho para a repórter e sorrio tímida.

— Oi — digo, de modo esquisito.

— Então, Charlie, conte essa sua história de Cinderela — pede a repórter. Ela empurra um microfone para meu rosto. — Foi mesmo descoberta servindo café nesta adorável lanchonete bem aqui?

Estou tão confusa com as luzes e as câmeras que tenho que me virar para me certificar de que estou em frente ao lugar certo. Sim. É o Milk and Sugar.

— Fui.

— Deve ter sido o dia mais incrível da sua vida — dispara a repórter.

— Foi definitivamente surreal — digo. — Tem sido uma aventura e tanto, estou me divertindo muito.

Será que disse a coisa certa? Não sei o que responder. Fizemos treinamento em mídia, mas não muito, e, afinal, deveria ser totalmente sincera ou mentir um pouquinho? Não *amei* cada momento, principalmente não nos últimos dias, mas não acho que deveria dizer isso a uma repórter. Jennifer Aniston não dá detalhes de sua vida amorosa, mesmo que ex--namorados como John Mayer os divulguem o tempo todo.

Caminho até o próximo repórter e o que vem depois dele. Todos perguntam basicamente as mesmas coisas, o que acho engraçado, mas pelo menos na terceira vez estou com as respostas mais treinadas.

— Somos amigas há muito tempo — respondo, quando um me pergunta sobre as meninas. — Acho que o programa nos aproximou ainda mais. — Meia mentira, mas parece bom.

Quando chego ao fim do tapete, Paige está me esperando, como prometeu.

— Querem tirar algumas fotos de você sozinha e depois entraremos, as meninas estão esperando para uma foto em grupo.

— Eu, sozinha? — pergunto, nervosa. — Mas não sei posar.

Paige sorri e aperta meu braço. Ela abre caminho.

— Você vai pegar o jeito.

Vou? Ela me empurra delicadamente em direção a um enorme pôster de fundo que diz *The Cliffs*. Uma foto de nós quatro me observa de volta. Estamos na praia. Encaro as luzes fortes e faço as melhores poses que consigo.

— Charlie! Charlie! Charlotte! Aqui!

Eu me reviro várias vezes, como uma contorcionista, tentando atender aos chamados de todos. É difícil quando mal dá para enxergar. Finalmente, depois de uma eternidade, Paige pega meu braço e me conduz para dentro. E aí parece que abriram as portas do inferno.

Ryan, meu chefe no Milk and Sugar, é o primeiro a vir até mim.

— Dá pra acreditar na multidão de hoje? Estamos conseguindo uma exposição incrível! Tudo graças a vocês, garota!

Meus pais já estão lá dentro também.

— Charlie, não sabíamos que o evento seria tão grande — diz minha mãe. — Estamos tão orgulhosos de você. Não se esqueça de dizer "oi" para a tia de Hallie, Sophie — acrescenta ela, sussurrando —, ela veio de Tulsa.

E Addison.

— Susan está aqui e quer tirar uma foto com todas vocês assim que tiverem um tempo. Está se divertindo?

Hmm... Estarrecida seria a palavra. Onde estão minhas amigas? Estico o pescoço para procurar as meninas por sobre a multidão ao meu redor. Sinto meu braço ser puxado para trás e me espremo para longe das pessoas. É Paige. Ela me puxa para trás e acabo bem em frente a Hallie, Keiran e Brooke.

— Oi! — digo, animada. Então vejo os rostos delas. Ninguém está sorrindo.

Keiran parece arrasada; Brooke, entediada; e Hallie está lançando olhares terríveis para Brooke. Marleyna está a alguns metros de distância, claro, e fica gritando para Brooke, os únicos momentos em que ela sorri.

Isso não parece bom. Imagino se alguém aqui notou. Nosso primeiro episódio ainda nem foi ao ar e ninguém está se falando?

— O que foi? — pergunto, com medo da resposta.

— Pergunte a *ela* — grunhe Hallie, encarando Brooke.

— Estamos prontos para a foto em grupo — interrompe Paige, fazendo sinal para que a sigamos. Ela abre caminho até os fundos do restaurante, onde há outro pôster de *The Cliffs*, cercado pela logomarca da Fire and Ice.

— Está tudo bem? — pergunto a Brooke enquanto andamos.

— Acho que sim — responde ela, sem olhar para mim.

— O que posso ter perdido nos últimos dez minutos? — tento novamente. — Acabei de ver você toda animada no tapete vermelho.

— Isso foi antes de ela descobrir sobre as fotos em grupo e fazer um escândalo sobre você ficar na frente e no centro — ataca Hallie, com raiva.

Brooke a encara.

— Que problema tem em perguntar se *todas* não podemos nos revezar para aparecer no meio? Charlie não é a única estrela do programa.

Brooke prolonga a palavra *estrela* e eu sinto o impacto, como se tivesse sido atropelado.

— Então de novo isso? — Se não tivesse tanta gente em volta, diria a Brooke que na verdade está na hora de uma enorme discussão sobre a pessoa desagradável que ela se tornou.

— Esquece — diz Brooke, parecendo irritada. — Você não entenderia. Ela disse que não entenderia.

— Quem? — pergunta Keiran. — Marleyna?

— Não preciso disso — diz Brooke, e sai de perto para ficar com sua nova melhor amiga enquanto esperamos o fotógrafo montar o cenário.

— Isso é loucura — digo às outras. —Achei que as coisas estavam bem de novo. Ela almoçou com a gente ontem!

— Você realmente achou que estava tudo bem? — questiona Keiran em tom cínico. — Achei que só estava comendo conosco porque não tinha mais ninguém com quem almoçar. Dê mais três semanas e ela estará implorando por uma bolsa na Escola Ross para estudar com Marleyna.

— Prontas, meninas? — pergunta Paige. — Charlie, fique no meio. E talvez um pé à frente das outras também.

— Que surpresa — murmura Brooke por entre os dentes alto o suficiente para Marleyna ouvir na lateral. Ela ri alto, parecendo uma hiena.

— Aceita que dói menos, Brooke — disparo, e ela me encara chocada. Até Paige fica boquiaberta. — Essa inveja doentia por causa do programa está ficando chata.

— Talvez seja você que sinta inveja — diz Brooke friamente. — Não consegue suportar que todos gostem mais das cenas comigo e com Marleyna. São dez vezes mais emocionantes do que o tédio de você fazendo cappuccinos.

— Meninas, aqui não — diz Paige, com os dentes cerrados, olhando em volta. Mas é tarde demais. Estamos no ringue.

— Acho que não preciso montar um circo para tornar minhas cenas interessantes — provoco. — Sou emocionante o suficiente apenas de pé, em meu avental. Não preciso pegar o iate de ninguém emprestado ou fazer compras com dinheiro que não tenho para conseguir mais tempo na tela. — Brooke empalidece e Hallie não consegue evitar um risinho.

— Meninas, há repórteres aqui — tenta Paige.

— Você é patética — lança Brooke. — Nunca quis ser famosa ou ter uma vida melhor, como eu. Está toda feliz em ficar presa aqui neste lixão de cidade. Bem, eu não! Você quer me atrasar, mas não pode. Esta amizade é tóxica demais para continuar.

— Chame Addison. — Ouço Paige instruir alguém. — Rápido!

— Tóxica? — grito. — Tudo o que sempre fizemos foi te apoiar. Mas nada é o suficiente! Se o holofote não é todo seu, você não está feliz.

— Oi, meninas. — Susan aparece do nada. Ela está ótima em uma saia preta justa adornada com miçangas e uma regata preta também com miçangas em volta do decote. — Há algum problema aqui? — Ela olha de mim para Brooke. Ambas fazemos que não com a cabeça. Sinto meu rosto começando a queimar. — Ótimo. — O sorriso de Susan é discreto. — Vamos tirar umas fotos, certo? Charlie, fique perto de mim. Todas sorrindo.

FLASH! O fotógrafo começa a bater as fotos e preciso me lembrar de sorrir. Depois de vários cliques, ele nos libera.

— Prontas para a grande estreia? — pergunta Susan. Estou assustada demais para falar.

— Certamente — dispara Brooke, respondendo por todas nós. — É um sonho se tornando realidade. Somos muito sortudas por você ser responsável por isso.

Hallie revira os olhos na minha direção e me seguro para não rir.

— Como vai, Charlie? — Susan se vira para mim e pergunta. — Addison disse que teve uma semana difícil. Terminou com Zac?

— Ele não era namorado dela de verdade — interrompe Brooke.

Lanço um olhar perfurante para ela.

— Ele não queria fazer parte do programa — explico.

— É uma pena — diz Susan, chateada. — Você vai descobrir que algumas pessoas não conseguirão lidar com sua nova fama, enquanto outras ficarão ao seu lado só para serem famosas por tabela. — Olho para Brooke, desejando poder dizer telepaticamente como isso descreve bem Marleyna. — Tenho certeza de que logo vai conhecer alguém que combine melhor com seu novo estilo de vida.

— Talvez. — Não acredito muito nisso. Apesar do que todos dizem, sei que Zac daria um bom namorado. Aparecer ou não na televisão não deveria ser um fator decisivo. Na verdade, eu deveria estar mais impressionada por ele não querer se promover, como Marleyna.

— Sei que ainda precisam tirar mais algumas fotos, então vou deixá-las voltar ao trabalho — diz Susan, sorrindo, mas antes que vá, pego o braço dela.

Aposto que Susan vai ouvir minha interferência. Disse que me escutaria no dia em que assinamos os contratos.

— Susan, estava me perguntando se você recebeu minhas mensagens de voz — pergunto calmamente, afastando-me para que ninguém mais ouça.

— Sim — diz Susan. — Sinto muito por não ter tido tempo para ligar de volta, mas estou considerando tudo com bastante seriedade. A última coisa que queremos é deixar nossa estrela triste.

— Então vai manter Marleyna longe das cenas em grupo? — pergunto, esperançosa.

— Gostaria de fazer isso, mas não tenho certeza se posso — diz Susan, inexpressiva. — Addison está insistindo para que Marleyna participe do programa.

— Está? — pergunto. — Mas... — Não foi isso que ela disse, quero falar, mas estou com medo.

— Falarei com ela sobre isso novamente — assegura Susan, me dando um tapinha nas costas. — Sei que Addison gosta das cenas que tem feito com Brooke e Marleyna, mas vou lembrá-la de que não deveriam ser filmadas em detrimento das cenas com você. Mantenha-me informada se tiver mais problemas, OK? Talvez não esteja por perto todos os dias, mas estou sempre observando.

— Obrigada — digo, me sentindo mais confusa do que nunca. Addison não disse que era ao contrário?

— Vejo vocês quatro depois do programa para um brinde — promete Susan, ao ir embora.

— Charlie? — chama Paige. — Só mais algumas fotos.

Volto para o grupo, fico no meio, evito contato visual com Brooke e sorrio. Quando terminamos, Brooke sai batendo os pés. Em vez de me irritar mais, conto para Keiran e Hallie o que Susan acaba de me contar.

— Então acho que Addison está mentindo — diz Hallie, parecendo confusa. — Certo?

— Não necessariamente — interrompe Keiran. — Tenho certeza de que é o contrário.

— Por que Susan mentiria? — pergunto. — Ela está no comando do programa.

Keiran balança a cabeça.

— Estou de saco cheio disso! Tomo patada de Brooke, do programa, dos meus pais... — Ela parece arrasada e fico preocupada. Não é normal Keiran explodir assim.

— Kiki, é só essa coisa com Brooke que está te incomodando? — pergunto. — Ou há algo mais acontecendo?

— Não quero falar sobre isso aqui e agora — responde ela. — Quero aproveitar a festa.

— As pessoas estavam me implorando para colocá-las para dentro — diz Hallie, para amenizar o clima. — Tive que pedir para Addison trazer o Brandon para mim, pois ele não estava na lista. Pena que Marleyna não foi deixada de fora.

Olhamos para a nova melhor amiga de Brooke, que está passando o que parece ser a décima sétima camada de gloss labial.

— Tenho algumas boas notícias para contar — diz Hallie. — Adivinhem quem assinou um contrato para aparecer com mais frequência no programa? Brandon! Addison perguntou e ele aceitou sem hesitar. — Então Hallie olha para mim, horrorizada, acrescentando: — Não quis dizer da maneira que soou.

— Tudo bem. — Empurro os pensamentos sobre Zac para fora de minha mente. — Estou tão feliz por você, Hallie.

— Susan está pegando o microfone — aponta Keiran. — Vamos achar um lugar para sentar.

— Muito obrigada por virem — diz Susan, enquanto sentamos no sofá próximo a uma das televisões grandes de tela plana, que a emissora trouxe. Ryan aparece com café gelado e uma bandeja de frutas. — Estou animada por estar aqui para o primeiro do que espero que sejam muitos episódios de *The Cliffs* — continua Susan. — Foi um prazer trabalhar com Charlie e suas amigas, e acho que vocês ficarão admirados com a dinâmica e as situações pelas quais passam não só porque conhecem as meninas, mas porque elas representam aquilo pelo qual todo adolescente passa, vivendo em uma cidadezinha ou na cidade grande. Aproveitem o programa!

Todos batem palmas. Algumas pessoas assobiam. Olho em volta. Meus pais estão sentados a algumas mesas de nós com as famílias de Keiran e Hallie. A de Brooke não está em lugar nenhum. As luzes diminuem e pego a mão de Keiran e a espremo. Ela pega a de Hallie. Meu coração dispara por antecipação. Lá vamos nós...

A música-tema é a primeira coisa que ouço. Não a reconheço, mas é barulhenta e rápida, e são mostradas imagens de Cliffside. O estreito de Long Island, o Milk and

Sugar (que é ovacionado aos berros), a rua principal, o píer, o Crab Shack... Pense no lugar e ele aparece. E então nós quatro surgimos, andando pela praia, rindo.

Estamos tão felizes juntas que fico instantaneamente triste. Viro rapidamente para procurar por Brooke. Ela está a alguns assentos de distância com Marleyna, encarando a tela atentamente. Noto que sua expressão fica sombria e olho para a TV de novo. O primeiro crédito que aparece é o meu. Mostram três imagens de mim — uma rindo, outra no trabalho e a terceira na praia. Então os nomes de Hallie, Keiran e Brooke se seguem, junto com uma imagem de cada. O programa finalmente começa e vejo nossa primeira filmagem. Estamos no Crab Shack e bastante nervosas.

— Isso vai ser engraçadíssimo — sussurra Hallie em nossos ouvidos. — Parecemos tão rígidas.

E parecemos mesmo. É estranho assistir. Mas as pessoas riem nos momentos apropriados e batem palmas quando veem os pais de Hallie na tela. A seguir vemos Patrick, o cara que traiu Hallie, e ela correndo para falar com ele. Cortam para Brooke, que revira os olhos.

— *Ela não consegue segurar os hormônios por pelo menos uma tarde?*

Nossa. Não lembro de ela ter dito isso.

A cabeça de Hallie — a Hallie da vida real — se vira e encara Brooke. Depois vem meu breve momento com Zac. Só dá para ver as costas dele, pois ele não quis assinar o termo de cessão. Dá para me ouvir falando e me encolho, consciente de que meus pais estão assistindo. Eles cortam para a mesa e mostram outra revirada de olhos de Brooke. E uma de Keiran. Hã?

— *Ela nunca vai tentar nada com ele* — diz Keiran.

Viro-me para ela, surpresa.

— Charlie, não foi isso que eu disse mesmo — insiste Keiran. — Estava falando de Hallie, não de você.

Mas não é o que parece. Pelo menos não da forma como foi editado. O mesmo vale para meu comentário alguns minutos depois sobre Keiran.

— *Ela nunca vai enfrentar os pais.* — Mas não foi dessa forma que eu quis dizer! Disse muito mais do que isso. Eu lembro.

— *Se as coisas não são do jeito dela, não consegue aceitar* — comenta Hallie a respeito de Brooke, e o resto de nós concorda. Brooke olha para nós, espantada.

— Mas não foi assim que falamos — digo a Hallie. Olho em volta. — Lembram? Estávamos falando de *roupas*, não garotos.

Depois vem o comercial. Meus pais estão ligeiramente chocados e meu rosto fica vermelho. Encaro Ryan — que me ouviu falar no vídeo que odeio pegar os turnos nos quais não há movimento no Milk and Sugar —, e ele me lança um sorrisinho. Não o costumeiro sorriso largo.

— Preciso de ar — digo às meninas e me levanto em um salto antes que alguém me impeça. Ando rapidamente até os fundos do restaurante, passando pela porta da cozinha e por Grady, sem deixar que ninguém me dirija a palavra. Não vejo por onde ando e vou de encontro a um garçom segurando uma bandeja com rolinhos primavera. A Fire and Ice contratou a própria equipe para o bufê esta noite, mas Ryan e o Milk and Sugar estão encarregados das bebidas.

— Ei, devagar — diz o cara, enquanto os rolinhos se espalham pelo chão.

— Desculpa — respondo, abaixando-me para catá-los.

— Não se preocupe — diz ele, e faz o mesmo. — Não paguei por eles.

Por algum motivo, isso me faz rir. Olho para ele e fico sem ar.

É muito gatinho. Estilo Chace Crawford, com uma franja longa e olhos cinza incríveis. Ele sorri torto para mim.

— Parece que você precisa respirar ar puro um pouco.

— Deu pra perceber? — pergunto, direta.

— Quer companhia?

Estou prestes a dizer sim quando Hallie entra correndo pela porta da cozinha.

— Voltou!

— Preciso ir — digo, desejando que não precisasse.

— Talvez mais tarde — responde ele, e estende a mão. Aperto-a. Está quente e ele tem um aperto firme. — Sou Danny.

— Charlotte — digo. — Mas pode me chamar de Charlie.

— Legal dar um encontrão em você, Charlie. — Ele pisca. — Talvez possamos fazer isso de novo.

Corro para fora da cozinha e pulo de volta em meu assento. Mesmo tão animada, o bom humor não dura tanto, pois o próximo segmento mostra mais do mesmo: nós quatro implicando constantemente uma com a outra. Não tinha noção de que fazíamos tanto isso! Quase tudo o que dissemos foi tirado de contexto. Tenho certeza de que aconteceu o mesmo com as outras, mas é difícil não se irritar com os comentários. Hallie dizendo que Keiran é um bicho do mato... Brooke nos enchendo por causa de nossas roupas menos caras... Eu falando sobre os planos para o fim de semana até Keiran explodir com "Desde quando você é a chefe?". Ai.

Keiran não está mais segurando minha mão. Hallie está encarando a tela. Olho rapidamente para Brooke e vejo Marleyna com o braço em torno dela como conforto. Teremos sorte se Brooke voltar a falar conosco depois desse episódio. Acabo de ouvir Keiran, Hallie e eu a chamarmos de mesquinha.

O programa continua a espantar e a sala fica cada vez mais silenciosa. Sinto meu coração batendo alto e estou suando. O que devem estar pensando? O que minhas amigas estão pensando? Acho que não consigo assistir a mais nenhum episódio do programa se for igual a esse. Todas estamos lindas — não sei como as câmeras fazem isso, mas nossas peles e maquiagem estão impecáveis — e nossa cidade minúscula parece com os Hamptons. As tomadas estão maravilhosas, mas não parece...

Real.

Quando termina, Brooke se levanta e foge pela cozinha. Sigo-a, e Keiran e Hallie vêm logo atrás de mim.

— Brooke, espera — digo, ao correr por Danny e passar pelas portas dos fundos.

Brooke se volta para mim.

— Tem muita coragem em me seguir.

— Eu? E quanto a você? — disparo. — Foi você quem me chamou de controladora e ditadora.

— Você disse que eu era desagradável e mesquinha! — A voz de Brooke está aguda.

— Gente, calma — diz Keiran. — Metade daquilo foi tirada de contexto. Não dissemos daquela maneira.

— Não? — pergunta Brooke, e cruza os braços, as pulseiras balançando. — Então, Keiran, não acha que sou esnobe?

— Bem, não, é que... — gagueja Keiran.

— Tanto faz. — Brooke levanta a mão. — Você mal apareceu no programa. Não tinha nada de interessante para dizer mesmo!

Praticamente paro de respirar. Ai.

— Diferente de você, que estava em todas as cenas — diz Hallie, irritada. — Você é um papagaio de pirata!

— Não tenho culpa se as lentes me amam! — diz Brooke, convencida.

— Esperem aí! — grito. — Estamos nos atacando! Por quê? Por causa de um programa de TV? Prometemos que não faríamos isso. *Sabíamos* que seria editado. Eles querem um show e cortam as cenas para que tenham outro contexto.

— Hã, gente? — Acho que Keiran está tentando dizer algo, mas estou agitada demais para prestar atenção.

— *Você* também prometeu — diz Brooke para mim. — Mas não é mais minha chefe. Não recebo ordens de Charlotte Reed dentro ou fora do programa. O que vi hoje só comprova que Marleyna está certa. Vocês três sempre tiveram inveja de mim. Não somos mais amigas.

— Tudo bem! — grita Hallie de volta. — Mas saiba disto: não temos inveja de você. Marleyna tem. Não queremos ser nem um pouco parecidas com vocês duas. — Ela está literalmente tremendo, de tão irritada.

— Marleyna diria qualquer coisa para se manter na TV — acrescento, com raiva. — Somos suas amigas há anos. Como você não consegue enxergar isso?

— Porque ela é cega — responde Hallie, no lugar de Brooke. — Sempre quis ser a cachorrinha patética de Marleyna Garrison. E agora que é não precisa mais de nós.

Brooke levanta a mão e, por um momento, penso que vai bater em Hallie

— O que vejo é que o programa é todo sobre você, e não deveria ser. — Brooke aponta um dedo trêmulo em minha direção. — Bem, não vai ser mais assim.

— Gente? — tenta Keiran novamente.

— Está nos ameaçando? — Meus olhos vão realmente saltar para fora das órbitas. — Porque, já que o programa é meu, posso pedir para demitirem você. — OK, acho que não, mas estou realmente irritada.

Brooke ri.

— Pois que tente então! Você queria que fosse o programa de Charlie para ter toda a glória para si mesma. Imagine quanto estaria recebendo se cada uma de nós não ganhasse oito mil dólares por episódio!

— Quer dizer dez mil dólares por episódio — corrijo.

Os olhos de Brooke se arregalam e percebo imediatamente que disse algo errado.

— Você ganha dez? — grita ela. — Eu sabia!

— Eu ganho seis — diz Keiran, devagar, e todas ficamos paralisadas por um segundo.

— Eu ganho oito — diz Hallie, envergonhada.

— Você não é a estrela aqui — diz Brooke para mim, e seus olhos estão cheios de lágrimas de ódio. O rímel está escorrendo pelas bochechas, mas tenho certeza de que o meu também está. Não acredito que estou tão emotiva. — Você não é tão interessante quanto eu. Não sei o que estão pensando, mas eles estão errados e vou fazê-los mudarem de ideia!

— Brooke, o que é mais importante aqui: ser a estrela de algum programa de TV ou nossa amizade? — Eu me sinto exausta de repente, e só quero que essa briga termine.

Todas estão em silêncio. Ouço louças batendo na cozinha e o som da equipe da Fire and Ice pedindo por mais sushi. Nós quatro nos encaramos, tristes.

— Você não me deixa escolha — diz Brooke, devagar. — Amo o que o programa fez por mim. Pense em como as pessoas olham para nós agora. Marleyna não me daria um segundo de seu dia antes disso e agora somos inseparáveis.

— Isso não te diz nada? — pergunta Hallie, rouca. — Ela não é uma amiga de verdade.

Brooke ri com amargura.

— Não me importo. Pela primeira vez tenho a chance de sair de baixo das asas dos meus pais e ir embora desta cidadezinha deprimente. Se Marleyna está me usando ou não, não importa. Estou usando também ela. Trabalhamos bem juntas e nossas cenas são ótimas na TV. Vou surfar esta onda pelo tempo que puder.

— Então isso é tudo o que importa para você? — Eu me sinto sufocada. — Nem te conheço mais.

— Nem eu — concorda Hallie.

— Não vou pedir desculpas — diz Brooke, honestamente. — Sempre fui sincera quanto ao que queria da vida e agora estou *muito próxima* de conseguir. Não vou deixar nenhuma de vocês estragar isso.

— Como vamos filmar sem nos falar? — A voz de Hallie se ergue. — O programa é sobre nós quatro.

Brooke tira da bolsa um pó compacto e começa a retocar a maquiagem.

— Eles darão um jeito. É televisão.

— Hã, gente — tenta Keiran de novo.

— O QUÊ? — gritamos as três ao mesmo tempo.

Keiran parece irritada agora.

— Estou tentando contar que vocês estão sendo filmadas. — Ela aponta para a porta da cozinha e percebo que Phil está lá. E, em seu ombro, uma câmera.

Ai. Meu. Deus.

— Phil! — Dou um ataque. — Por que não disse que estava aí?

Ele abaixa a câmera e nos encara com uma expressão culpada.

— Foi mal. Susan, quero dizer, Addison me pediu para gravar isso. Disse que podem editar qualquer coisa relacionada ao programa, se isso faz vocês se sentirem melhores.

— Mas Phil, era uma conversa particular — diz Hallie.

Brooke suspira.

— Aceita — diz ela a Hallie, e nos empurra, seguindo para a cozinha. — Phil, use o que quiser. Ao contrário delas, não tenho o que esconder.

Ela passa por ele, de cabeça erguida, e Phil a segue. Nós três ficamos ali, de pé.

— Acho que deveríamos voltar — diz Hallie, parecendo perdida.

Keiran gargalha com amargura.

— Vocês duas podem. Ninguém mais se importa se estou lá. Vocês ouviram Brooke.

— Não preste atenção ao que ela diz — respondo.

Keiran hesita.

— Mas ela está certa. Foi isso que... Deixa pra lá.

— O quê? — insiste Hallie.

Keiran suspira.

— Nada. Olha, vou com você, Hallie. Estou morta de fome. — As duas se viram para ir embora. — Você vem? — pergunta Keiran.

— Preciso de um minuto sozinha — digo, ainda me sentindo chorosa, algo que não quero parecer em uma sala cheia de executivos e familiares. Sento-me sobre um engradado de leite virado ao contrário e apoio a cabeça no colo. As meninas devem saber que realmente preciso de espaço, pois ouço os cliques dos saltos de Hallie no piso até que elas se vão.

Em que fui me meter? Em que nós nos metemos? É isso o que temos pela frente? Brigas toda semana por causa de cada coisinha que dissermos em frente às câmeras? Nunca mais falar com Brooke? Queria ter alguém com quem conversar sobre isso, mas todos com quem costumo falar estão envolvidos demais. Zac teria ouvido. Mas agora...

— Achei que precisaria disto — diz alguém, e olho para cima. Danny está de pé diante de mim com uma caixa de lenços na mão.

Pego-a dele e a abraço.

— Acho que ouviu tudo, hein?

Ele se agacha perto de mim.

— Não tudo — diz Danny, e olho para ele. — Tá bem, noventa por cento. Você está bem?

— Não — digo, com um suspiro. — Mas acho que preciso estar. — Aponto com a cabeça na direção da porta da cozinha. — Alguém vai perceber se eu não voltar para minha própria festa.

— Posso te ajudar com um discurso de fuga — sugere ele. — Posso dizer que um fã maluco estava te seguindo e te ajudei a fugir em um Camaro amarelo que estava aguardando.

Minhas sobrancelhas se erguem.

— Um Camaro amarelo?

— Você sabe, como o Bumblebee, do *Transformers* — diz Danny, ficando vermelho. — Sou fanático por robôs. Não consigo evitar.

Transformers. Zac também gosta. Agora estou triste de novo.

— Não gosto desta careta no seu rosto bonito — diz Danny, carinhoso. — O que posso fazer para tirá-la daí?

— Não tenho certeza — digo, honestamente.

— E se eu tentar no jantar, digamos, sábado à noite? No Buon Gusto? — sugere Danny. — Você gosta de comida italiana?

Ele está me chamando para sair?

— Adoro comida italiana. — Sorrio de leve.

— Vi isso. — Danny aponta para os meus lábios.

— Não foi nada! — digo, rindo. — É um cacoete.

— Olha, um sorriso *e* uma risada. Se consigo fazer isso em dois minutos, imagine o que consigo fazer em uma noite inteira. Então, jantar? — tenta ele novamente.

Não sei. Além de tudo o que está acontecendo agora, preciso mesmo de um encontro? Olho para Danny. Ele é gatinho. O que tenho a perder?

— Tem certeza de que quer sair comigo? Provavelmente haverá uma equipe de filmagens presente o tempo todo.

Danny sorri.

— Ainda não conheci uma câmera da qual não goste.

— Isso é bom, porque eles terão várias — respondo.

— Agora você está ficando mais animada. — Ele estende a mão. — Pronta para voltar para dentro?

Então noto que Phil voltou, e provavelmente está ali há algum tempo. Acho que a vida é assim agora.

Olho para Danny.

— Claro — respondo e, pegando sua mão, retorno para a festa.

O mundo de *The Cliffs*

Por Shonda Adams

Se você estuda nesta escola — e é provável que sim, se está lendo este jornal —, então não preciso resumir o episódio de estreia da série *The Cliffs*, da emissora Fire and Ice, estrelado pelas alunas da Escola Cliffside Charlotte Reed, Brooke Eastman, Keiran Harper e Hallie Stevens. Vou pular o que já vemos no dia a dia — as quatro amigas andando pelos corredores ou comendo no refeitório juntas — e me concentrar no resto. *The Cliffs* é um panorama de nossa pitoresca cidade de praia e, na opinião desta que vos escreve, essa é a melhor parte do programa. As imagens maravilhosas do estreito de Long Island, de nossa excêntrica avenida principal ao entardecer e o som das gaivotas voando sobre a reserva ecológica são o que dão vida ao programa.

Cliffside Heights

O tempo hoje

Parcialmente nublado
Possibilidade de chuva 20%
Máx. 21° Mín. 13°

Infelizmente, é aí que acaba a beleza e começa a feiura. O resto do programa revela a amizade falsa das meninas. Suas conversas traiçoeiras no Crab Shack, ao telefone e na casa de Hallie. Ninguém parece gostar de ninguém! Isso nos faz imaginar por que ainda andam juntas. Cada uma delas parece ter um papel a desempenhar. Charlotte (conhecida como Charlie entre as amigas) foi definitivamente a escolhida para se destacar do grupo. Bonita e engraçada, é a líder das meninas e costuma levar as amigas à exaustão com seus planos. Brooke, de longe a mais reclamona, se sobressai pelo guarda-roupa, e nada mais. Mas soubemos que isso poderá mudar em algumas semanas, de acordo com o longo vídeo promocional exibido ao fim do programa, no qual sua nova amiga, a riquinha local Marleyna Garrison, aparece para causar discórdia entre as já divididas amigas. Hallie é bonitinha à primeira vista, mas sua obsessão por garotos logo perde a graça. Mencionei Keiran? Provavelmente não, mas não há motivo, pois é a que menos aparece. Se eu assistiria *The Cliffs* novamente? É provável que não. Vou ter que ver *90210* em vez disso.

treze

Um encontro com o destino

— Não acha que está muito calor lá fora para um chocolate quente? — pergunta Ryan, enquanto me sirvo de uma caneca fumegante e acrescento uma enorme porção de chantilly.

Fiz uma parada no Milk and Sugar. Falta uma hora para meu encontro com Danny e estou tão nervosa que preciso de algo para me acalmar. As coisas não poderiam estar mais confusas no momento e eu ainda jogo mais um garoto nesse caos? *E* dou início a um relacionamento em frente a uma equipe de filmagens? Estou louca?

A produção do programa chegará em meia hora para poder capturar cada segundo do nosso encontro e só de pensar nisso já me dá coceira. Avisei Danny de novo, mas ele foi surpreendentemente legal a respeito de tudo. Disse que me buscaria aqui e depois seguiríamos para o Buon Gusto juntos. Addison equipou o carro de Danny com uma câmera para filmar a viagem. Acho que isso quer dizer que não teremos um segundo sozinhos.

— Relaxe e aproveite. Você precisa de uma noite de diversão — disse Addison para mim.

Quero acreditar que ela está sendo sincera, mas minha mente está a mil com Addison no momento. Alguém não está falando a verdade e não sei quem é. Addison quer Marleyna no programa? Ou é Susan quem a quer? Por que Susan mentiria para mim quando vive enfatizando que me quer satisfeita com o reality? Mas então por que Addison mentiria? Queria tentar esclarecer isso com alguém, mas estão todas em seus próprios mundinhos no momento. Hallie está se escondendo com Brandon, e Keiran está desaparecida desde a festa, há alguns dias. Nem falei com elas sobre a crítica que saiu no jornal da escola.

Meu rosto queima de vergonha ao pensar em todos na escola, inclusive meus professores, lendo a crítica de Shonda. Não consegui sequer olhar para ela na reunião desta semana. Apenas encarei o relógio, rezando para que os minutos passassem rápido e eu pudesse disparar dali e evitar Zac, que estava sentado a alguns metros de distância. Ele acenou para mim quando entrei, mas não me aproximei. Não conseguia encará-lo. Principalmente depois daquela crítica ácida.

— Ah, já entendi — diz Ryan interrompendo meus pensamentos e me trazendo de volta ao presente. — Esqueci que chocolate quente é sua bebida de consolo, mesmo com trinta graus negativos. Você é uma menina estranha, sabia?

Dou uma risada tímida.

— Tenho ouvido muito isso ultimamente.

— Não esquenta com o artigo — diz Ryan. — As pessoas estão apenas com inveja do seu novo salário. E, falando nisso, estava imaginando por que ainda está aqui.

O quê?

— Nem me ocorreria sair do Milk and Sugar — respondo. — Para mim, ser garçonete é a vida real, não o mundinho distorcido que você vê em *The Cliffs*. Sinto como se nem conhecesse a menina diante das câmeras — admito. — Está tentando se livrar de mim?

— Nunca. — Ryan sorri. — Você é minha melhor garçonete e, se a *Gazeta de Cliffside* tivesse vindo perguntar, teria dito a eles.

— *Gazeta de Cliffside*? —Ah, não. — Há outra crítica do programa lá? — Entro em pânico.

O rosto de Ryan empalidece.

— Você não viu?

Resmungo. Tomo um grande gole do meu chocolate e deixo o leite queimar minha garganta.

— Não vi, mas acho que não quero. Vou sentar ali e esperar pelo meu encontro.

— Faça isso — diz Ryan, apressado. — Quer um biscoito para comer com o chocolate? — Faço que não com a cabeça. — Tudo bem, vou te deixar em paz.

Escolho um assento próximo à janela e coloco o guardanapo no colo. Não quero sujar o vestido. Foi difícil encontrar algo sem poder escolher no guarda-roupa de Brooke. O vestido que estou usando é o da última Páscoa. É de alça, com corte reto, de um verde tão forte que me lembra da grama nova crescendo em nosso jardim. Tomo outro grande gole do chocolate, aproveitando o chantilly da superfície, e olho pela janela para as pessoas que passam. Ninguém está filmando suas conversas no celular ou observando o que compram na loja de utilidades gerais. Neste momento, trocaria de lugar com qualquer uma delas.

O sininho da porta de entrada toca e olho para ver se é Danny ou Addison. Mas não é nenhum dos dois, e quase deixo a caneca cair no meu colo. É Zac.

Tomo um gole imenso de chocolate para acalmar os nervos. Talvez ele não me veja. Tento me encolher no assento.

— Oi — diz Zac, caminhando até minha mesa. — Esperava encontrar você aqui.

Ele esperava?

— Estou aqui — digo, como uma idiota, enquanto ele ocupa o assento de frente para mim. — Uma equipe de filmagem está a caminho.

— Ah. Não quero, quer dizer, tudo bem, eu só... — Zac está gaguejando. — Se importa se eu...? — Ele aponta para a cadeira de novo.

— Não. — Tomo outro gole de chocolate. Nenhum de nós diz nada. Zac apenas me encara. Então, não consigo mais me segurar. — Então, por que veio me ver? — disparo, sentindo-me triste e chateada com Zac, mesmo que ele não mereça. — Quer dizer, estou surpresa em ver você, pois não estamos exatamente nos falando na escola nem nada. Claro, você acenou e eu acenei, mas...

— Charlie? — interrompe ele, e aponta para meu lábio superior. — Você tem um pouco de chantilly no rosto.

Ah. Credo. Pego o guardanapo e me viro para limpar a boca. Boa, Charlie.

— Vim ver como você está — diz Zac. — Depois do editorial desagradável de Shonda, achei que estaria um pouco chateada.

Você acha?

— Estou bem — digo a ele, e sorrio. Tomara que não tenha chocolate nos dentes.

Zac assente.

— Fico feliz. Esperava que todo esse drama a respeito do programa não afetasse você.

— Não, na verdade, as coisas não poderiam estar melhores — minto. Zac me encara confuso e, antes que eu consiga me conter, volto atrás na afirmativa. — Certo, talvez não seja verdade, mas estou segurando as pontas. Não é tão ruim quanto fazem parecer. Tanta coisa naquele episódio foi tirada de contexto.

— Imaginei — diz Zac. — Melhores amigas não brigam tanto assim.

— Não brigamos, quer dizer, não brigávamos até... — Minha voz some. Quero dizer "até o programa começar".

— Você está arrumada demais para servir café — observa Zac, com um sorriso. — Ryan adotou algum novo tipo de uniforme?

Meu rosto parece esquentar.

— Não estou trabalhando esta noite.

Ah, droga. Não quero mesmo contar para Zac que tenho um encontro. E se não quero contar, por que estou indo ao encontro, antes de tudo? Será que não estou pronta? Ou será que ainda gosto demais de Zac para tentar algo com outra pessoa? Olho para ele, que veste uma camiseta da Gap com a logomarca apagada e jeans largos. Os cabelos estão bagunçados de um jeito bonitinho e seu sorriso me deixa mais derretida do que o chantilly do meu chocolate.

Sim, ainda gosto de Zac.

Não posso mentir para ele.

— Vou sair com alguém — admito, finalmente.

Ele olha do meu vestido para meu rosto e assente.

— Sair com alguém. Entendi. — Zac começa a se levantar e não tento impedi-lo, ainda que meu coração esteja se partindo. — Bem, vou deixar você esperar, então — diz ele, sorrindo. — Vejo você na escola?

— É — digo, me sentindo tonta. Por favor, Deus, não deixe o Danny aparecer agora e dar de cara com Zac. — Zac?

Ele se vira.

— Sim?

— Obrigada por vir ver se estou bem — digo, com uma voz aguda.

Ele sorri.

— Sem problemas.

Zac está na porta agora e a empurra. É só então que vejo o que está enfiado no bolso traseiro de seu jeans. É um pequeno buquê de flores da primavera, enroladas em celofane. Eram para mim? Meu coração se parte mais um pouquinho. Quero chamá-lo de volta, mas assim que ele sai vejo Addison entrar. Ainda bem que ela não o vê.

— Oi! Pronta para o grande encontro? — pergunta ela, enquanto Phil e Kayla começam a montar os equipamentos. — Você está tão bonita!

Kayla está com o equipamento preparado perto da porta de entrada e o de Phil está sendo montado atrás de mim. Olho esperançosa para a porta, desejando poder ir atrás de Zac.

— Obrigada — digo, sentindo-me muito confusa. — Disse a Danny que poderia vir me buscar às 19h45. Deve estar chegando. Ele tem sido tão legal com tudo isso. Que garoto, em um primeiro encontro, fica tão à vontade com uma equipe de filmagem? — Ela gargalha.

Addison ocupa o assento de Zac, que ainda deve estar quente. Ela olha para mim, séria.

— Isso me dá alguns minutos. Como está se sentindo?

Dou de ombros.

— Bem.

— Bem não é bom — diz ela com um leve sorriso. — Falou com Zac?

Faço que não com a cabeça. Não preciso contar que ele acaba de sair daqui.

— Sinto muito por isso — continua Addison. — Algo semelhante aconteceu comigo quando estava na escola. O garoto com quem estava saindo me deu um fora porque eu não me inscrevi para as mesmas faculdades que ele.

— Sério? Que idiota. — Passo os dedos pelos cabelos.

Addison gargalha.

— É, também achei. Mas Zac... Acho que os motivos dele são mais válidos. Se não quer aparecer na TV, então não quer mesmo. Isso não torna o motivo nem um pouco mais fácil de digerir, não é? — pergunta Addison.

Balanço a cabeça.

— Não, mas acho que é assim que anda minha vida ultimamente.

— Está falando da situação com Brooke ou do primeiro episódio? — pergunta ela.

— Os dois — digo, baixinho.

Addison sorri.

— Também fiquei incomodada com o primeiro episódio — admite, e estou surpresa em ouvi-la falar com tanta delicadeza. — Eu editei de um modo e estava muito orgulhosa dele. — Ela olha pela janela. — Contei a todos em casa sobre minha primeira obra-prima. Então, a fita foi enviada para a emissora e acho, não sei, que queriam *mais* do que eu tinha oferecido. O drama vende, mas não era o que eu tinha pensado em exibir. — Ela encolhe os ombros. — Quando você está na faculdade, eles não te dizem que essas coisas acontecem — explica ela, balançando um dedo em minha direção e sorrindo. — Eles mostram como operar uma câmera, fazer um documentário, mas lidar com pessoas de verdade e patrocinadores... — Ela olha para mim. — Desculpe se isso causou uma briga gigantesca com as outras meninas. Eu não deixaria que isso, quer dizer, eu teria dito algo se soubesse... — Addison parece triste e me sinto mal por ela.

— Então você não deu a palavra final? — pergunto, cautelosa. Talvez Addison possa me ajudar a resolver essa situação com ela e com Susan. — Se não foi você, quem foi?

A expressão de Addison muda.

— Fui eu. Eu dou a palavra final — diz ela, parecendo desconcertada. — Deixa para lá. — Ela inspira profundamente. — O importante é a audiência. E adivinha? A estreia de *The Cliffs* foi a segunda mais assistida de toda a nossa programação de reality shows.

— Está falando sério? — Estou chocada.

Addison assente.

— As pessoas acharam vocês quatro envolventes. Pelo menos foi o que nossa pesquisa mostrou. E amaram *você*. Acharam você atual e fácil de se identificar.

Não sou irritante e controladora como disse Shonda?

— Não acredito.

Addison dá uns tapinhas em minha mão em sinal de aprovação.

— Pegue leve com você mesma, OK? E a história com Brooke, bem, como eu disse depois da primeira briga, já vi reality shows fazerem coisas estranhas com amizades, nem sempre boas, mas você vai descobrir que novas amizades surgem o tempo todo.

Mas e se eu quiser manter as antigas?

— Susan está apaixonada pelo programa — acrescenta Addison. — Não se cansa das cenas que enviamos para ela.

— Mesmo aquelas com Marleyna? — tento novamente.

Addison não me responde a princípio.

— Você não está se divertindo muito, está? — diz ela, devagar.

Olho para ela. Addison nunca é tão franca ou tão pessoal. E por algum motivo quero contar a verdade, que acaba de ficar mais clara para mim. Não, não estou me divertindo.

Mas antes que possa considerar dizer qualquer coisa, o sino toca de novo e nós duas olhamos para cima. Agora é Danny. Ele me vê e sorri. Não está usando a mesma roupa de pinguim da noite em que o conheci, mas veste uma camisa social de botão e calças sociais pretas. Ainda bem que estou usando um vestido. Li as críticas do Buon Gusto e é bem caro, o que, no meu manual, equivale a roupa arrumadinha.

— Espera! — implora Addison. — Esperem eu sair de cena. Danny, sinto muito, mas se importaria de entrar de novo?

— Sem problemas — diz Danny, prestativo. — Estava bom da primeira vez?

— Perfeito — responde Addison. — Exatamente do que precisávamos.

— Volto já. — Danny pisca um dos olhos.

Dou um sorriso acolhedor, mas dentro de mim uma vozinha diz o que meu coração já sabe: na verdade, queria estar em um encontro com Zac.

— Câmeras filmando — anuncia Addison.

Danny entra de novo e olha diretamente para mim.

— Oi. — Desta vez ele segura um buquê de margaridas. De onde vieram? — São para você — diz ele —, porque você é mais linda que uma flor. — Ele se inclina e beija minha bochecha.

Em algum lugar atrás do balcão, ouço Ryan tossir. Alto.

Mais linda que uma flor? Quem diz esse tipo de coisa a não ser que esteja em algum daqueles filmes bregas feitos para a TV?

— Obrigada — respondo. Não acredito em como Danny parece tranquilo em frente às câmeras. Não estava nem um pouco calma desse jeito da primeira vez que uma lente apontou para o meu rosto.

— Vamos? — pergunta Danny. — Fiz uma reserva para as 20h. Prepararam uma mesa para nós no pátio, com vista para o mar. É o melhor lugar da casa. — Ele estende o braço enquanto eu me levanto e o seguro.

~

Dez minutos mais tarde estamos no restaurante na cidade vizinha, sentados em uma mesa do lado de fora observando as luzes dos barcos piscando à distância. O tempo está fresco, e Danny já convenceu um garçom a me emprestar seu casaco, porque ele não trouxe um. Estou encarando o cardápio e pensando em como vai o encontro.

Na viagem de carro até aqui, Danny me deu um breve curso sobre si mesmo. Tudo desde o primeiro dente que perdeu até o dia em que estava trabalhando de garçom nos Hamptons e recebeu cem dólares de gorjeta de George

Clooney. Aprendi também os nomes de seus dois cachorros (Shelby e Magnólia, escolhidos pela mãe, não por Danny), o sabor favorito de sorvete (de creme com pedaços de bala amanteigada da marca Friendly's) e como conseguiu seu apelido, Gosma (ele escorregou em uma poça de lama durante uma corrida e caiu de cabeça).

Quer saber o que Danny sabe a meu respeito?

Absolutamente nada. Não fez uma única pergunta sobre mim. Como poderia, se está tagarelando sem parar desde que chegamos?

— Então, lá estava eu, tentando decidir o que fazer: chegar em casa depois do horário ou seguir meu melhor amigo, que eu sabia que estava entrando em uma fria...

Danny está contando mais uma história enquanto escolho entre o ravióli de lagosta e o frango ao queijo parmesão.

— ... Ainda bem que escolhi a opção B. Ele terminou com a namorada e foi direto para o bar. Se eu não estivesse lá, ele disse que provavelmente teria dirigido para casa totalmente bêbado, e quem sabe o que teria acontecido.

— Uau. — É isso o que tenho feito: digo frases curtas aqui e ali para concordar. Na única vez que tentei interromper com uma das minhas histórias engraçadinhas que tinha a ver com o que ele estava dizendo, Danny me cortou.

Depois de o garçom anotar nossos pedidos — ele precisou desviar das câmeras de Phil e Kayla e dos caras do som e da luz para chegar até nós —, Danny olha para mim e sorri quando uma música de Frank Sinatra sai aos berros do sistema de som externo do restaurante.

— Se eu não convidar você para dançar agora mesmo, acho que me arrependerei para sempre — diz ele, estendendo a mão para mim. Ai, meu Deus. Hesito, mas Danny não aceita "não" como resposta. Ele me puxa para cima e depois me abraça, e começa a dançar comigo ali mesmo no pátio, em frente a um casal mais velho que comemora o 46º aniversário de casamento e uma família com três crianças que estão jogando espaguete uma na outra. Estou morrendo de vergonha e isso só piora quando Danny começa a cantar no meu ouvido. Alto.

Por alguma razão, mesmo que Danny tenha uma voz legal, começo a gargalhar incontrolavelmente.

— Algo errado? — pergunta ele. — Não é minha voz, é? Porque já me disseram que parece com a do John Mayer.

— Sua voz é ótima. — Tento abafar a risada. — Você me daria licença um segundinho? — Tento ao máximo me controlar. — Preciso ir ao banheiro.

— Claro — diz Danny —, mas não pense que terminamos de dançar. — Ele pisca um dos olhos.

Corro para fora do pátio esperando que Addison e os outros me sigam, mas ficam parados. Acho que até eles sabem que não devem me seguir até o banheiro. Pergunto a um garçom onde fica, tranco-me no lavabo, que só dá para uma pessoa, e pego o celular.

Hallie atende de primeira, ainda que deva estar com Brandon.

— Charlie? Você não está em um encontro agora?

— Está mais para show de horrores. — Conto rapidamente sobre o comportamento egocêntrico de Danny. — Ele faz Brooke parecer a Madre Teresa. — Hallie ri. — Não entendo. Ele foi tão bonitinho e engraçado na outra noite durante a festa. Hoje parece que está fazendo teste para namorado do ano.

— Ou isso ou está tentando um papel num filme ruim de comédia romântica — responde Hallie. — Dançar em um restaurante lotado? Dizer que você é tão linda quanto uma flor? É quase como se... — Ela hesita.

— Quase como se o quê? — pergunto.

— Tenho certeza de que estou errada. — Hallie instantaneamente parece nervosa. — Mas quase parece que ele ensaiou tudo isso antes.

— Ensaiou? Mas o que o levaria a fazer isso?

E então me toco. Danny sabe sobre *The Cliffs*. Ele sabia sobre o programa mesmo antes de me conhecer oficialmente. Foi garçom na festa de estreia!

— Charlie? Ainda está aí? Você não acha que, quer dizer, ele não faria isso, ninguém faria...?

— Acho sim — digo, a raiva se acumulando dentro de mim. — Hallie, preciso ir.

Quando desligo, minhas mãos estão tremendo. Tudo faz sentido agora. Considerando a noite que tive durante a estreia, por que qualquer garoto estaria interessado em mim?

Corro pelo salão de jantar até o pátio. Danny me vê e se levanta. Ele ergue as mãos.

— Cinco minutos — diz ele. — Sua equipe decidiu fazer uma pausa enquanto você estava no banheiro. Voltarão a qualquer momento.

— Por que me convidou para sair? — interrogo.

Danny parece desnorteado.

— Não quer esperar até voltarem para...

— Não — disparo. — Por que me chamou para sair, Danny?

Ele parece momentaneamente confuso.

— Achei você bonita. E engraçada.

— Não fui engraçada naquela noite — argumento. — Na verdade, fui irritada, mal-humorada e chorona. Então, o que levou você a me convidar para sair?

— Eu... — Danny parece querer pular do parapeito, direto no mar. As crianças da mesa ao lado param de jogar comida e nos encaram, mesmo com a mãe implorando para que não o façam.

— É uma pergunta simples — digo, calma. — E parece que você não consegue responder, o que me faz pensar, não, ter certeza de que você provavelmente me convidou para sair porque estou em um programa de TV.

Danny se mexe, desconfortável.

— Então? — Minha voz está mais alta. — Foi por isso que me convidou? Por favor, Danny. Ao menos seja honesto. Você me traz a este restaurante perfeito, em que cada prato custa quarenta dólares ou mais, com o salário de um garçom que está no Ensino Médio. Você começa a dançar comigo mesmo sem ter pista de dança. E todas as histórias que conta me fazem pensar que está fazendo um teste para algum filme. E então?

Estou furiosa agora e Danny apenas balança a cabeça. Ele tira o microfone.

— Não concordei com um interrogatório.

Estou certa? Estava insistindo por uma resposta, mas, agora que ele disse, estou um pouco tonta.

— Concordou?

Ele balança a cabeça.

— Disseram que você era impetuosa, mas não avisaram que era doida. Quer mesmo fazer isso aqui?

— Fazer o quê? — Estou me sentindo mal. — Quem te disse... Espera... Está dizendo o que acho que está dizendo?

Danny olha em volta com cuidado.

— Eles me escolheram. Eu não escolhi você.

— Quem escolheu? — pergunto, com medo da resposta.

— O programa! — exclama ele. — Até me deram seu telefone.

Acho que preciso me sentar. Recebi mais do que pretendia com essa resposta. Achei que Danny fosse uma fraude, mas as pessoas da emissora também são? Parece que minhas pernas vão quebrar. O programa me arranjou um encontro falso? Eles implantaram um garoto na estreia para me chamar para sair? O programa fez isso. O programa. Isso significa Addison. Como pôde fazer isso comigo?

— Disseram que teríamos um encontro e você ficaria toda feliz, mas em vez disso está toda deprimida e esquisita a noite inteira — continua Danny. — Belo drama da vida real.

— Eu? — Não consigo deixar de rir. — Você não me deixou dizer uma sílaba. Acho que deveria ir embora.

— Com prazer — responde ele, deixando o microfone, os fios e a bateria sobre a mesa.

Viro-me para observá-lo ir embora e vejo Addison, Phil, Hank e companhia voltando para o pátio. Addison olha para a expressão de Danny e depois para a mesa.

— O que houve? — Addison começa a pirar.

Ignoro-a e jogo meu microfone na mesa. Começo a desconectá-lo da bateria.

— Você sabe o que houve — digo, sentindo-me estranhamente calma.

— Não, não sei — responde ela, em pânico. — Por que Danny está indo embora? Aconteceu alguma coisa?

Tudo o que está me incomodando chegou ao limite máximo e eu finalmente explodo.

— Pare de mentir! — disparo. Estou cara a cara com ela. — Você armou para mim! Contratou Danny para sair comigo! Ele acabou de admitir!

A boca de Addison se escancara.

— O quê? Não. Não é possível.

— Claro que é. Vocês fazem de tudo para conseguir um bom roteiro. Achei que deveria ser um programa real — digo, com a voz falhando. — Não surreal. Como pôde fazer isso?

Addison parece inconsolável.

— Eu não fiz! Eu juro. Charlie, eu sei o quanto você está chateada por causa de Zac. Achei que estivesse superando ele, por isso iria sair com Danny. Não fui eu...

Ergo a mão na altura do rosto dela. Lágrimas quentes de ódio rolam pelas minhas bochechas.

— Guarde esse discurso para alguém que se importe. Você é uma mentirosa. É a única que poderia ter feito isso! Não quero ouvir mais nada. — Minha voz some e as lágrimas descem com mais intensidade agora. Aceno para os outros clientes que estão assistindo, boquiabertos. — E vocês aproveitem o jantar. Soube que o ravióli de lagosta é maravilhoso. Vou embora desse lugar.

quatorze

Alguém me joga um colete salva-vidas

Estou tão irritada que se fosse um personagem de desenho daria para ver fumaça saindo da minha cabeça. Se pudesse, gritaria com todos na minha lista negra: Danny, Brooke, Addison, até o motorista do ônibus, que, de brincadeira, disse que o programa o lembrava do *The Jerry Springer Show*, aquele de baixarias da televisão.

Não consigo comer. Não consigo dormir. Não quero falar com ninguém, nem com Hallie e Keiran, com as quais não falo desde que liguei para elas, depois do meu encontro falso, para contar o que tinha acontecido. Addison deixou dez mensagens na secretária eletrônica de casa, no meu celular, e algumas de texto. Minha mãe diz que estou agindo como se tivesse três anos, mas não ligo. Quero ser deixada em paz e acho que, por causa disso, rosno para todos que cruzam meu caminho.

Mas, irritada ou não, ainda preciso aparecer em uma sessão de fotos para a revista *TV Guide* hoje. A audiência do programa na primeira e na segunda semanas foi tão boa que a mídia se interessou, e Addison disse que a sessão da *TV Guide* será provavelmente a primeira de muitas por vir. Até sugeriu que seria bom contratarmos um RP, relações-públicas, embora a RP da Fire and Ice, Mandy, possa coordenar e atender a essas requisições. Eu concordei com a sessão de fotos antes do incidente com o Sr. Ego Inflado (conhecido como Danny), então agora preciso sorrir para a câmera, mesmo com uma carranca permanente no rosto.

— Oi — diz Hallie, quando ela e Keiran me pegam para irmos até a marina. — Tem problema dizer "oi" ou você ainda está arrancando cabeças?

Olho para Hallie com um olhar destruidor.

— É, ainda está no modo Rainha Vermelha — observa Keiran. — Cortem as cabeças deles! — diz ela, com um sotaque forte e fazendo gestos para ilustrar. As duas começam a rir, o que me faz rir, só um pouquinho.

— Não foi tão difícil, foi? — pergunta Hallie, olhando para mim pelo espelho retrovisor do Volvo da mãe. Hallie tirou a carteira de motorista na semana passada (o que, claro, foi filmado para o programa, mesmo que ela estivesse uma pilha de nervos na hora da prova). A mãe de Hallie tem sido mais do que generosa com o carro, contanto que só seja usado durante o dia. Ainda está nervosa demais para deixar Hallie dirigir à noite, o que não é um problema, pois Brandon também dirige, então Hallie não precisa tanto de um automóvel.

— Reconheço totalmente que estou chorosa e reclamona e sendo cem por cento Meredith, mas não consigo evitar — digo. Quando uma de nós está extremamente irritadiça e reclamando o tempo todo, brincamos que estamos fazendo a Meredith, por causa da residente sempre chorona do seriado *Grey's Anatomy*. — Não sei nem como vou olhar para Addison — acrescento. — Não quero usar um microfone, obedecer ordens ou me arrumar para as câmeras. Estou me sentindo usada.

— Talvez não tenha sido Addison quem usou você — diz Keiran, baixinho.

— Kiki, você tem escutado o que a gente fala? — pergunta Hallie, os cachos castanhos se agitando furiosamente enquanto tenta expressar sua opinião. — Tem de ser Addison! Ela está à frente do programa.

— Talvez seja nisso que querem que acreditemos — diz Keiran, olhando pela janela. Está tão bonita com os cabelos loiros presos para trás por um arco e o tão amado cardigã verde da J. Crew.

— Ela está no comando — insisto. — É a única que cuida das coisas do dia a dia. Nos passa nossos horários. Era ela quem queria Marleyna no programa, não Susan. Addison sabia que eu estava chateada com a história do Zac. Só pode ter sido ela quem armou o encontro com Danny.

— Danny mencionou o nome de Addison? — pergunta Keiran.

— Não — respondo gaguejando —, mas mesmo assim. — Olho para ela desconfiada. — Você sabe de alguma coisa?

— O que eu sei é que mentiram para você — responde Keiran, irritada. — Para todas nós. Fomos levadas a acreditar que queriam um programa sobre nós, mas em vez disso parece que estão constantemente criando cenários que se encaixam naquilo que *eles* querem que seja nossa vida. E nem pensar se nossas vidas não forem emocionantes a cada minuto do dia! "Nada engraçadinho para dizer hoje, Keiran? Então talvez devêssemos cortar você."

— Quem vai ser cortada? — pergunto, enquanto checo meu reflexo no espelhinho do pó compacto. Meus cabelos pretos não estão tão ruins hoje.

— Ninguém — responde Keiran rapidamente. — Estava só enfatizando minha opinião.

Curiosa, Hallie olha para mim pelo espelho retrovisor.

— Kiki, está acontecendo alguma coisa que você não quer nos contar? — pergunta ela.

— Não — responde Keiran com convicção. — Estou apenas irritada por Charlie e por todas nós. Não foi disso que achei que estaríamos participando.

— Nem eu — admite Hallie, olhando para os dois lados antes de virar à direita. — Não me importei muito com as filmagens, mas me ver na TV foi de dar arrepios. Gostei muito de como o segundo episódio mostrou o quanto sou assanhada e só me importo com garotos — diz ela, sarcástica, enquanto revira os olhos. — Minha mãe adorou ver aquilo.

— É o modo como editam — concordo. — Qualquer coisa pode ser alterada para se encaixar no que precisam. Só posso imaginar como vai ficar o encontro com Danny. Pelo menos ninguém que estiver assistindo vai saber que ele foi contratado pelo programa para sair comigo.

Hallie e Keiran ficam em silêncio.

Ah, não.

— O quê? — pergunto, nervosa.

— Estávamos esperando a hora certa para te contar — Keiran me passa um pedaço de papel. É a versão impressa de um site.

— Meu irmão encontrou quando estava na internet ontem à noite — diz Hallie. — Ele falou que a história saiu em diversos sites, tipo o *E! Online.*

Não quero olhar para isso. Não pode ser bom, mas não consigo tirar os olhos.

— Não quero mais ler. — Entrego o papel para Keiran e respiro fundo. Para dentro, para fora. Fora, dentro. Devagar. Mais devagar. Não vou surtar.

| NOTÍCIAS | ENTRETENIMENTO | MODA |

Exclusivo Online

O mundo fabricado de *The Cliffs*

Hoje, 6h20, horário de verão da costa do Pacífico

Houve denúncias nos últimos anos que alguns dos melhores reality shows não eram realmente realities. *The Bachelor, Surf's Up, The Hills...* Em qualquer um deles é possível encontrar algum escândalo sobre as gravações e o que acontece quando as câmeras estão desligadas. E apesar das afirmações da Fire and Ice de que seu mais novo reality, *The Cliffs*, é tão verdadeiro quanto as areias brancas sobre as quais ele é filmado, esta entrevista com Danny O'Reilly, garçom e aspirante a ator, mostra que o programa é tudo, menos isso.

No último fim de semana, Danny foi a um encontro com a estrela principal do programa, Charlotte Reed, ocasião gravada para um episódio futuro. E aqui está a parte interessante: a coisa toda foi orquestrada por ninguém menos que os produtores da Fire and Ice. "Eu estava trabalhando para o bufê na festa de estreia promovida pela Fire and Ice", conta Danny por e-mail, junto com seu amigo, o editor Marc Halpern.

Continuar lendo »

| NOTÍCIAS | ENTRETENIMENTO | MODA | |

continuação da homepage

Hoje, 6h20, horário de verão da costa do Pacífico

"E estava lá há apenas 15 minutos quando uma produtora se aproximou de mim e me perguntou se eu já tinha pensado em aparecer na televisão. Fiquei lisonjeado. Disse a ela que tinha feito alguns comerciais e não precisei falar mais nada. Ela me puxou para um canto afastado e me contou sobre o programa e sobre como a personagem principal, Charlotte, tinha tomado um fora de um cara que não queria aparecer na TV. Ela então perguntou se eu gostaria de sair com Charlie em um encontro que seria filmado para o programa. Até me disse o que falar e como me aproximar da garota. Como Charlie é bonitinha, não me importei. Além disso, tive a chance de mostrar ao mundo como atuo bem. Chamá-la para sair foi tranquilo, mas o jantar foi um completo fiasco. Ela mal falou. Foi como conversar com uma parede. Estava contando os minutos até poder ir embora. Tudo em que podia pensar era..."

— Você está bem? — pergunta Keiran, baixinho, olhando para mim por sobre o ombro, enquanto estou jogada no banco de trás, brincando com a costura das calças jeans.

As lágrimas de ódio, tão constantes nos últimos dias, retornam para meus olhos.

— Não, não estou.

— Ele é um imbecil, Charlie! — diz Hallie, com raiva. — Não acredito que um garoto desceria a um nível tão baixo. Espere só até eu contar para Brandon. Quer que eu peça para ele dar uma surra no Danny?

Balanço a cabeça.

— Não preciso de mais mídia.

Zac vai ler isso. O que vai pensar? Estou me sentindo uma idiota.

Hallie estaciona na marina de Cliffside. É uma caminhada curta até as rampas e as docas onde estão os barcos de metade da cidade. É lá que será feita a sessão de fotos. Aparentemente, a *TV Guide* achou que seria divertido fotografar, garotas de uma cidade praiana em um barco grande. É, bem original. Suspiro. Talvez seja só amargura minha.

Quando saímos do carro, ouço uma batida de música ao longe. Um barco grande perto do fim da rampa está cheio de gente e consigo ver um equipamento de filmagem e flashes. Deve ser este mesmo.

Keiran segura meu braço.

— Aquele barco parece familiar para alguma de vocês?

— É um barco grande, chique e caro — diz Hallie, sem dar importância. — Todos parecem iguais. Deve ser de alguma pessoa daqui com esperanças de pagar o combustível.

Keiran balança a cabeça.

— Não acho que o dono do barco precise de dinheiro. Olhem o nome na popa. Vocês já viram esse barco antes.

Hallie inspira com força.

— Não. Acredito.

Meus olhos quase saltam das órbitas.

— Vão usar o barco de Marleyna? — Surtando. — Estão malucos?

Mais uma prova de que Addison é uma grande mentirosa que não dá um pingo de importância para nós. Tudo com o que se importa é o programa! E que ironia poder reconhecer o programa dentro do programa ao filmar nossa sessão de fotos para a *TV Guide*, quando Addison vive enfatizando que não podemos citar o programa durante as filmagens. Vou ligar para Susan.

— Não vou subir lá — diz Keiran, com ódio. — Não suporto aquela menina.

— Brooke deve estar adorando — diz Hallie, amargurada.

— Vou ligar para Addison — decide Keiran, apertando os números com força no celular. Um segundo depois, resmunga: — Caiu direto na caixa postal.

— O que vamos fazer? — pergunta Hallie.

— Não acredito que vou dizer isso, mas acho que precisamos ir. — Faço uma careta. — Não podemos faltar. O pessoal da *TV Guide* vai ficar irritado.

— E daí? — indaga Keiran. — Não nos deram todos os detalhes. Isto é uma armadilha. Aposto que fizeram de propósito, só para forçar mais um confronto com Brooke e Marleyna.

— Então vamos dar o que eles querem — rebate Hallie. — Querem guerra, vamos dar guerra a eles. Não vou ser legal com nenhuma das duas só porque a câmera está nos filmando. — Ela pega o meu braço e o de Keiran. — Vamos.

— Addison nos enganou de novo — digo, com raiva.

— Deixa a Addison com a gente — responde Hallie. Está encarando diretamente a rampa e a doca, da qual nos aproximamos com rapidez. Seus chinelos enfeitados com miçangas fazem barulho a cada passo. — Você se concentre em terminar essa sessão de fotos. Brandon vai passar por aqui mais tarde, de qualquer forma, e, se nos causarem problemas, sei que ele vai cuidar disso. Você já tem muito com o que se preocupar.

Sorrio para ela e abro o portão que dá para a doca.

— Obrigada, Hallie.

Nós três nos aproximamos devagar da popa do barco. Não estava prestando muita atenção ao barco de Marleyna na noite da festa, mas agora não consigo deixar de observar. De perto, parece do tamanho da minha casa. A área do deque externo é colossal, com um bar e vários assentos e banquinhos cobertos com estofado branco e portas de correr de vidro que devem levar à cozinha interna e aos quartos abaixo. Há uma equipe de câmeras, que imagino ser da *TV Guide*, ajustando a luz e tirando fotos de teste, mas não há sinal de Brooke ou Marleyna. Addison também não está em lugar nenhum. Acima do deque há um outro menor para o capitão. Como estamos ancoradas, a equipe colocou câmeras lá em cima para capturar todos os ângulos. Hank nos vê e corre com nossos microfones e baterias. Começa a nos conectar sem perguntar nada.

— Vocês estarão no ar o dia todo hoje — avisa Hank. — Ordens da chefe.

— E onde está a chefe, aliás? — pergunta Hallie, casualmente, modelando um de seus cachos.

Hank se encolhe.

— Estava meio agitada quando chegamos aqui e ficou no telefone desde então. Tenho certeza de que está em algum lugar por aí.

— Charlotte? — Uma mulher de uns trinta e poucos, usando óculos com armação de tartaruga e um blazer justo chique com calças jeans está ao meu lado. — Sou Grace, da *TV Guide*. Vou fazer o seu perfil e o das meninas.

Sorrio. Seja simpática.

— Oi, Grace. — Aperto a mão dela. — É um prazer conhecer você. Essas são Hallie e Keiran. — Todas dizem oi.

— Estamos tão felizes por vocês estarem disponíveis para fazer estas fotos — diz Grace. — Já sou uma grande fã do programa. Todos na redação só falam nele.

— É bom saber — responde Hallie.

Grace assente.

— Parece que vocês têm ótimos roteiros por vir e ótimas adições ao elenco. Marleyna estava me contando sobre a primeira filmagem dela. Falando nisso, estava imaginando se alguma de vocês gostaria de fazer uma entrevista agora antes de...

Mas não estou mais prestando atenção. À menção do nome Marleyna meu sangue começa a ferver. Marleyna vai participar desta sessão de fotos? Mesmo que este seja o barco dela e que ela esteja fazendo parte do elenco, o que já sabemos, ela não é uma das principais. Addison não mencionou que ela estaria aqui.

— Marleyna está aqui? — pergunta Hallie, sombria. — Quem aprovou isso?

Grace parece confusa.

— Bem, achei que tivessem sido vocês? — Ela pronuncia como se fosse uma pergunta, o que só me leva a crer que está certa. Isso veio do nosso lado. — Vimos Marleyna em um comercial, mas ela não aparece no kit de imprensa. Addison estava...

— Onde está Addison? — Quero saber, e quero saber agora.

Grace aponta para as portas duplas.

— Está lá dentro com as outras meninas, que estão escolhendo roupas. Ainda não consegui falar com ela porque está o tempo todo no telefone, mas...

Não preciso ouvir mais. Corro até as portas duplas com Hallie e Keiran atrás. Meus tênis tipo sapatilhas são perfeitos para correr. Podemos ser obrigadas por contrato a dar entrevistas e fazer sessões de fotos, mas não podem nos tratar desta forma.

Olho para a sala de estar espaçosa. Foi transformada em um camarim. Araras com roupas de banho e saídas de praia se espalham pelo ambiente. Fileiras de sapatos de salto lindos cobrem o chão. Em um canto, uma maquiadora está arrumando seu material em frente a um espelho móvel. Próximo a ela está um cara com equipamentos para fazer o cabelo. Os dois sorriem para nós. Tento sorrir de volta, mas minha mente está focada em uma coisa: encontrar Addison.

— Onde estão todos? — pergunta Keiran e Hallie pede para que ela fique quieta.

— Estou ouvindo alguém conversar — diz ela.

Nós três entramos no quarto, mas paramos. As vozes estão vindo de outro cômodo. Atravessamos a sala de estar na ponta dos pés, conscientes de que estamos sendo observadas pelos estilistas, e nos aproximamos do que presumo ser a cozinha. Uma luz forte atravessa a porta. Conheço bem esse tipo de luz. Só pode ser uma coisa: a luz de uma câmera.

— Tem certeza de que não tem problema eu ter vindo hoje? — Ouço alguém dizer em tom baixo.

— Leyna! Claro que não tem problema. — Reconheço a voz de Brooke.

— É que, depois da maneira como as meninas me trataram na sua festa... — A voz de Marleyna some.

— Estão apenas com ciúmes — diz Brooke, casualmente. — Não conseguem aceitar que estou seguindo em frente. Não temos mais os mesmos interesses, e eu não sou do tipo que mantém uma amizade só para ter amigas. Você e eu temos muito mais em comum.

— Verdade — admite Marleyna. — Elas têm um péssimo gosto para roupas. Principalmente Hallie. O que estava pensando ao usar aquele vestido para a festa? Devia estar querendo concorrer à coroa de Coelhinha Mais Assanhada. — As duas gargalham.

Seguro o braço de Hallie para impedir que ela se atire na porta e derrube Marleyna no chão.

— E quanto a Charlie? — A voz de Brooke está cheia de desprezo. — "Ei! Olhem para mim. Esta é minha festa e não vou embora. Quero ficar com meu pessoal. Não posso subir neste barco." Por favor. Estava só se mostrando para as câmeras. Adora ser a Srta. Boazinha. Sempre no comando. Sempre no centro de tudo. E sabe do que mais? Quando você e eu aparecemos no seu iate e as pessoas se aproximaram de nós, ela não aguentou. Não suporta quando alguém rouba as atenções.

Seguro a mão de Hallie e seguro com força. Ela chega a gritar, mas ainda bem que não é alto o suficiente.

— Bem, é melhor ela se acostumar a dividir — diz Marleyna. — Você e eu somos as novas atrações da cidade e não vamos a lugar nenhum. A única que vai sair daqui é Keiran. Ela é tão sem sal.

Brooke ri.

— Aquela menina é um fantasma dentro e fora da escola. Charlie e Hallie são as únicas pessoas que prestam atenção nela.

Olho para Keiran. Ela desvia o olhar para baixo. Ouvir Brooke sendo tão má a respeito de uma de minhas melhores amigas — e que também era melhor amiga dela há apenas algumas semanas — é mais do que consigo suportar. Mesmo com a mão de Hallie ainda presa à minha, entro com violência na cozinha e ela vem aos tropeções atrás de mim.

Brooke e Marleyna estão no balcão da cozinha, lanchando um prato de vegetais. As duas estão de biquíni, usando os microfones e saltos. Marleyna está com um cinto rosa-choque fininho preso ao biquíni da mesma cor. Brooke está usando um modelo preto que não deixa nada para a imaginação. Se a *TV Guide* pensa que vou vestir algo assim, é melhor pensarem em outra coisa. Phil e Hank estão filmando as duas.

Quando Marleyna me vê, deixa cair seu talo de aipo meio mordido. Phil sussurra algo no fone de cabeça e vira uma câmera na minha direção.

— Oi, meninas! — digo, animada e tremendo, caminhando em direção ao balcão. Pego uma cenoura, mergulho na pastinha e mordo um pedaço. — Sobre o que estão falando? — Apoio os cotovelos no tampo de mármore do balcão.

Brooke parece momentaneamente paralisada.

— Esperem aí. Brooke, você não estava falando mal das suas melhores amigas, estava? — Faço um "tsc tsc" em reprovação. — Ah, é verdade, não somos mais suas melhores amigas. Você nos largou pela aspirante a Paris Hilton aqui. — Aceno na direção de Marleyna. — Esperta. Ela tem muito mais dinheiro do que nós. É mais magra. E este barco é o máximo. O que me faz pensar: o que ela vê em você, Brooke? Afinal de contas, você é a filha de um fazendeiro que faz compras no Tanger Outlet.

Hallie está logo atrás de mim e engasga. Não me importo se pareço má. Não posso parar agora. A boca de Brooke se abre até quase alcançar o chão. Olho para Marleyna e dou um sorriso meigo.

— Isto também me faz pensar a seu respeito, Marleyna. Para que precisa de Brooke? Você tem milhares de amigos do colégio particular, tenho certeza.

— Por que precisa ser tão má, Charlie? — choraminga Marleyna.

Eu rio.

— Não finja ser tão inocente. É incrível como você age de maneira diferente quando tem plateia. Quando não tem, mal nos dá um simples "oi". É possível que só esteja interessada em Brooke pela publicidade? Ela realmente tem um negócio bacana aqui.

— CORTA! — grita Phil. — Hmm, Charlie, você sabe que não pode se referir ao programa quando estiver filmando — lembra ele.

— Por que não? — exijo saber. — Este episódio inteiro não é sobre isso? Nós fazendo uma sessão de fotos para o programa? Vocês não podem se contradizer o tempo todo! Vocês distorcem tudo! — grito.

Phil se vira para Hank e murmura o que parece ser "encontre Addison".

Marleyna tira o microfone.

— Como ousa falar aquelas coisas a meu respeito! E enquanto estamos filmando!

— Se é verdade, por que não? — retruca Hallie, se metendo na frente de Marleyna.

253

— Você pode estar de saco cheio de nós, Brooke, mas nunca achei que desceria a esse ponto — diz Keiran baixinho.

Brooke se vira e não diz nada. Ouço passos e, quando percebo, Addison está próxima ao balcão.

— Meninas, o que está acontecendo aqui? — Addison está sem ar. O celular está em uma de suas mãos. — Há uma repórter aqui. Vão fazer as coisas ficarem péssimas para vocês mesmas.

Arregalo os olhos para ela.

— Acho que você já fez isso muito bem.

É como se Addison acabasse de perceber com quem estava falando.

— Charlie, não sabia que estava... Queria falar com você. Todas vocês. — Ela olha para Hallie e Keiran. — Não sabia que filmaríamos hoje. Eu não...

— Corta essa — digo com amargura. — Estou cansada de ouvir suas mentiras. Todas estamos. — Saio correndo da sala e dou um encontrão em Grace, que está à porta tomando notas furiosamente. Olho para o pequeno gravador. A fita está girando lá dentro. Ouviu a conversa inteira.

— Oi, Charlie — diz Grace, tentando parecer animada. — Esperava que tivesse tempo de responder algumas perguntas.

Addison está logo atrás de mim.

— Agora não, Grace. Preciso falar com Charlie em particular por um segundo.

Ela me empurra até o banheiro e tenta trancar a porta, mas eu não deixo ela fazer isso.

— Não temos nada para dizer uma à outra.

— Se você parar para me ouvir — implora ela. — Não sabia que Marleyna estaria aqui.

— Claro que não sabia! Você está do nosso lado. Como pude esquecer? — digo, tentando não chorar. Estou me sentindo exausta e ainda não tirei nenhuma foto. Como posso sorrir quando estou me sentindo desta forma? O trabalho de Heidi Klum é muito mais difícil do que eu imaginava. — Não quero falar com você agora. — Que ódio.

— Ah, Charlie — diz Addison, inconsolável. — Você precisa me ouvir. Por favor. Também não concordei com isso. Se você ao menos ouvisse...

— Ficarei e farei a sessão de fotos; vocês podem filmar o que quiserem, mas não vou posar ao lado de Marleyna — interrompo. — Ela não é parte do elenco principal. Se quiser tirar algumas fotos com Brooke, tudo bem, mas não conosco. Não vou falar sobre ela com Grace. Hallie e Keiran também não vão querer e é melhor você nos apoiar. É o mínimo que pode fazer.

Addison levanta a mão para me interromper.

— Já cuidei disso. Ela não participará das fotos do elenco. Uau. Sério?

— Bom. — Encaro Addison, e ela me encara de volta, em silêncio. — Posso ir agora?

Addison olha para mim como se quisesse dizer mais, mas resiste.

— Pode. — Ela segura a porta aberta e passo por ela. — Mas, Charlie? — chama ela. — Não pode me evitar para sempre. Tem tantas coisas que quero dizer. Precisamos conversar.

Não sei bem aonde Addison quer chegar, mas sei de uma coisa.

— Estou cansada de falar — digo, entediada. — Em frente ou por trás das câmeras.

quinze

Uma colher de açúcar não torna o remédio um prazer

Keiran, Hallie e eu sentamos deprimidas no Milk and Sugar, mexendo nossos cafés gelados distraidamente. Deveria estar trabalhando, mas Ryan notou meus olhos inchados e me disse para tirar o resto da tarde de folga — e comer e beber o que quisesse por conta da casa. Nenhuma de nós disse nada por quase uma hora.

— Acho que não quero mais fazer isso. — A voz de Keiran falha ao pronunciar as palavras.

Sinto um alívio instantâneo tomar conta de mim.

— Nem eu. — Olho para o rosto triste de Hallie.

— Também estou fora — diz Hallie rapidamente.

— Mas assinamos um contrato — diz Keiran desolada enquanto despedaça seu muffin de cranberry. — Acho que não temos escolha.

— Talvez se dissermos a Susan como estamos arrasadas ela nos ouça — sugere Hallie, e morde um pedaço do seu segundo donut com calda de açúcar da tarde. — Charlie, você disse que ela tem sido atenciosa sempre que liga.

— Atenciosa, sim, mas ainda estamos dando dinheiro à emissora — observo, sem esperanças. — Por que nos deixaria ir embora? Nunca vai acontecer. Teremos que terminar os episódios com Brooke e Marleyna.

— Não acredito que ela é fixa no programa agora — diz Keiran, revirando os olhos. — Só de pensar em encontrar com ela o tempo todo me faz querer vomitar.

— Muitas coisas me fazem querer vomitar — apoia Hallie. — Tipo o Brandon.

Hallie acaba de falar com Brandon e o dia dela foi de mal a pior. Ao que parece, ele é tão obcecado com os 15 minutos de fama quanto Brooke. Só namorou Hallie por causa do programa.

— Como não vi os sinais? — Hallie está em frangalhos. — Quer dizer, claro que ele nem se incomodou com o programa, enquanto alguns garotos talvez não fossem tão tranquilos, mas achei que ele realmente gostasse de mim.

— Talvez gostasse — observa Keiran. — A fama faz coisas estranhas com as pessoas. Vai ver ele se apaixonou por você e depois se apaixonou mais pelas câmeras.

Hallie balança a cabeça.

— Não, Brandon sabia o que estava fazendo. E talvez tivesse continuado se aquela coisa com Danny não tivesse acontecido. — Ela olha para mim. — Fiquei tão irritada com o que ele fez com você que não parei de falar no assunto. Acho que isso apavorou Brandon, porque ele finalmente sentiu que precisava contar a verdade. — Ela toma um gole do café gelado. — Talvez Zac estivesse totalmente certo, no fim das contas.

— Ele tentou me ligar ontem à noite — digo, e as duas me olham com um interesse renovado. — Eu não atendi.

— Por quê? — Hallie parece chocada.

Encaro minha bebida.

— Estou me sentindo uma idiota. Estou há tanto tempo com raiva de Zac e finalmente percebi algo: talvez o motivo seja porque parte de mim também não queira participar do programa.

— E agora estamos presas — diz Hallie, enterrando o rosto nas mãos. — Isso é realmente uma droga.

O sininho da porta da frente do Milk and Sugar toca e nós três olhamos. Addison. Parece arrasada. Os cabelos loiros estão arrepiados, sua blusa cinza está amassada e há uma mancha nos jeans escuros.

— Bem, se não é a demônia — digo, amarga. — Ryan? — grito. — Pode dizer à nossa convidada que não é mais bem-vinda aqui?

Ryan já está sabendo de toda a história sórdida e não está feliz com ela. Ele vai para a frente do balcão e tenta falar, mas Addison estende os braços em sinal de rendição.

— Por favor? É muito importante. Preciso falar com as meninas por dois minutos e depois vou embora.

Ryan olha para nós e eu olho para Hallie e Keiran. Tudo bem. Assinto para ele, que abre caminho para Addison passar. Ela para a alguns centímetros de nossa mesa.

— Posso me sentar? — pergunta, devagar. Está com olheiras escuras sob os olhos.

— A gente prefere que você fique de pé — diz Hallie.

— Entendo — responde Addison, e coloca as mãos nos bolsos das calças. — Vim para me desculpar.

— Pelo que, exatamente? — pergunto. — Por arranjar meu encontro com Danny? Por se importar mais com o programa do que com nossos sentimentos? Por deixar Marleyna virar fixa no programa e insistir que a decisão não foi sua?

Addison balança a cabeça e se mexe sem graça. Dá para perceber que está se sentindo desconfortável. Tem todos os sinais clássicos. Não me olha nos olhos. Alterna o apoio dos pés. Passa a mão pelos cabelos. Um comportamento típico de Peyton Smith, meu amigo do quinto ano que mentia o tempo todo.

— Sei que parece ruim, mas...

— Nada de "mas" — interrompo. — Você não se importa com nenhuma de nós. Só está fazendo seu trabalho e parte dele é ser uma mentirosa.

— Charlie, por favor, se tivesse atendido minha ligação, eu teria explicado — implora Addison, parecendo chateada.

— Também fez com que Brandon me chamasse para sair? — pergunta Hallie, irritada.

— Do que está falando? — interroga Addison.

— Brandon só me namorava porque eu estava neste programa ridículo. — As mãos de Hallie estão gesticulando alto e suas pulseiras batem com força também. — Ele acaba de me dizer.

Addison parece devastada.

— Sinto muito mesmo, Hallie. Não tive nada a ver com isso, mas ainda assim. Sinto muito por muitas coisas. Sabem, vocês três não são as únicas que ouviram mentiras. Se me dessem um minuto para explicar...

— Por que acreditaríamos no que tem a dizer? — disparo. — Não quero mais ouvir. Se somos obrigadas a fazer o programa, então quero você fora. Deveria ter feito isso antes. Vou ligar para Susan. — Os olhos de Addison se arregalam. — Ela precisa saber a verdade. — Pego o telefone, encontro o número de Susan e aperto CHAMAR.

— Charlie! — berra Keiran. — Espere. Não ligue para ela.

— Por quê? — pergunta Hallie. — Temos todo o direito de ligar para ela. Foi ela quem nos contratou, não Addison.

— Charlie, ouça, Susan não é quem você pensa — diz Keiran.

— Kiki, chega de segredinhos. Do que está falando? — exige Hallie.

— Charlie, por favor, desligue — implora Addison.

Ignoro as duas.

— Falei com Susan várias vezes — digo a Addison. — Ela tem sido compreensiva e me disse que foi você quem contratou Marleyna em tempo integral, mesmo contra a vontade dela.

— Susan disse isso? — pergunta Addison, boquiaberta.

Assinto.

— Disse que queria dar a você as rédeas do programa e tomar decisões importantes era parte do processo. Por que você não poderia ter dito logo isso, Addison?

— Charlie, você não sabe de tudo — responde Addison. — Se você desligar, eu conto. Prometo.

— Desliga, Charlie — tenta Keiran novamente.

— Kiki, de que lado está? — Hallie também está chateada.

A recepcionista atende.

— Escritório de Susan Strom, por favor. Sim, preciso falar com ela. É urgente. Diga que é Charlotte Reed. Estou aguardando — digo às outras.

—Charlie, você não quer fazer isso — diz Addison, preocupada. — Susan também não tem sido honesta com você.

—Charlie! Como está? — A voz agradável de Susan surge do outro lado da linha. — Algum problema? Achei que deveria estar na sessão de fotos da *TV Guide*. É um dia importante para vocês. Não acredito que estão fotografando a primeira capa.

Interrompo-a.

—Susan, fizemos as fotos, mas acabamos mais cedo. Preciso conversar seriamente com você sobre Addison. — Encaro-a friamente. — Não acho que está dando certo como nossa produtora.

Silêncio do outro lado da linha.

—Ah? E por quê?

—Vários motivos, mas principalmente porque é uma falsa — explico. Keiran está gesticulando freneticamente para que eu pare. — Você sabia que ela arranjou meu encontro com um cara para conseguir boas cenas? Esse cara, o Danny, que trabalhou de garçom na festa da estreia, não gostava de mim de verdade. Ele me convidou para sair pela exposição que teria, exposição que Addison prometeu a ele. Você pode ler a entrevista completa na internet. E hoje, a sessão de fotos deveria ser em um barco, mas ninguém nos disse que seria no barco de Marleyna. Ninguém nos consultou quanto a Marleyna virar fixa no programa também. — Poderia falar durante horas. — Sei que você disse que queria que Addison sentisse que o programa estava sob o comando dela, mas nós não queremos mais participar se Marleyna estiver incluída. Achei que o programa era sobre nós quatro — continuo. — Em vez disso, Addison procurou gerar desentendimentos e traição em cada oportunidade. O programa não é como *A vida secreta de uma adolescente americana*! Acho que Addison quer destruir nossa amizade para ficar interessante nas filmagens. — Sigo falando, citando exemplos.

Olho para cima. O rosto de Addison está pálido. Keiran não olha para mim. Depois de um tempo percebo que Susan não está falando nada.

— Susan?

Mais silêncio. Finalmente, ela responde, fria:

— Não percebi que estávamos deixando você tão triste, Charlie. Estou muito surpresa em ouvir isso. Sabe, muitas meninas matariam por uma oportunidade como essa e você está se prendendo a pequenos detalhes.

— Eu não chamaria tudo o que acabei de citar de "pequenos detalhes" — digo, confusa pelo tom de voz dela.

— Você assinou um contrato para fazer esse programa — alerta Susan com seriedade. — E ainda tem muitos episódios para filmar. Temos a opção de fazer outra temporada. Isso é realidade *roteirizada*. Expliquei desde o começo, Charlie. Deveria ter pensado no significado se tinha um problema com isso. Roteirizada significa que nós podemos nos meter e, quando vemos uma oportunidade que funcionaria para o programa e para você, temos a obrigação de aproveitá-la. Há muito dinheiro e muitos empregos em jogo aqui, inclusive o meu. Você pode me culpar por me empenhar em descobrir novos rostos para o elenco e novos roteiros?

Ai, meu Deus.

— Foi você que arranjou tudo com Danny, não foi? — Minha voz está rouca. Os olhos de Hallie se arregalam.

— Sim — admite Susan. — Eu fiz o que achei que era melhor para você e para o programa. O mesmo vale para Marleyna. Você estava tendo problemas com Brooke muito antes de essa menina aparecer. Marleyna só destacou a situação toda, e o drama rendeu umas boas cenas.

— Mas você me disse que Addison contratou Marleyna — digo, me sentindo muito burra e ingênua. — Fez parecer que Addison estava tomando todas as decisões por trás das câmeras. Foi tão compreensiva todas as vezes em que liguei. — Olho para Addison. Ela parece tão incomodada quanto eu.

— Fiz o que precisei fazer para transformar o programa em um sucesso — responde Susan, inexpressiva. — Você é uma adolescente. O que sabe sobre audiência, salários e tornar algo um sucesso? Se eu menti, foi apenas para proteger você de coisas que a teriam chateado. Você não precisava saber que eu estava por trás de tudo. Addison foi meu braço direito e meu bode expiatório sempre que precisei.

— Bem, ela não é mais o bode expiatório — disparo. — Nenhuma de nós vai fazer isso. Keiran, Hallie e eu queremos sair do programa. Não vamos fazer parte do seu joguinho.

— Charlie, sugiro que preste atenção no seu tom — diz Susan, friamente. — Você trabalha para a emissora Fire and Ice. Assinou um contrato e odiaria ter de lembrá-la o que significa quebrá-lo. Nem seus pais conseguiriam te livrar dessa, então se eu fosse você pegaria leve aqui. Vamos trabalhar juntas por um tempo e seria péssimo se houvesse tensão entre nós. Agora tenho uma reunião na qual sou indispensável e gostaria de desligar antes que você diga algo de que se arrependerá depois. Sugiro que volte para o barco e termine a gravação. — *Clique.*

Estou embasbacada. Resisto à vontade de largar o telefone como se estivesse pegando fogo.

É Susan. Susan é o cérebro por trás de tudo. Como não vi isso antes? Sou uma completa idiota.

— Foi isso o que vim dizer — diz Addison, baixo. Ela morde o lábio, nervosa, e olha em volta. Tira o microfone da blusa cinza e o desconecta da bateria. Tira o celular do bolso e o desliga também. Os olhos de Addison estão cheios de lágrimas. — Estou me sentindo tão enganada quanto vocês — lamenta ela. — Sou pupila de Susan faz um tempo. Fui estagiária dela antes disso. Sempre me tratou muito bem e quando disse que me encarregaria do meu primeiro programa, fiquei chocada. Muitas pessoas com quem trabalhei ficaram com inveja. Disseram que 25 anos era muito jovem para estar à frente de um programa, mas Susan não se importou. Disse que me apoiaria o tempo todo e me mostraria como fazer as coisas. Susan disse que queria um programa sobre quatro melhores amigas e suas vidas. Algo feliz e divertido. Nada de traição, brigas e corações partidos. Eu também não concordei com isso.

Hallie puxa uma cadeira e Addison se senta, agradecida. Ela se acomoda na cadeira e eu gesticulo para Ryan trazer uma bebida. Ele ouviu a conversa toda: não há ninguém aqui além de nós, pois ainda não deu o horário de saída da escola. Ele rapidamente serve um café gelado para Addison.

— Obrigada — diz ela, e toma um longo gole pelo canudo antes de continuar. — Assim que começamos o reality, eu soube que tinha entrado em uma furada. Susan foi exigente desde o primeiro dia de filmagens. Ligou incessantemente! Por isso que estou sempre saindo para atender ligações. Ela disse que havia muito dinheiro envolvido no programa e que seria a cabeça dela em risco caso falhasse. Foi ela quem insistiu no tom meigo e maternal entre melhores amigas e pirou depois que viu o primeiro episódio e como, sem ofensa, ficou tudo entediante. Foi aí que ela decidiu apimentar as coisas. — Addison parece arrasada. — Não queria que ninguém soubesse que era ela. Susan queria que eu ficasse na linha de frente. Ela assiste a todas as fitas que gravamos! Lê cada e-mail sobre os horários da semana! Está desesperada para ganhar audiência da MTV nos realities e quer que esse programa seja o maior de todos. Assiste às filmagens e comenta sobre cada uma de vocês. Diz se acha que estão sendo chatas demais ou duras demais, e diz o que quer. Ela me faz criar cenas e refilmar outras. — Addison olha para Keiran. — E tem sido mais rígida com você, Keiran, sinto muito.

Keiran está chorando e só posso olhar para ela.

— O que ela fez com você? — sussurro.

— Estava envergonhada demais para contar para vocês — diz Keiran, fungando. — Era sobre isso que Addison quis falar comigo depois do almoço naquele dia do Windjammer. Susan acha que minhas cenas como babá são horríveis, que não tenho personalidade e que meus pais são chatos. Ela sugeriu que eu provocasse uma briga com eles para agitar um pouco as coisas. Quase morri quando ouvi isso.

— Susan me disse que se as histórias com Keiran não melhorassem, ela a tiraria do programa aos poucos. — A voz de Addison falha. — E queria que eu dissesse isso a Keiran. Fiquei arrasada. Pensei em vários cenários para salvar as histórias de Keiran, mas me sentia enjoada por ter de fazer isso. A vida de Keiran é real e não deveríamos precisar falsificá-la só para parecer mais interessante.

— Addison teve uma crise quando viu que eu estava mal — conta Keiran, sorrindo para Addison. — Foi quando confessou tudo para mim. Sei a verdade sobre Susan há algumas semanas, mas não podia contar a vocês. Não queria causar problemas para Addison e sabia que você andava falando com Susan, Charlie, e que estava muito irritada com Addison. Não podia contar a verdade e correr o risco de causar mais problemas.

— Kiki, você está guardando segredo esse tempo todo? — Agora fico ainda pior.

Keiran assente.

— Addison tem tentado me ajudar com minhas cenas, mas é difícil me concentrar. Tudo o que quero é sair do programa. Estava com tanta vergonha de falar com vocês, principalmente depois do que aconteceu com Brooke. Não queria que ficassem com raiva de mim por querer ir embora. Não aguentaria perder mais uma amiga por causa desse programa idiota. — Ela está chorando bastante agora.

— Você nunca vai nos perder. — Abraço Keiran. — Não deveria ter guardado tudo isso. Poderíamos ter ajudado.

— O que aconteceu com Keiran me fez perceber de verdade como o modo de agir de Susan estava afetando vocês — confessa Addison. — A equipe não se envolve, então não sabe o que está acontecendo, mas eu não aguentava. Confrontei Susan, que basicamente me ameaçou: se eu não ficasse quieta, jamais arrumaria outro emprego como produtora. Mas não sei se quero, se for para ser dessa maneira. — Os olhos de Addison estão marejados. — Isso não é um programa de drama ou de ficção. Ela está mexendo com as vidas das pessoas.

Addison toma mais um gole do café e nós prendemos a respiração, esperando ouvir mais.

— Foi Susan quem descobriu Danny. Nem me contou a respeito dele! Foi ela quem deixou Brooke trazer Marleyna para o programa. Susan adora a controvérsia que ela tem causado. Quando disse a ela que Marleyna estava destruindo a amizade entre vocês e Brooke, nem ligou. Só se importa em fazer um bom show. Ela fechou contrato com Marleyna, mas eu sei, Charlie, que contou a você que fui eu. Pediu para eu não te contar que a sugestão foi dela. Disse que é assim que as coisas são feitas. — Ela encara a mesa. — Acreditei nela. O que eu sabia? Estou na Fire and Ice há dois anos e Susan adora me lembrar disso. Ela disse que se eu quisesse construir um nome para mim, deveria ouvir a tudo que ela falasse. — Addison ri com amargura. — Achei que estava tentando ser minha mentora. E não dirigir o programa dos bastidores. Mas era isso que estava fazendo.

— Estou me sentindo uma idiota — digo, envergonhada. — Eu simplesmente presumi. Quer dizer, você trabalha para Susan. Achei que quisesse transformar esse trabalho no ponto alto do seu currículo, então faria o que fosse preciso.

Addison balança a cabeça.

— Todos fazem coisas para se destacar na carreira, mas se é assim que a produção de TV funciona, então não quero participar. Deveria ter ouvido minha mãe e virado escritora. — Ela sorri. — Era o que eu realmente queria fazer. TV é cruel. Quero sentar em um escritório o dia todo e escrever sozinha.

Ryan traz um prato de biscoitos e os coloca no centro da mesa.

— Por conta da casa — diz ele, piscando um olho para mim. Nós quatro pegamos um.

— Então Addison está arrasada e nós estamos arrasadas — digo, entre uma mordida e outra. — O que vamos fazer a respeito?

— Você mesma disse: não vão nos liberar do contrato se estiverem ganhando dinheiro — responde Keiran, deprimida.

— Keiran está certa — concorda Addison. — Susan jamais vai deixá-las sair. Ela gosta do programa e está determinada a fazer o que for preciso para transformá-lo em um sucesso.

— O que significa que pode demitir a mim — diz Keiran, mais animada. — Já pensa que sou peso morto. — Ela dá uma rápida gargalhada. — Temos apenas que descobrir como catapultar vocês do programa.

— Kiki, você está certa nisso. — Hallie pega outro biscoito. — Se Kiki é entediante e Susan não quer que ela apareça mais no programa, talvez só precisemos ser entediantes também e ela tirará todas nós.

Balanço a cabeça.

— Não ficará óbvio demais se de repente todas ficarmos chatas e sem graça? Susan vai pensar em novas situações para nos tornar mais legais.

— Talvez vocês não possam ser entediantes, mas sim honestas — sugere Addison. — A última coisa que Susan quer é publicidade negativa. A Fire and Ice já tem problemas de RP o suficiente com o *Surf's Up* e todas as brigas em que os garotos se metem. Ela queria que *The Cliffs* fosse tudo, menos problemático.

— Então, o que sugere? — pergunto, intrigada.

— A única coisa que Susan não suporta é exposição negativa — conta Addison. — Detalhes escandalosos e brigas, isso ela adora. No momento, vocês estão fazendo exatamente o que ela quer. Mas se vocês de alguma forma começassem a contar a verdade sobre como algumas histórias são fabricadas, o que aconteceu no seu encontro com Danny, bem, então Susan pode acabar perdendo a pose. — Addison dá um sorriso diabólico.

— E ela ficaria irritada o suficiente para nos demitir? — pergunta Hallie esperançosa.

— Talvez — diz Addison. — Ou poderia fazer a vida de vocês virar um inferno e prendê-las com o contrato. Ela pode ser vingativa, então não tem como saber.

Ficamos todas em silêncio. Tenho certeza de que estamos pensando na mesma coisa: como ser demitidas de *The Cliffs* sem tornar a situação pior para o nosso lado? O que fizermos tem que ser em uma escala tão grande que Susan não poderá negar que estamos falando a verdade.

— Já sei! — grito. — Precisamos fazer um programa ao vivo!

— É perfeito! — concorda Addison. — *O aprendiz* já fez um desses. *Dancing with the stars* faz o tempo todo. TV ao vivo é um modo de Susan não controlar nada.

— Pense em todas as maneiras de divulgar isso. — Fico toda agitada.

— Não entendi — diz Keiran, confusa. — Como um programa ao vivo ajudaria nossa causa?

— Se falarmos mal de Susan e do programa ao vivo, não poderão editar e serão obrigados a nos demitir — respondo, animada. Olho para Addison. — Susan ficaria tão humilhada que precisaria nos demitir imediatamente, não?

— E se nos processar por difamação? — pergunta Hallie, preocupada.

— É, Charlie, talvez falar mal de Susan não seja a melhor solução — concorda Addison. — Mas gosto da ideia do programa ao vivo. Se você revelar como o programa realmente funciona ainda fará todos ficarem mal.

— E quanto a Brooke? — observa Keiran. — Ela vai tentar nos impedir.

— Não saberá o que estamos tramando — insisto. — Tudo o que saberá é que o programa é ao vivo.

— Eu me sentiria meio mal — diz Hallie, parecendo envergonhada. — Brooke ama o programa. — Todas olhamos para ela como se fosse louca. — Sei que não é mais nossa amiga, mas vocês viram como ela está feliz.

— Não sei se "feliz" é a palavra — respondo, seca.

— Talvez não estraguem as coisas para ela — diz Addison. — Brooke não dirá nada de ruim a respeito do programa. Vai sair inocente dessa. Susan poderá fazer uma continuação do programa com Brooke e Marleyna. Tenho certeza de que elas amariam.

— Mas e quanto a você? — pergunta Keiran, baixinho. — Será demitida por nos ajudar.

Tinha me esquecido disso. Agora que sei a verdade sobre Addison, a última coisa que quero fazer é prejudicá-la.

— Não quero que leve a culpa por nós — digo.

— Eu meio que coloquei vocês nessa situação e vou ajudá-las a sair dela — responde Addison, firme. — Também quero sair do programa. Não sei se TV é mesmo para mim. Muitas horas de trabalho, estar tão longe de casa o tempo todo, receber ordens o dia inteiro. O estresse... Meu acupunturista diz que está fazendo mal para minha energia *qi*.

— Ela sorri. — Tenho pensado muito nisso nos últimos dias e acho que quero voltar para a faculdade e fazer um mestrado em Comunicação. Quem sabe? Talvez trabalhe em uma revista ou escreva um livro sobre Susan. Poderia ser *O diabo veste Prada* da indústria televisiva.

— Eu leria o seu livro. — Sorrio. Olho para Hallie e Keiran. — Então, o que acham?

— Acho que poderia mesmo funcionar — diz Hallie, animada.

— Apoio totalmente — concorda Keiran.

— Têm certeza? — pergunta Addison. — Vão abrir mão de muita coisa, vocês sabem. Nem todos estão prontos para dar às costas à fama, ao dinheiro, aos benefícios.

Olho para minhas amigas, as que restaram. Brooke é uma pessoa completamente diferente agora. Acho que nunca mais seremos amigas. Nós quatro brigamos mais no último mês do que na vida inteira, antes de a Fire and Ice aparecer. A autoestima de Keiran foi destruída, Hallie foi usada e eu escolhi o programa em vez do primeiro garoto de quem realmente gostei. Estamos bem abatidas. Está na hora de acabar com isso.

— Queremos nossas vidas de volta — digo, devagar.

Addison sorri.

— Entendo perfeitamente. Vamos começar do início. Preciso convencer Susan do conceito de programa ao vivo. Melhor não ligar agora; depois de acabar de falar com você, Charlie, ela deve estar de mau humor, mas falarei com ela amanhã. Quero ir para casa pensar em algumas ideias. Depois que conseguirmos autorização, passo os detalhes.

— Brooke e Marleyna vão amar a chance de estar na TV ao vivo. — Os olhos de Hallie exibem um brilho maligno.

— Darão o maior apoio. Talvez devêssemos dizer a elas que queremos nos reunir para discutir algumas coisas a respeito do programa. Isso com certeza despistaria elas e Susan.

Addison ri.

— Adorei a ideia!

— Faremos o que for preciso para isso acontecer — insisto.

— Ótimo — diz Addison, parecendo satisfeita. — Porque para funcionar precisaremos de todas nós. Será necessário um megaesquema aqui.

Hallie e Keiran olham para mim e tentam não rir.

— Não se preocupe com isso — falo para Addison. — Se o assunto é esquema, você está no lugar certo.

dezesseis

Todas na concentração

Ando de um lado para o outro no Milk and Sugar enquanto falo comigo mesma, como Lou, o caixa esquisito da loja de utilidades Five and Dime na cidade. Ao contrário de Lou, que é obrigado a usar uma camiseta marrom sem-graça como uniforme, estou vestida para impressionar com meu vestido curtinho verde sem mangas. Pensei que, se esta for minha última aparição na TV — e provavelmente uma que terá muitos acessos no YouTube —, é melhor eu estar bonita.

— Charlie, se continuar fazendo isso, vai gastar o piso de linóleo — brinca Ryan. — Talvez você devesse se sentar. Ou tomar um chocolate quente. Isso sempre te acalma.

— Ryan, está 29 graus lá fora — lembro-o, sentindo-me irritada.

— Isso nunca foi um empecilho antes — diz Ryan, ajeitando o avental com a nova e chique logomarca do Milk and Sugar.

Paro de repente e encolho os ombros. Sinto o lado Meredith chorosa retornando.

— E se não funcionar? E se o tiro sair totalmente pela culatra e minha vida ficar ainda pior? E se alguém perceber o que estamos tentando fazer?

— Vocês vão fazer um programa ao vivo — lembra-me Ryan, como se precisasse. — Cometerão erros. Ninguém vai notar nada esquisito. Apenas seja a Charlie normal e adorável de sempre.

Ryan sabe do nosso plano — estava lá quando conversamos sobre ele com Addison —, mas é o único. Concordamos que quanto menos pessoas soubessem, melhor para nós e mais seguras elas estariam. Não queríamos levar ninguém para a fossa conosco. Faz duas semanas e até agora tudo o que Addison arquitetou segue conforme o plano.

Quando Addison apresentou a ideia de um episódio ao vivo centrado no confronto entre a panelinha de Brooke e a minha, Susan achou brilhante. Addison disse que ela concordou na hora em divulgar por toda a parte o episódio, da *US Weekly* à *Teen Vogue*. Até pediu que o departamento de imprensa convidasse as duas revistas, além do site *People.com*, para o estúdio de filmagens para fazer matérias exclusivas.

Addison e eu ficamos preocupadas que Susan mencionasse meu telefonema raivoso para ela, e, claro, mencionou, mas Addison garantiu a ela que eu só estava chateada com o fiasco do meu encontro com Danny, e que eu estava totalmente comprometida com o programa. Foi difícil fingir as coisas enquanto esperávamos pelo episódio ao vivo, mas Hallie, Keiran e eu conseguimos filmar nossos episódios juntas e separadas — apenas encontramos com Brooke uma vez no Crab Shack — sem qualquer incidente. Como Hallie observou, saber a data em que tudo acabaria (assim esperamos) tornou as filmagens nas últimas semanas mais fáceis.

Até que ser ignorada por Brooke não foi tão ruim. Assisti ao nosso último episódio outra noite e foi quase como se estivéssemos em dois programas separados. Há os segmentos Hallie/Keiran/Charlie e os Marleyna/Brooke e, inevitavelmente, em algum momento do programa um dos grupos fala mal do outro. Um dos tabloides semanais disse a Addison que os leitores amam a controvérsia. Aparentemente eu me destaco como uma pessoa muito simpática — a melhor amiga trocada pela fabulosa e exibida garota rica — e os leitores entrevistados estão do meu lado. Essa notícia abalou Marleyna e Brooke, que, de acordo com o que o editor disse a Addison, estão fazendo de tudo para figurar nas revistas de fofocas. Na semana passada elas chegaram a mandar pizzas para toda a equipe de uma revista na noite de fechamento (a noite em que uma edição vai para a gráfica. Às vezes trabalham até 3h da manhã!). Incluíram um bilhete que dizia: "Sabemos que estão acordados até tarde! Achamos que poderiam precisar de um incentivo. Com amor, Marleyna e Brooke, *The Cliffs*."

Acho que o suborno é a nova arma de Brooke no momento.

E agora, cá estamos. A menos de uma hora das filmagens do maior episódio que já fizemos. Phil, Hank, Kayla e a equipe estão arrumando os ângulos ao redor da mesa de centro no restaurante fechado, onde nosso bate-boca acontecerá. Addison está correndo de um lado para o outro, com o celular colado aos dedos, cuidando dos detalhes de última hora. Hallie e Keiran devem chegar logo. Ainda não há sinal de Brooke e Marleyna, mas é real. Vai acontecer mesmo. E ainda que tenha sido minha ideia, agora estou a ponto de vomitar.

— Tem certeza de que não quer um chocolate quente? — Ryan franze a testa. — Você não parece muito bem.

Procuro a cadeira mais próxima, alcançando uma poltrona reclinável de estampa Paisley, e me atiro nela.

— Acho que vou aceitar. — Estou muito bem, quer dizer, fisicamente. Meus cabelos negros estão ondulados e brilhantes, e minha roupa é muito bonitinha, modéstia à parte. Um vestido verde justinho de alças. E o escolhi sem a ajuda de Brooke!

— Chocolate quente com creme extra — anuncia Ryan. — É para já!

O sino da porta da frente toca, anunciando a chegada de alguém, mas não faço o esforço de olhar. Estou ocupada demais pensando no que vou dizer ao vivo na TV. Coisas que nunca poderão ser desditas. Sei que preciso dizê-las — quero dizê-las —, mas estou petrificada.

— Charlie?

Olho para cima.

— Zac! — Dou um salto da cadeira. — O que está fazendo aqui? — Entro em pânico.

— Procurando você — diz ele, com um meio sorriso.

Ele está tão lindo hoje quanto ontem, na reunião do jornal, ou no dia anterior, quando foi à escola com a barba por fazer, depois de dormir demais e acordar atrasado. (Ouvi quando contou a história para um dos garotos. Não para mim. Ainda estou mantendo distância.) O cheiro dele é ótimo — não pode ser apenas sabonete, pode? — e não consigo parar de encarar seus olhos. Gostaria de poder encará-los o dia todo. Me acalmam tanto.

— Tem um minuto? — Zac interrompe minha fantasia. Pega a cadeira próxima à minha. — É meio importante.

Espera aí. O quê? Um minuto? Para conversar? Olho para o relógio. Não, não, não. Agora não.

— Na verdade, não tenho — respondo, ainda que isso acabe comigo.

Ele faz uma expressão de desapontamento.

— Apenas me ouça. Sei que fui um idiota em relação às coisas, mas pensei muito...

— Não foi um idiota — digo a ele. — É só que...

O sininho na porta me faz saltar. O rosto de Addison está sério.

— Zac, pode me dar um segundo? — peço, e corro até o outro lado do salão.

— Susan está a caminho — diz Addison, praticamente sussurrando. — Não perderia a oportunidade de falar com a imprensa sobre a ideia brilhante que *ela* teve de fazer um programa ao vivo. — Addison revira os olhos. — Aquela mulher é uma Marleyna adulta. — Addison olha por cima do meu ombro. — Você precisa tirar Zac daqui.

— Pode deixar — interrompo.

— Ande logo — diz Addison ao olhar para o celular. — Susan acaba de sair da autoestrada e está a vinte minutos daqui.

— Foi mal por isso — desculpo-me com Zac. — Vamos filmar um episódio ao vivo hoje e todos estão muito nervosos.

— Eu soube — diz ele.

— É? Como?

Ele sorri um sorriso perfeito.

— *E! Online, People.com*, os corredores da Escola Cliffside. As notícias correm rápido nesta cidade.

— E eu não sei? — respondo, inexpressiva. Se mais alguém na escola me perguntar sobre a briga com Brooke, vou gritar. — De qualquer forma, a produtora executiva chegará em alguns minutos e preciso me arrumar.

O rosto de Zac fica sério de repente.

— É por isso que estou aqui. Hora da confissão. Naquele dia que você saiu com o outro cara, percebi que tinha cometido um erro terrível.

Percebeu?

— Eu não deveria ter deixado você só porque não queria aparecer no programa — continua ele, arrependido. — Tenho certeza de que podemos dar um jeito. Não quero fazer TV, mas se você gostar, eu poderia me esforçar. — A expressão dele é de esperança.

E então, antes de minha boca se abrir até o chão, ele acrescenta:

— Gosto de você, Charlie. Gosto tanto que não vou deixar algumas câmeras acabarem com isso.

Ai. Meu. Deus. Sonhei com Zac dizendo essas palavras um milhão de vezes. Mas hoje não!

Ele olha em volta e sorri.

— E você disse que seria temporário, não?

Mais do que você imagina, quero responder. Mas não posso explicar agora, mesmo que queira muito. Seguro forte a mão dele.

— Zac, quero muito falar com você a respeito disso, mas algo maior está para acontecer, algo de que preciso cuidar primeiro.

A porta faz barulho e vejo Brooke e Marleyna entrando. Elas me veem e começam a sussurrar. Empurro Zac para a porta.

—Você precisa sair daqui. Prometo que vou explicar tudo depois.

— Charlie, o que está acontecendo? — pergunta ele. — Você está bem?

— Vou ficar — respondo honestamente. — Você só precisa confiar em mim.

Abro a porta para ele bem a tempo. Susan está andando em direção à lanchonete no momento que empurro Zac. Ela está usando um macacão social cáqui justo ao corpo e saltos altos. Está ocupada demais checando o celular para reparar nele. Aceno para Susan. Estou surpresa por conseguir erguer o braço.

— O que foi aquilo? — pergunta Hallie, surtando, ao se aproximar de mim com Keiran.

As duas estão lindas para a última filmagem. Hallie veste uma calça jeans skinny e uma regata lilás mais soltinha que combina com suas sandálias. Keiran está de vestido curtinho, como eu; o dela é de fundo branco com estampa Paisley e contrasta com o bronzeado escuro. Ela sempre consegue uma boa cor rápido.

Mal consigo respirar de tão assustada. Ainda não acredito no que acaba de acontecer.

— Zac quer ficar comigo. Com ou sem programa.

— Sabia que Zac era um dos mocinhos — diz Keiran, brincando com seu rabo de cavalo. — O que você respondeu?

— Disse que não podia conversar agora — respondo, arrasada.

— Você explica tudo depois — assegura Hallie, e me puxa com elas. — Primeiro precisamos cuidar do elefante branco no salão.

Susan está conversando com Addison, que usa os fones de cabeça, e com duas mulheres que não reconheço. Brooke e Marleyna estão com elas. Ambas de vermelho, o que acho engraçado. Marleyna usa shorts vermelhos, uma camisa de botão estilo navy com um nó na cintura e sapatos também navy. Brooke está de vestido vermelho estilo anágua.

— Não acho que consigo falar a verdade com Susan a alguns metros de distância. — Keiran mastiga ansiosa uma mecha de cabelo. — É como assistir calmamente um navio afundar, e somos nós as culpadas pelo naufrágio.

Apoio as mãos nos ombros dela e a acalmo.

— Basicamente, somos nós ou ela — lembro-a. — É nossa única chance de liberdade. Se não a aproveitarmos, talvez nunca consigamos outra. Precisamos tentar.

— Mas não muito rápido — enfatiza Hallie. — O programa tem 22 minutos com os comerciais, então precisamos nos lembrar do que Addison disse. Temos que dosar os insultos.

Keiran resmunga.

— Então preciso cronometrar no relógio os momentos de xingar? Isso vai ser tortura. Não é à toa que Susan me queria fora do programa. Não tenho coragem para isso.

— Tem sim — digo, firme. — Você é dez trilhões de vezes melhor do que Susan é capaz de perceber. — Sorrio. — Hoje você provará.

O claque-claque dos saltos de Susan anunciam sua chegada.

— Oi, meninas — diz ela, alegre, parecendo tão avoada quanto da primeira vez que falou comigo no Milk and Sugar. O cabelo está alisado. — A emissora só fala no programa ao vivo de hoje. Addison disse que vocês é que tiveram essa ideia. Quem foi a grande arquiteta?

Arquiteta é mais adequado do que Susan imagina.

— Hmm. — Nos entreolhamos. — Foi uma decisão em grupo — digo.

— Estava dizendo isso a Brooke e Marleyna — confidencia Susan. — Um programa ao vivo é uma ótima oportunidade para todas vocês resolverem suas diferenças. Não deveria haver segredos entre amigas.

Engraçado vindo de Susan, que foi muito bem-sucedida em esconder segredos de todas nós.

— Está certíssima — digo a ela, sorrindo.

Susan segura minha mão. A dela está congelando.

— E como está você, Charlie? — Ela me puxa mais para perto, de modo que só eu consigo ouvi-la. — Seu último telefonema me preocupou bastante.

— Sinto muito por aquilo. Minha cabeça estava um pouco fora do lugar depois do encontro com Danny. Não estava pensando com clareza.

Susan assente.

— Acontece. Apenas lembre-se: sou produtora executiva por um motivo. Tudo o que faço é para o bem do programa, o que inclui você.

— Entendo isso agora — digo, com um tom meigo.

Satisfeita, Susan sai. Agora é hora de uma conversa encorajadora diferente, a de Addison.

— Certo, temos meia hora até irmos ao ar. Como é ao vivo, vão fazer suas maquiagens. Brooke e Marleyna estão sendo maquiadas agora. Queremos fazer parecer que isso está se desenvolvendo na frente dos espectadores, então algumas de vocês precisarão repetir a entrada no restaurante.

— Addison respira fundo. — Estão prontas? — Nós três nos entreolhamos e assentimos. — Boa sorte — sussurra ela.

Os minutos seguintes são um borrão. Hank coloca nossos microfones e repassa nossas entradas — Marleyna e Brooke passarão pela porta, Hallie, Keiran e eu já estamos sentadas à mesa. Hallie e Keiran retocam a maquiagem enquanto eu faço uma entrevista inicial com os repórteres.

Mantenho o foco e o tom de voz delicado, mas, por dentro, estou pirando. Addison parece que também está prestes a desmaiar e sinto como se Susan observasse cada movimento meu. Keiran tem razão. Falar mal do programa é muito mais assustador do que eu imaginava. Mas, quando sinto que estou começando a hiperventilar, penso em Zac. Ele estava disposto a abrir mão de muita coisa por mim. Eu deveria me impor e tomar minha vida de volta.

Depois de terminar a maquiagem, passo pela cozinha, onde estão os cabeleireiros e os maquiadores. No caminho, dou um encontrão em Brooke. Em vez de passar direto, a nova atitude dela, Brooke para de repente ao me ver.

— Oi — diz ela, em um tom de voz que não é agressivo, para variar. Talvez seja porque Marleyna não está com ela.

— Oi — digo de volta, surpresa.

— Pronta para hoje à noite?

Assinto.

— E você? — Ela assente também. Ficamos nos encarando sem graça.

Esta pode ser minha última oportunidade de falar tudo o que penso para ela. Preciso ter certeza de que nossa amizade acabou antes de deixá-la para sempre.

— Não sei o que aconteceu com a gente, Brooke — digo, antes que ela prossiga. — Somos amigas desde sempre. Achei que nós quatro poderíamos sobreviver a tudo que cruzasse nosso caminho. E, por mais que as coisas tenham ficado feias, sinto falta da sua risada, da forma como critica uma roupa, das suas respostas espirituosas. Sinto falta de você. — Observo o rosto inexpressivo dela. — Acha que existe alguma chance de sermos amigas de novo?

Brooke apenas me encara.

— Sinto muito pelas coisas terem saído tanto do controle — admite, e por um segundo acho que talvez, apenas talvez, Brooke queira consertar nossa amizade também. Então ela diz: — Mas as pessoas mudam. Eu mudei. Sou mais feliz agora. Gosto de fazer o programa e gosto do que Marleyna acrescenta a ele. — Parece que ela está escolhendo as palavras certas para falar e, pelo menos uma vez, não soa amarga quando as diz. Está dizendo a verdade mesmo. — Sinto falta de vocês às vezes, mas não posso voltar. Não quero mais ser parte do programa de Charlie. Gosto muito dos holofotes.

Eu me sinto arrasada. Então é isso. Direto da boca de Brooke. Ela acha que nossa amizade gira em torno de mim e eu sempre achei que nossa amizade girasse em torno de manter todo mundo feliz. Talvez tenhamos mesmo mudado. Ou isso, ou nunca nos conhecemos de verdade, mesmo depois de tantos anos. Em vez de rebater, apenas respondo:

— Boa sorte esta noite.

— Meninas, vocês entram em cinco minutos! — grita Addison ao passar pelo corredor.

Brooke sorri.

— Para você também.

Andamos em silêncio pela cozinha até o salão. Hank pega Brooke e Marleyna e as leva até a porta de entrada, e dá alguma instrução final. Kayla verifica meu microfone outra vez.

Addison senta Keiran, Hallie e eu à mesa no centro do salão. Há um prato de biscoitos e copos de chá gelado. Sei que tudo permanecerá intacto.

— A equipe estará aqui, mas Susan e eu estaremos nos fundos — lembra Addison. — Como estaremos ao vivo, não queremos que ninguém apareça diante das câmeras acidentalmente. Ryan ficará atrás do balcão o tempo todo, a não ser que venha servi-las.

Olho para Hallie e Keiran. Estão tão agitadas quanto eu. Apresentam seus sinais de costume: Keiran mastiga o cabelo de novo e o pescoço de Hallie costuma ficar irritado sempre que ela se estressa. Eu suo. Muito. Minhas mãos estão bem gosmentas. Eca.

— Entraremos ao vivo em quatro minutos — anuncia Phil.

Meu coração está palpitando.

— Os microfones estão ligados — diz Addison, e nos dá um olhar de compreensão. — Quando dissermos "em um" comecem a conversar casualmente sobre o que quiserem. Um minuto depois de o programa começar, após os créditos de abertura, vamos sinalizar para Brooke e Marleyna entrarem. Boa sorte, meninas. — Addison cruza os dedos e então vai embora.

— Em três segundos!

— Em dois!

— EM UM!

— Ao vivo! Soltem os créditos.

Meu coração acelera. Estamos *ao vivo*. Tipo, no ar e com milhões de pessoas assistindo. Sem edição. Sem poder refazer. Temos 22 minutos para preencher. Vinte e dois dos minutos mais importantes que já filmamos. E, se acertarmos, será o fim de nossas carreiras na TV.

Keiran nos surpreende ao falar primeiro e quebrar o gelo.

— O dia poderia estar mais quente? Minha mãe disse que vai ser, tipo, o verão mais quente em anos. O *Almanaque dos Fazendeiros* diz que vai parecer uma estufa.

— Pelo menos vivemos perto da praia — digo. Péssima fala. — Embora uma piscina no jardim dos fundos não pareça uma ideia tão ruim agora.

Alguns segundos depois, a porta balança e olhamos para cima. Marleyna e Brooke entram animadas. Elas nos veem e andam até nós.

— Oi — diz Brooke, direta.

— Oi — responde Keiran. — Que bom que puderam vir. — Ela gesticula para as cadeiras vazias.

As duas se entreolham.

— Na verdade, eu não queria — diz Marleyna, inexpressiva, olhando para mim. — Principalmente depois de como você me tratou na sessão de fotos, no outro dia.

— Fui grosseira — desculpo-me. — Todas estávamos com raiva e acho que descontamos em você, Marleyna. — Ela se recusa a olhar para qualquer uma de nós.

— Vocês não querem se sentar? — pergunta Hallie. — Queremos mesmo conversar sobre essa situação.

— Não queremos que continue como está — insiste Keiran. — Está na hora de pararmos de agir como se estivéssemos no jardim de infância, não acham?

Brooke parece surpresa e fico imaginando sobre o que ela e Marleyna haviam planejado falar esta noite. Sabiam que seria um episódio de confronto. Será que acharam que seria mais uma briga para sair nas capas das revistas? Eu me sinto péssima por pedir desculpas, mas temos que enrolar o máximo possível e, se isso significa pedir o perdão de Marleyna durante dez minutos, então é o que precisamos fazer.

— Marleyna, por que ao menos não ouvimos o que elas têm a dizer? — sugere Brooke. — O filme só começa em uma hora mesmo.

Marleyna suspira.

— Tudo bem. — Ela se senta com os braços cruzados e olha emburrada para o prato de biscoitos.

— Ótimo — diz Keiran, alegre. — Vamos colocar tudo na mesa, começando desde o iniciozinho...

— Comercial! — grita Hank.

Addison corre até nós.

— Meninas, foi perfeito! Ótima deixa também. Voltaremos em noventa segundos. Haverá mais três comerciais durante o programa. Vocês estão indo muito bem!

Nós cinco não nos falamos enquanto a maquiadora retoca nossos rostos brilhantes.

— Isso é um desperdício de episódio — diz Marleyna, em um determinado momento. — Não é como se fosse resolver alguma coisa. Não temos mais nada com vocês, as revistas estão de prova, não precisamos ser um quinteto. As cenas com Brooke e eu já arrasam por conta própria. Não precisamos ir a festivais de rua idiotas ou andar a cavalo. Nossas cenas têm drama. É isso que o público quer.

Hallie pega um biscoito.

— Sinto muito por achar que nós atrapalhamos vocês, Marleyna. Achei que estávamos fazendo progresso aqui.

— De volta em quinze! — grita Hank. — Dez! Cinco! No ar!

No segmento seguinte, até a pausa para o comercial, Keiran tem a posse de bola e segue até o gol. Nunca a vi tão concentrada. É como uma das moderadoras em *The View*. Seguimos em frente e revemos o passado: de quem é a culpa, de quem não é, quem magoou quem, quem não está magoado, quem se sente desprezada, blá-blá-blá, com Keiran intervindo quando necessário e dizendo coisas do tipo: "Como você se sente, Brooke, ao ouvir Charlie dizer isso?" Brooke e Marleyna passam o tempo todo agindo como se alguém tivesse sequestrado o cachorrinho delas. Estão magoadas, tristes, e tentam conquistar a empatia do público, mas Keiran não permite que isso aconteça.

— Marleyna, você pode admitir que não gosta de nós desde o início — diz Keiran. — Não ficaremos ofendidas. É bastante óbvio.

— Comercial!

— Kiki, foi sensacional — diz Hallie, maravilhada.

Keiran está brilhando.

— Não sei o que me deu. Talvez devêssemos ter feito programas ao vivo desde o início.

— Você é a rainha das tiradas. Andou praticando em frente ao espelho? — pergunto. Brooke e Marleyna estão ocupadas demais sussurrando (provavelmente revendo a estratégia) para prestarem atenção ao que estamos falando.

— Meninas, voltamos em noventa segundos — lembra Phil.

Olho para Hallie e Keiran. Temos menos de dez minutos até o fim. Addison olha para nós e assente. Os repórteres estão ocupados tomando notas perto da porta. Vão receber mais do que esperavam. Vejo Susan falando ao celular. Ela dá um tchauzinho.

É isso aí. Não tem mais volta. É agora ou nunca.

— E dez! Cinco! No ar! — informa Phil.

Keiran mais do que dominou a cena até aqui. Agora é a minha vez de pegar a bola.

— Acho que essa reuniãozinha foi uma perda de tempo — digo. — A gente já deveria saber que nada realmente mudaria. Vocês duas gostam de como as coisas são.

— E por que não gostaríamos? — pergunta Brooke. — Marleyna e eu nos divertimos muito juntas. Não somos competitivas. Não estamos tentando ser a *estrela*. Respeitamos uma à outra. Marleyna respeita a mim e à nossa amizade de um jeito que vocês jamais respeitaram.

Eu poderia ir mais fundo, mas não há tempo.

— Sinto muito que se sinta dessa forma, Brooke — respondo. — Nós mudamos, eu acho. Não queremos fazer as mesmas coisas que vocês. Nenhuma de nós. — Olho para as meninas. — Estamos cansadas dos joguetes e das traições.

E lá vai. Respiro fundo. Preciso dizer.

— Queremos sair.

— Sair de onde? — Brooke parece confusa.

Fecho os olhos por um segundo. Apenas diga. Diga as palavras.

— Sair do programa.

Brooke gargalha de ansiedade. O salão está tão quieto que eu poderia ouvir um alfinete batendo no chão.

— Que programa? — diz ela, com a voz falhando. — Quer dizer nossa amizade, certo? Não quer mais ser minha amiga?

Balanço a cabeça.

— Não. Quero dizer o *programa*. Podem ficar com ele. É todo de vocês.

— Ela ficou louca — diz Marleyna, com a voz aguda.
— Estamos aqui para falar da amizade! Aquela que vocês acham que roubei de vocês.

— Estamos aqui para falar de *nós* — informa Keiran. — Você não é parte dessa equação, mas é parte do motivo pelo qual nossa amizade foi arruinada. Só que não estou mais com raiva. Na verdade, deveria agradecer a você por isso.

— Como é? — dispara Marleyna.

Hallie dá um sorrisinho e entra na conversa.

— O que Kiki está tentando dizer é que você lembrou a Charlie, Keiran e eu o que é amizade de verdade: é apoiar umas às outras. Colocar as amigas em primeiro lugar. Não colocar um programa na frente das necessidades de suas amigas. E por isso decidimos que queremos sair deste carrossel. Podem ficar com ele. Não queremos mais participar disso.

Brooke está em pânico e ainda tenta retornar ao foco.

— Vocês não podem simplesmente desaparecer! Moramos na mesma cidade, estudamos na mesma escola, nossos pais são amigos. Vamos nos ver.

Agora que a bola está rolando, o jogo fica mais rápido. Não tem como pará-lo.

— Estamos cansadas de ser peões em um jogo que não queremos jogar. Odiamos mentiras e armações, exatamente como o garoto com quem saí, Danny, disse há algumas semanas aos jornais. *The Cliffs* é pura encenação. Os produtores escolhem o local e armam brigas e discussões para nós, assim como esta aqui. Acrescentam novos personagens sem nos avisar. — Olho para Marleyna. — Nos fazem repetir diálogos.

— Está mentindo — ruge Brooke, encarando uma das câmeras diretamente. — Elas estão mentindo!

— É verdade — diz Keiran. — Disseram que eu era chata demais para ficar no programa. Queriam me cortar porque minha história — ela faz um sinal de aspas no ar — "não é interessante o suficiente".

Brooke está balançando a cabeça para frente e para trás. Marleyna está sem palavras.

— Comercial! Comercial! — Ouço Hank sussurrando.

— COMERCIAL! — diz ele, mais alto.

Susan apareceu em questão de segundos. Ela corre até nós e parece que quer virar a mesa à qual estamos sentadas. Addison vem atrás dela.

— O QUE vocês pensam que estão fazendo? — diz ela, a voz reverberando. Eu literalmente começo a tremer. — Estamos *ao vivo. AO VIVO.* Sabem o que isso significa? Todos em casa estão ouvindo vocês vomitarem este monte de porcaria! *Não* falamos sobre o programa quando estamos no programa. — Ela olha para mim com frieza. — E não falamos sobre o que é preciso para montar uma produção tão elaborada como esta. Estão se dirigindo para o território perigoso da quebra de contrato aqui.

Estou tremendo, mas consigo falar.

— Não acho que é quebra de contrato se conseguirmos provar que mentiram para nós o tempo todo. — Susan parece momentaneamente contrariada, mas consigo perceber. Ela sabe que estou certa.

— De volta em cinco! — grita Hank. Há uma enorme comoção atrás de nós. O telefone de Addison está tocando. Os repórteres estão escrevendo furiosamente. Kayla aproxima uma câmera para um close.

— CONSERTEM ISSO — grita Susan para nós, mas percebo que ela também está tremendo. — Consertem ou...

ou... se arrependerão para o resto de suas vidas. Nunca mais trabalharão na TV e esse será o menor dos seus problemas! — Ela se vira e atende o celular. — Sim? Sim, senhor — diz ela, calma. — Estou cuidando da situação enquanto falamos.

— O que estão fazendo? — diz Brooke, sussurrando. — Vão acabar demitidas do programa.

— Ótimo — murmura Marleyna.

— Não é isso o que quer mesmo? — desafio Brooke a responder. — Disse que estava de saco cheio do programa de Charlie.

Sob a mesa, Hallie pega minha mão suada. A dela também treme. É difícil, mas conseguiremos. Estamos na grande área agora e Susan não pode nos impedir.

— E quatro! Três! Dois! Um! No ar!

Parto para a finalização do ataque.

— Este programa não é real. Aqueles que assistem e adoram sabem o que acontece aqui. Somos uma realidade roteirizada. A emissora Fire and Ice nos trata como fantoches. Somos pagas para fingir sermos pessoas que não somos. — Olho para Keiran e Hallie. — E não vamos mais mentir para vocês. Para nós, é o fim.

Nós três nos levantamos e tiramos os microfones.

— O que estão fazendo? — Phil começa a surtar. — Parem elas! Estamos ao vivo.

Susan aparece à porta, tão vermelha quanto um tomate. Não parece se importar mais que as câmeras estejam gravando.

— Charlotte, vou te dizer isso uma última vez: se sair por aquela porta, jamais trabalhará nesta ou em qualquer outra emissora — ameaça ela, parecendo estranhamente calma. — Nenhuma de vocês. Carreira, faculdade, tudo acabado.

Não olho para ela. Nós três colocamos os microfones e as baterias sobre a mesa.

— Addison! — Agora a voz de Susan está aguda. — Faça alguma coisa! Você está deixando que elas arruinem seu programa! Fale. Elas ouvirão a você.

Addison não se move.

— Parece que elas estão decididas, não acha?

Susan olha em volta, desesperada.

Brooke segura meu braço.

— Está maluca?

— Adeus, Brooke — digo, e ela apenas me encara, como o fantasma de alguém que um dia conheci.

— Charlotte, não faça isso — tenta Susan novamente, parecendo muito nervosa.

— Temos seis minutos para preencher! — Phil está uma pilha de nervos.

Mas mal consigo ouvi-los. Hallie, Keiran e eu andamos em fila até a porta e não nos viramos para trás.

epílogo
Uma nova realidade

Nossa saída do programa ocorreu há três semanas. Ser demitida não foi tão fácil quanto tirar o microfone, claro. Mesmo ameaçadora como estava, Susan correu até lá fora atrás de nós e nos implorou para voltar. Dissemos que não havia mais o que dizer. Os repórteres vieram logo atrás dela. Todos queriam exclusivas, mas concordamos em dar uma entrevista naquele momento, se eles quisessem. Depois que Susan ouviu isso, soube que não estávamos brincando. Ela voltou para o Milk and Sugar, agarrada ao próprio casaco, os saltos fazendo claque-claque pela rua. Foi a última vez que a vi.

Os advogados cuidaram do resto do trabalho sujo. Mesmo que tivéssemos quebrado o contrato, nossos advogados conseguiram argumentar, com sucesso, que a emissora nos ludibriou quanto aos motivos reais de nossa contratação. A Fire and Ice concordou em nos liberar dos episódios restantes se concordássemos em não falar mais em público a respeito do programa. (As consequências da entrevista que demos causou um alvoroço na emissora. Li na *Newsday* que todos os projetos de realities que estão sob o comando de Susan ficaram em suspenso enquanto a emissora decide o que fazer com ela.)

Addison cumpriu sua promessa de abandonar a carreira em reality shows. Pediu demissão da Fire and Ice no dia seguinte ao episódio ao vivo e imediatamente começou a se candidatar a pós-graduações em diversas faculdades na Costa Leste. Addison disse que Susan não tentou impedi-la. Suspeitava que a assistente tivesse algo a ver com nosso escândalo ao vivo, mas não poderia acusar Addison de nada, pois era seu próprio pescoço que estava em risco. Os detalhes sórdidos que Addison possuía sobre as táticas de produção de Susan eram suficientes para pedir sua demissão imediata. Então Addison também fez um acordo: não falaria sobre o que aconteceu nos bastidores se Susan não dificultasse sua vida pela quebra de contrato.

Duas semanas atrás, Hallie, Keiran e eu nos reunimos no Crab Shack para dar adeus a Addison pessoalmente. Sua enorme coleção de malas de viagem da Vera Bradley estava toda recheada e ela pegaria o trem de Greenport de volta a Nova York antes de passar algumas semanas com a família em Connecticut.

— Então acho que é isso — disse, depois de abraçar cada uma de nós três pelo menos seis vezes. Os pais de Hallie serviram um mix de tirinhas de marisco, rolinhos de lagosta e petiscos variados para comemorar, em homenagem a Addison. Ficaram muito felizes quando Hallie saiu do programa, assim como meus pais e os de Keiran devem ter ficado. Nunca demos detalhes do que aconteceu, mas eles sabiam o suficiente para entender que todo o dinheiro para a faculdade do mundo não valia a falta de privacidade ou as mentiras que as filhas enfrentaram.

— Não é realmente um adeus — disse Hallie a ela e a nós. — Manteremos contato por Facebook e por e-mail, e tenho certeza de que nos encontraremos em Manhattan no verão. Quero muito ir ver *Jersey Boys*.

Addison riu.

— Talvez eu vá com você. Também não vi o espetáculo ainda.

Addison olhou para mim e sorriu. Acho que ambas sabíamos que mesmo dizendo que manteríamos contato, provavelmente isso não acontecerá. O que tínhamos em comum além da experiência traumática do programa? Muito havia acontecido entre nós. Mesmo que Addison tenha se desculpado por ter feito o trabalho sujo de Susan, ainda assim o fez. Ainda era nossa chefe. Quem tem *tanto* em comum com o chefe? Eu gosto bastante de Ryan, mas não acho que o convidaria para a caldeirada de frutos do mar que meus pais servem no feriado de 4 de Julho.

— Acho melhor eu ir — disse Addison. — Meu trem vai chegar em 15 minutos.

— Na verdade, seria mais para 20 ou 25 minutos — brinquei. — A ferrovia de Long Island está sempre atrasada.

Addison riu.

— Bem, mesmo assim. Se eu perder, o próximo trem só passa daqui a duas horas.

Dei um último abraço nela.

— Obrigada, Addison. Por tudo. Não conseguiríamos ter feito isso sem você.

— Sou eu quem deveria agradecer a vocês — disse ela, calmamente. — Vocês me salvaram de uma carreira que acabaria me destruindo. — Ela olhou para mim. — Cuide-se, está bem?

Assenti.

— Você também.

Caminhamos com Addison até a estação de trem, a apenas alguns metros da avenida principal da cidade, e acenamos até o trem ir embora (com dez minutos de atraso, claro).

Alguns dias depois, lemos no site da Fire and Ice que *The Cliffs* continuaria sem nós. Eles mudaram o nome para *The Cliffs: Novos Começos*. Brooke seria a nova protagonista e Marleyna, a leal coadjuvante. Planejavam gravar novos episódios durante todo o verão e os boatos na escola diziam que Brooke não voltaria para o último ano. Ela e Marleyna teriam um tutor nos bastidores do programa para se dedicarem mais às filmagens.

A notícia foi meio que um alívio para mim. Quando víamos Brooke pelos corredores, geralmente seguíamos na direção oposta, e ela fazia o mesmo sempre que nós aparecíamos. Mesmo que não nos lançássemos mais olhares maldosos, ver Brooke todo dia na escola ainda me deixava triste. Sempre me perguntarei se ela teria se unido a Marleyna caso nunca tivéssemos aceitado fazer o programa.

Com os holofotes finalmente recaindo sobre Brooke, o contrato quebrado e Addison de volta a Nova York, o resto da vida voltou ao normal. Bem, tão normal quanto a vida pode ser depois que a gente expõe os segredos para o mundo na televisão. O *Cliffside Heights* fez várias matérias. Uma sobre a saída de Keiran, Hallie e eu, outra com uma entrevista de Brooke a respeito do que ela chama de "nova fase" e a terceira foi um editorial sobre reality shows em geral. A Srta. Neiman queria que eu escrevesse, porém não tive forças.

Mas chega do programa. Sei que todos querem saber o que houve com Zac.

Alguns dias depois do episódio ao vivo, quando as coisas estavam um pouquinho mais calmas, pedi que ele me encontrasse no Milk and Sugar para que eu explicasse tudo. Depois de enfrentar Susan, falar com Zac deveria ter sido moleza. Mas saber como ele se sentia me deixou muito nervosa.

— Oi — disse ele, chegando de surpresa. Fiquei tão assustada que deixei cair o latte gelado que estava preparando, e gelo e leite se espalharam pelo chão.

— Oi — respondi, constrangida. — Tenho que limpar isso. — Abaixei no chão. Ryan correu para me ajudar e o encarei ameaçadora. — Era para você me avisar — sussurrei com raiva.

Ryan me deu um sorriso torto.

— Fale com o garoto — sussurrou ele de volta. —É tão difícil assim?

— É — respondi jogando o pano de prato úmido e manchado de leite na cara dele. Ouvi Zac pigarrear e me levantei devagar. — Oi.

Zac sorriu.

— Oi.

Ficamos nos encarando sem graça. Nenhuma palavra me veio à mente. Não podia perguntar sobre a última reunião do jornal porque eu estava lá. E parecia ruim demais mencionar o tempo ou o teste de história que fizemos naquela semana. Ele estava perto o suficiente — apenas o balcão entre nós — para que eu pudesse tocá-lo se estendesse a mão. Ele cheirava a amaciante, exatamente como me lembrava, e respirei fundo.

— Pronta para contar todos os detalhes sórdidos da sua fuga da televisão? — perguntou, com um sorriso sarcástico.

Parei de respirar aquele perfume maravilhoso e sorri. Só Zac para me acalmar.

— Queria ligar te dar parabéns pelo término — continua ele, agora com um sorriso malicioso. — Mas achei que entre Barbara Walters e a revista *People*, minha credencial do *Cliffside Heights* não serviria para nada.

— Desculpe ter levado tantos dias para te ligar — respondi.

— Você tinha muito com o que lidar. Assisti ao programa. Tomara que eu nunca caia na sua lista negra.

Então contei a Zac a versão resumida dos eventos — desde a separação de Brooke, passando pela verdade sobre Addison, até a manipulação de Susan. Ele já sabia sobre o tal programa de Brooke. OK, a conversa não foi assim tão resumida, mas Zac ouviu o tempo todo, sem me interromper nenhuma vez, até o final.

— Então — disse ele quando eu finalmente terminei —, se queria sair do programa, e eu estava disposto a entrar no programa, e não há mais programa, há alguma razão para ainda não estarmos juntos?

Não sabia o que dizer depois disso. Juntos? Tipo saindo? Ou tipo namorados? Zac disse que gostava de mim, mas acho que a parte namorados dessa equação nem passou pela minha cabeça.

— Não sei — respondi, da pior maneira possível.

Zac deu a volta no balcão enquanto eu fiquei parada como uma estátua. Meu rosto começou a esquentar.

— Você quer que fiquemos juntos? — perguntou ele, gentilmente.

Tudo o que consegui fazer foi assentir. Então, sem pensar, me joguei no colo dele e me enterrei ali. Zac me abraçou.

— O programa que estávamos fazendo não era nada real. O que aconteceu com os reality shows? Por que não são *realidade*?

— Acho que nunca foram reais — disse Zac, com um sorriso tímido. — A fama faz coisas engraçadas com as pessoas. Acham que estão sendo honestas e verdadeiras, mas não dá para ignorar a câmera encarando. As pessoas começam a mudar. Almejam o sucesso e fazem de tudo para mantê-lo. Pense em Paris Hilton e Nicole Ritchie. Pauly D. e Snooki, do reality *Jersey Shores*. A lista é enorme. É isso que Brooke e Marleyna estão fazendo, não é?

Seus braços ainda estavam em volta de mim e os meus em volta dele. Não queria soltá-lo. Em vez disso, continuei olhando para o rosto dele. Zac é alguns centímetros mais alto do que eu.

— Achei que odiasse reality shows — provoquei. — Como sabe quem são Paris e Nicole?

Ele gargalhou.

— Não vivo em uma caverna, sabe. Essas duas estão insuportavelmente em todos os lugares.

— Fico feliz em anunciar que eu não estarei — disse. — Eu me sinto tão idiota — falei para a camiseta verde e com um cheiro maravilhoso de Zac. — Fiquei tão envergonhada. Quis fazer o programa por dinheiro e ele se transformou em um pesadelo, e depois desisti de você pelo programa, fui a um encontro falso e estraguei minhas chances com você.

— É isso que acha que aconteceu? — A voz abafada de Zac chegou aos meus ouvidos. — Eu te falei. Charlie, com ou sem programa, senti sua falta. Sabia que preferia estar com você a estar sem. Por isso voltei.

Olhei para cima.

— Ainda bem que voltou. E estou feliz por não termos precisado sair em frente às câmeras — admiti. — Pelo menos tirei alguma coisa dessa experiência. Posso não ter ganhado dinheiro o bastante para os quatro anos de faculdade, mas com certeza economizei uma bolada. Ainda assim, é um preço caro a se pagar por perder uma das minhas melhores amigas.

— O que aconteceu com Brooke é realmente um saco. — As mãos dele percorriam minhas costas e eu não conseguia deixar de pensar nas mãos, no cheiro, em tudo dele. Meu pulso disparou. — Pelo menos você ainda tem Hallie e Keiran. E eu — acrescentou ele, com uma expressão interrogativa. — Posso fazer alguma coisa para melhorar a situação?

— Não sei — respondi, já sem ar.

— E quanto a isso? — Logo depois de falar, antes que eu pudesse reagir, Zac levantou meu queixo com uma das mãos e pousou seus lábios nos meus. E isso me ajudou a esquecer de tudo o que tinha acontecido. Pelo menos por alguns minutos.

❧

E agora, bem as coisas estão muito boas. Zac e eu estamos oficialmente juntos. Keiran e a mãe montaram os horários de babá de forma que Keiran tenha os fins de semana livres para viver e Hallie está saindo com um calouro da faculdade que veio passar o verão em casa e está trabalhando no píer do Crab Shack. A escola acaba oficialmente em uma semana e nós três mal podemos esperar.

— Não vou trabalhar neste verão — diz Hallie, mordendo a casquinha de sorvete que acabamos de comprar na Licks. — Acho que já trabalhei o bastante na última primavera. Vocês não?

— Não vai trabalhar no Crab Shack? — pergunto.

— Quer dizer, só lá — esclarece Hallie com uma gargalhada. — Fico pensando que teremos esse horário maluco de gravação, mas não temos mais. Estamos livres.

— Merecemos uma folga, não acham? — pergunta Keiran, lambendo seu sorvete de chocolate com marshmallow e nozes. — Estava conversando com minha mãe e ela disse que queria nos levar para Rhode Island por uma semana em julho. Disse que precisávamos de um descanso.

— Eu topo — concordo. — Preciso relaxar. Ainda tenho aquele pesadelo em que estou sendo filmada na cama.

— Ainda? — pergunta Hallie. — Você precisa superar isso.

— Eu sei. — Rio. — Mas é difícil deixar de pensar nas câmeras filmando cada movimento meu. Estou constantemente alerta.

— Até com Zac? — provoca Keiran.

Faço uma careta.

— OK, não com Zac. Ele é o único que consegue me fazer esquecer de qualquer coisa.

Nós três paramos de andar na mesma hora. Ouço uma música alta vindo de algum lugar próximo. O sol está se pondo e é difícil enxergar, mas olho por um dos becos e vejo que o píer perto do Crab Shack está lotado. Olhamos uma para a outra e começamos a andar na direção do agito. Keiran estende o braço para nos deter.

— Gente, olhem — diz ela, parecendo entretida.

No píer estão Brooke e Marleyna no meio de uma festança, dançando loucamente. Estão cercadas por pessoas que nunca vi antes e a quase um metro de distância está um cinegrafista. Um cara de uns 20 anos de pé, próximo a elas, usa um fone de cabeça e uma prancheta. Deve ser a nova Addison. Há uma enorme fila de pessoas esperando para entrar no píer para participar da gravação.

— Ainda bem que não somos nós — diz Hallie, se encolhendo.

Nós três nos afastamos pelo mesmo caminho que viemos e seguimos em direção a outra rua, onde as coisas são bem mais calmas e a única música que se ouve é o som dos grilos. Caminhamos em silêncio, aproveitando o ar quente da noite. De repente, paro.

— O que foi? — pergunta Hallie, alarmada. — Ouviu alguma coisa?

Balanço a cabeça e sorrio.

— Não.

— Então por que parou? — pergunta Keiran.

Abro um leve sorriso.

— Acabo de perceber que estamos *sozinhas*. Completamente sozinhas.

— É bom não estar ligada a um microfone, não é? — Hallie sorri.

Ela dá uma gargalhada e logo Keiran e eu fazemos o mesmo. O som é alto e contagiante, mas, pelo menos uma vez, somente os grilos estão aqui para ouvir. E é assim que deve ser.

Agradecimentos

Obrigada, antes de tudo, a minhas incríveis editoras, Cindy Eagan e Kate Sullivan, que aderiram tão rapidamente ao projeto de *Caindo na real*. Sou muito sortuda por poder trabalhar com editoras tão talentosas, dedicadas e atenciosas. Não que eu esteja surpresa. Toda a equipe da Editora Poppy — incluindo Ames O'Neil, Melanie Chang, Andrew Smith, Lisa Ickowicz, Melanie Sanders e Erin McMahon — é incrível. Também devo imensa gratidão à minha agente, Laura Dail, que defende cada palavra e pensamento meus e a Tamar Rydinski, que pacientemente me auxilia com todos os assuntos estrangeiros. Mara Reinstein, como sempre, minha ouvinte não oficial e primeira leitora; sou muito grata pelas ideias. À minha família e aos amigos (principalmente minha mãe/babá, Lynn Calonita, sem a qual este livro jamais teria sido finalizado), obrigada a todos pelo amor e pelo apoio.

Finalmente, agradeço à minha família maravilhosa — meu marido, Mike, meus filhos, Tyler e Dylan, e meu "esquenta-colo", nosso chihuahua Jack. A placa em nossa parede é verdadeira: realmente, não há lugar como o lar.

Este livro foi composto na tipologia ITC Galliard Std,
em corpo 11/15,3, e impresso em papel off-white
no Sistema Cameron da Divisão Gráfica
da Distribuidora Record.